／暗／地／妖／娆／系列 ——————————

ANDIYAORAO
WORKS

暗地
妖娆
作品

蜜与猪蜜
神

The
Realest
Friendship

作家出版社

图书在版编目（CIP）数据

神蜜与猪蜜 / 暗地妖娆 著 . — 北京 : 作家出版社，
2015.8

ISBN 978-7-5063-8141-3

I . ① 神… II . ① 暗… III . ① 短篇小说—小说集—中
国—当代 IV . ① I247.7

中国版本图书馆 CIP 数据核字（2015）第 161272 号

神蜜与猪蜜

作　　者：暗地妖娆
责任编辑：丁文梅
装帧设计：80 零·小贾
出版发行：作家出版社
社　　址：北京农展馆南里 10 号　　　　邮　　编：100125
电话传真：86-10-65930756（出版发行部）
　　　　　86-10-65004079（总编室）
　　　　　86-10-65015116（邮购部）
E-mail:zuojia@zuojia.net.cn
http://www.haozuojia.com（作家在线）
印　　刷：北京大运河印刷有限责任公司
成品尺寸：145×210
字　　数：230 千字
印　　张：9.5
版　　次：2015 年 8 月第 1 版
印　　次：2015 年 8 月第 1 次印刷
ISBN 978-7-5063-8141-3
定　　价：36.00 元

C目录
ONTENTS

Part 1

尼 泊 尔 菩 提 > > >

一、迟久

迟久说，去尼泊尔转一趟就能发财，发很大的财，大到比凤眼脑子里想的随便一个数字都要翻倍。

所以，当凤眼浑身血红地走在泰美尔区街头的时候，她心间喷涌的是要对迟久说的各种脏话，这些脏话同时也是喷给她自己听的。凤眼回想迟久拼命为尼泊尔镀金那一刻她脑子里弹跳出的数字，随便一个数字……她终于记起来，当时想的是"一九八三"。

一九八三，凤眼出生的年份，她总是不自觉地把这个数字刻在脑子里，设成QQ和淘宝账户密码，这是她的生命之数，理所当然也成了她的数字护身符。可是，即便凤眼对这个数字如此执迷，它依旧完全没有带给她好运。

就像现在，被迟久随便说了一句话，她就站在这片陌生的国土上。

"纳玛斯塔！"[1]

一辆三轮车飞速而来，车上的老外已吓得哇哇大叫，用英语大声训斥着努力蹬着脚踏板的黑瘦的尼泊尔小伙："喂！小心看路！"

小伙没有理会老外，他似乎已全身心徜徉在红色之中，腰板拉得笔

---

[1] 尼泊尔语"你好"。

直，屁股一左一右地起伏，往凤眼身边一冲而过。红彤彤的凤眼手臂擦过三轮车的黄色帆布篷，阳光一下子在她脚边裂成两半。

那两半的中间躺着一串珠子，看起来十分委屈地缩在一起。凤眼捡起来一看是菩提，泰美尔区四分之三的店铺里都有贩售的锯齿纹五瓣小金刚，缝隙里塞满干脆的果皮屑，用一根粗粗的红色玉线穿着。

凤眼心中一喜，以为是三轮车上的老外掉的，她看了看手腕，才发现是自己在西藏买的那一串。大昭寺附近的八角街上，她买了十串小金刚，带着它们到拉萨的尼泊尔领事馆，办了一张签证。排队的时候，一个穿鼻环、满脸痘疤的年轻女孩嘴里叼着一根烟，站在她后头，绣花背心上盛放湛蓝色的云块。

那女孩说自己叫迟久，去过尼泊尔十趟了，这十趟让她有足够的钱跑到高大上的日本，在奈良喂鹿住带温泉的民宿。

迟久就是摆出那么酷的POSS，把凤眼一下绕了进去。

"唉？你的名字居然是菩提，怪不得要去尼泊尔。"迟久这样跟凤眼搭讪。

凤眼惊讶地回过头来，问："你怎么知道我的名字？"

"刚刚在隔壁咖啡馆填过境申请的时候，看到你的身份证了。没想到啊，居然有人叫凤眼，简直是专门为尼泊尔之行起的名字。"

这一句勾起了凤眼的全部小资情结，她激动地抓紧了棉麻布包包里沉甸甸的十串小金刚，迟久在她眼里就像是神派来的天使。

在填好签证申请和交完费用后，凤眼请迟久吃了顿饭，听迟久把尼泊尔吹得天花乱坠；迟久说尼泊尔是一个有历史刻痕的地方，迟久说在加德满都很多人都会说中文，迟久说泰美尔区算得上是旅行购物的天堂……

也是迟久说的，在那儿只要买到菩提，再回到国内转手，价格能翻五十倍。

凤眼就这么被迟久的信息下了蛊，酥油茶差点把舌尖都甜化了。

但次日凤眼去拿签证的时候，却没有再碰到迟久。给她发微信，问她在哪里，有没有租到去樟木——也就是中尼边境的车，过了很久迟久才回复："我已经在去樟木的路上了。"

凤眼有种被迟久抛弃的感觉，顿时没有了安全感。

所幸有个中年妇女适时挨过来，跟她说："商务车，四点半出发，两百六，去不去？"

这让错觉走投无路的凤眼重新燃起希望，她连忙交钱，登上了那辆看起来有九成新的银灰色商务车，里面已经坐了四个人，两男两女，其中一个穿白T恤、额上架墨镜的男人很友好地把凤眼的旅行箱放到车尾的座位上，与他同行的女人皮肤黝黑、身材修长，像是刚刚从健身房里出来。最让凤眼感到舒服的是这一对长得非常漂亮，都有浓长的睫毛和扁薄的嘴唇，看起来还特别潮。

帅哥说他叫阿春，女的叫银子，是双胞胎姐弟。

"是要去尼泊尔买菩提吗？"

"不，去躲灾的。"银子笑了。

"躲灾？"

银子指了指阿春，说："我弟是激进环保人士，上个月在一个富婆的皮草上喷油漆，被抓了个正着，赔了十五万。帮他赔钱的老爸脾气大，说要打断他那只拿喷漆罐的手，他就只好拖着我出来乱晃。"

"没钱赔人家皮草，倒有钱出国呀？"

坐在凤眼旁边的那个年轻女孩子冷淡地抬了抬眼皮，她肥厚的双下巴和扁瘦的腰身显然不成正比，腕上的古铜色牦牛骨手串与胸口垂着的一只朱砂小象格调也完全不搭，这种矛盾的格调也许正是她刻意营造的存在感。

"去西藏和尼泊尔都是我出钱，他原先说要跟我借，我信不过他，所以干脆请他出来玩，顺便给自己放个假。"

银子挂着轻松的笑，阿春也没有任何不好意思。他只是双手交叉，努力把身子往皮座椅里塞，让自己彻底躺舒服了。

"我叫凤眼，尼泊尔产凤眼菩提的，所以我要去那里。"凤眼很随便地挪用了迟久给她的旅行理由，她觉得那样讲比较酷。

因为除了名字，凤眼没有任何特殊之处。

"哦，我叫珠珠，尼泊尔产珠子嘛，所以我也要去那儿。"

矛盾体女孩像是故意讽刺凤眼，也搬了一个荒唐的理由给她。

但是，凤眼居然相信了，她觉得这世界上每个人都有异想天开的时候，旅行者更需要浪漫到不着边际的情怀，才能赋予沿途风景更深刻的意义。

直到车子启动，坐在凤眼后边的那个中年男子都一声没吭，显然已经睡着了。下摆满是灰尘的西装暴露了他的身份，连珠珠都说，那肯定是去尼泊尔做生意的，没什么情调。

情调……

对于这些去到尼泊尔的人来讲，情调大过天。

凤眼认为迟久也是，那金色铆钉状鼻环将在加德满都的街头不停闪耀。

这一路旅程，除了中年男子一直在睡觉，其他四人都处于兴奋状态。阿春不停说话，银子不停吃东西，珠珠用手机不停播放耳熟能详的流行乐，凤眼则不停地向旅行经验丰富的同伴们询问关于尼泊尔的一切。

珠珠说这是她第三次去尼泊尔，前两次都觉得很无聊，那儿真是到处都脏乱差，博卡拉的山峰不算很高，风景也不比中国任何一个山区好半分，适宜徒步是因为那儿公路的路况太差，费瓦湖也没有西湖漂亮；还有加德满都这座破城市，只能达到中国二十世纪七十年代的市建水平，那儿的人身上都有一股浓厚的尘土味；加都的尼泊尔人都差劲，不是很滑就是很傻……

"那为什么你还是要去？"凤眼问。

"也不知为什么，每次回国以后，都会想念那里。"

在珠珠看似客观冷静的叙述里，凤眼内心不自觉地把尼泊尔打造成了金色，她坚信那里有无数宝藏在等待她来挖掘；每道尼泊尔的"脏乱差"风景最终都会成为她一个镀金的纪念；还有迟久……第十一次去尼泊尔的迟久，在她看来那儿更是寸土寸金，凤眼模糊记得两人一起在拉萨的藏餐馆啃一种非常难吃的牛肉包时，迟久说她要从尼泊尔人头上赚更多的钱，然后远赴东洋探望她的日本籍前男友柏原慎弥。

凤眼羡慕能够为自己制造故事的女人，她们就像活在更上一层的空气里，头抬得比较高，心情好的时候才肯低头看看世间的凡人，随口说说天堂的样子。

因为限行，车子总是开开停停，老司机时不时要下车抽根烟、撒泡尿什么的。中年男子往往在车子停驻的瞬间醒来，然后伸个懒腰，再重重陷回椅子上，继续梦游。起初，凤眼觉得那个男人无聊，但七个小时之后，她就无比渴望自己能和他一样迷糊。

阿春还在炫耀他喷皮草的光荣史。他把所有穿皮草的女人称为"野兽逼"，穿皮草的男人都是"野兽蛋"，野兽逼和野兽蛋都是虚荣浮夸的外星物种，它们利用皮草把自己伪装成地球人的模样，其目的在于唤起人类的杀戮欲望，以便让人类最终自取灭亡。这就需要他用喷漆罐来剥下那些野兽逼和野兽蛋的"画皮"，让他们显出原形。

"那他们都显原形了吗？"

高原地带稀薄的氧气让凤眼对什么都坚信不疑，完全忘记自己家衣橱里还有一件绵羊皮短上衣。

"这些野兽都特别狡猾，很少露出马脚，只要皮草被上了喷漆，他们就会用另一层防护衣迅速保护自己，让你的眼睛看不到他们原本的样子。"

"是吗？什么防护衣？"

"生气。"阿春很认真地回答。

珠珠在旁边发出"哧"的一声冷笑。

"是的，生气。"阿春那双深陷的琥珀色眼睛在夜色里像一对沾满磷粉的蛾子，他突然横起眉毛，嘴巴咧成奇怪的椭圆形，"你看，人一生气，脸就会变形，谁生气的时候都是这样，那些野兽就是假装自己生气，掩盖了自己的真面目。"

凤眼什么都信，她兴致勃勃："那么，有被喷了没生气的吗？"

阿春想了一下，点了点头说："有的，有一个。"

"真的？是怎样的人？野兽逼还是野兽蛋？现形了吗？"

"是野兽逼，有点胖，那天穿着黑光闪闪的十字貂皮短褂，我数了一下十字图纹，有六个。也就是说，这野兽逼身上背着六条貂命。太残忍了，不喷丫的怎么行？于是我在地下停车场喷了她满满一背的蓝漆，真他妈过瘾。哈哈！"

阿春兴奋地拍手拍脚，声音特别大，嗓子眼里像是放着一只口哨，喉咙每每张开都会有排箫的回音传出来。

"后来呢？后来怎么样？"凤眼的呼吸很急促，但她已经不在乎车子快要驶到珠峰脚下这件事了。

"后来，那只野兽逼回头看我了，我以为她又要用生气来护体，谁知道……"阿春咽了一下口水，凤眼紧紧盯住他滚动的喉结，生怕漏听半个字，"她居然冲我笑了！"

"笑了？"

阿春用力点头，回道："啊，笑了，一个劲儿地笑，笑得我背后发毛。当我意识到这只野兽逼不好对付的时候，已经来不及了。她先脱下皮草，放到我手里，叫我拿好，然后你猜怎么着？"

"怎么着？"

"然后她脱下一只高跟鞋，用力敲我的脑门子，我两眼一黑就晕过去了。"

"啊？那后来呢？那只野兽逼有没有加害于你？"

"后来啊？"银子抢过话头道，"后来我弟就被野兽逼敲昏半个钟头，醒来的时候发现自己身边站着两个巡逻警，背上被踩得跟披着一张足球皮似的，估计是被高跟鞋戳的。再后来，他就背着这一身足球皮跑来这里了。"

凤眼和珠珠都笑得前仰后合，只有阿春还在很认真地跟银子讨论野兽逼的问题。

"这一定是进化，外星物种的进化。他们发现了喷漆的厉害，所以发明了变种基因，让他们不再只有生气这一种伪装了，他们分明是拥有了更具攻击性的武器。"

阿春说得额头上都暴青筋了。

珠珠冲凤眼挤挤眼，说："旅行的乐趣就在于处处都能遇见奇葩。"

说完，珠珠把腕上的牦牛骨链取下来，换上了一串蓝松石手钏，连片的星光照在手钏上，居然呈现出一种幽秘的瓷光。回到家乡以后，凤眼才从别人那里听说那叫高蓝瓷松，是一种几近完美的昂贵松石，雨过天晴的颜色，通体光洁新亮，没有铁线。

车子在悬崖上七扭八绕之后，停在一个巨大的山洞入口前，可以看见洞内落满的碎石。司机说只要是雨雪天气，一路上就会不停有石头滚落，开车就跟死里逃生一样刺激。

听到这里，珠珠平静地摸了一下腕上的松石。

司机打开后车门，阿春帮所有人搬行李，只有半梦半醒的中年男子是自己搬的，他的行李似乎不太重，只有一个长方形的黑牛皮手提包。

"我讨厌一成不变，哪怕是戴首饰，也得时刻随心情而更新，这样才有意思。"

一个铁棚子搭成的安检登记口上，珠珠一边抄自己的身份证号码，一边跟排在后头的凤眼讲。

"那现在换成松石是怎么个意思？"

"保平安。"

这时凤眼才发现，每过一道安检站，珠珠都要换一个手钏，好似某种仪式。而且珠珠现在的神色特别严肃，她指指凤眼身后，凤眼转头望去，只见公路对面的峭壁上有一块巨石往外探着半个身子，像是随时会砸下来。

"妈呀！"凤眼的头皮一下被什么东西勒紧了，勇敢的现实版"黑衣人"阿春却站在她后头吹起了口哨。

"没事的。"珠珠签完字，扬了扬手腕，"这个睡美人会保佑我们安全抵达尼泊尔。"

"那就拜托了！"凤眼也很认真地投靠了珠珠。

两个女孩都无端地相信一串松石就能让她们所向披靡。

车子是在凌晨五点抵达樟木的，司机把大家带去一个小餐馆吃饭，凤眼看着手机上的时间算了一下——从拉萨到樟木，整整坐了十四个小时的车。

她丝毫不觉得累，心脏胀得满满的，都是有据可依的幻象。她也喜欢银子和珠珠那种淡定的旅行态度，她们坐下来，埋头研究油腻腻的菜单，菜单上的可选项少得可怜，但她们还是每人点了一份酥油茶和饺子。

凤眼什么都吃不下，只是象征性地点了一份炒饭，然后看着坐在旁边一桌的中年男子狼吞虎咽。那中年男子的衣袖上都是污迹，头发里还夹着一颗白花花的东西。

"要不要换尼币？一比十六点五。"

一个浑身油气的西藏女人，手里拿着一叠尼泊尔纸币，伸到凤眼面前。

珠珠忙放下筷子，道："终于来了。"

"什么？"

银子已经开始掏钱包了，她那十根贴着水钻的长指甲飞快地数动钱包里的红纸币，又按了按西藏女人手中的计算器，然后开始交易。阿春坐在胞姐身边，眼睛狠狠地瞪着数钱的西藏女人，那女人身上套着羊毛饰边的背心，他正在扫描她，看她是不是一只野兽逼。

"在樟木换尼币最划算了，比在尼泊尔本地兑换利率要高一点。"

凤眼连忙把自己的钱包也翻出来，跟那西藏女人换了三千块，转头再看珠珠，发现珠珠拿出五百块递过去。

这么少？

珠珠若无其事地接过尼币，塞回她的帆布钱包里。凤眼看得出来，珠珠很穷，尽管她腕上戴的是睡美人。

换完尼币之后，珠珠站起来，动了动脖子，然后跟凤眼说："接下来不管你看到什么，都——别——吃——惊。"

然后，珠珠托起吃剩的半份饺子，端到中年男子身边，往他头顶利索地扣了下去。

饺子碎在中年男子的头发上，他抬起头看了看珠珠，牛肉馅把他的额头涂成粉红色。

餐馆一下子安静下来，那西藏女人紧紧攥着手里的钱，端着米线走出来的女服务生捂住自己黑红色的面膛。

"嘣"的一声，珠珠挥出的左勾拳非常漂亮，准确地碾压过中年男人的下巴，他头顶上的碎饺子皮爆炸一般四散，地上瞬间开满了肉与粉的"花朵"。

所有人都看傻了，阿春问银子说："难道这大叔是野兽蛋？"

中年男人从地上爬起来的时候，翻倒了身边好几张凳子，所以骚动仍在继续，大家一声不响，看着他爬过打碎的醋瓶，爬过潮湿的地砖，爬过珠珠的脚边，最后爬过餐馆的门槛出去了。

凤眼相信，此刻在所有人眼中，那男人就像是一只老鼠。

"他……他是谁？"

待珠珠重新坐下，很豪气地重新叫了一份饺子后，凤眼小心翼翼地问她。凤眼现在对珠珠已经彻底刮目，她不确定自己会不会像那个一直保持缄默的男人一样突然揍珠珠一拳。

"继父。"

珠珠的眼皮始终下垂。

继父……

这个中性名词经由文人和无数情色片、警匪悬疑片的渲染，已经很无辜地变成"邪恶"的一个分支。银子斜着眼看了珠珠一会儿，没有说话。

阿春藏不住，便问："为什么揍你继父？让我想想，他是不是侵犯过你？或者趁你妈不在家的时候虐待你？他是个变态吧？你去尼泊尔就是为了逃开他对不对？可他非跟着你，要把你折磨疯！对吧？我说得对吧？啊？啊？"

珠珠终于抬起眼皮，看了阿春好一会儿，突然伸手捏了一下他的面颊，笑道："你真可爱。"

"我说对了？有没有？要不然他为什么始终不讲话？他一定一定是欺负过你。是不是？是不是？"

很明显，银子和凤眼心里也是这么想的，她们只是不说。旅行是为了放松情绪，这么沉重的事本来就该留待行程结束以后再去面对。谁的人生里没有点不堪的章节呢？

"他不说话，是因为他说不出话，他是个哑巴。"

解释完毕后，珠珠重新叫的那份饺子热气腾腾地端了上来。

走过友谊桥之前，凤眼又给迟久发了一条微信，告诉她快要跟她见面了。但是直到过了桥，填了过境卡，接受了尼泊尔境内的首道安检，迟久依然没有任何回复。那中年男子也不见了，他没有和大家一起过境。

在坐上涂满艳丽图画的面包车去往加德满都的路上，3G网络没有了，凤眼的手机就只能通电话和发短信。

这是凤眼第一次踏上尼泊尔的国土，她和银子都有些惶惶的，因为车子的行驶方向与中国正好相反，所以每每有车迎面驶来，都像是要撞上了一般。而且这个国家像是建在一座大山上似的，环山路永远绕不停，路面窄、石块比珠峰脚下的还要多几倍，坑洼的水泥地面时不时就把轮胎颠出几个跟跄来。好几次，凤眼都闭上眼不敢看，她怕下一秒就会滚落山崖，死无全尸。

只有阿春还没心没肺地唱《旅行的意义》，向路边每一个眼睛空灵的尼泊尔美少女摆手示意。

路边都是胡乱搭起的铁皮棚，里面摆卖的是廉价饮料和咖啡，还有诸多一眼就能认出的来自中国义乌的生活用品。

这是个落后、贫穷的国家，哪儿来的寸土寸金？

"这儿真好，看不到野兽逼和野兽蛋。"阿春给了尼泊尔一个很囧的定位，完全忘记这里的气温已经完全不需要穿皮草了。

这一路过的安检数量，丝毫不比在西藏的少，中途还爬上来一个义乌来的老板娘，说话粗声大气。听得出来，她对尼泊尔充满了怨气，在打开行李箱让尼泊尔军管翻查的时候，不停叽里呱啦说尼泊尔语，后来她解释给凤眼他们听，说都是在骂他们财迷心窍。

"上个月有中国人带了十七公斤黄金过境，被查着了，黄金没收不说，当地政府还要他们的家人用与黄金同等的价格来赎人。所以他们现在搜查中国人搜出瘾来了，眼睛就盯着我们黄皮肤的。你看你看，前面那辆坐满老外的旅游车，他们看都不看。"

老板娘越说越激动，突然转头对送大家去加都的司机发火，司机是个身材细长的中年男子，典型的尼泊尔长相，他没有反驳，只是温和笑着，帮她把行李放回到车顶。

"还有这个女的，最坏了。"老板娘指着一位正在摸凤眼胸部的黑皮肤女警说，"每次就她搜得最仔细，恨不得把你剥光了。有毛病，呸！"

在老板娘的叫骂声中，凤眼开始怀疑迟久之前跟她说的都是谎话。

尼泊尔，根本就是个破地方。

"这回，你该说说来尼泊尔的真实原因了吧？"垂着眼皮，深藏不露的珠珠突然开口问凤眼。

"去那里杀一个人。"

"杀谁？"

"一个叫迟久的婊子。"

二、老蜡

凤眼是在加德满都的第三天巧遇老蜡的，看见他的时候，他也是全身红彤彤的，头上只有红粉末，没有饺子皮。

那天是尼泊尔一年一度的洒红节，大家都把红粉抹在每个人身上，凤眼不知道有这个节日，一早就出门在泰美尔区闲逛，想买一块漂亮的手绣披肩，结果身上的白T恤被毁了。

捡起自己掉地上的小金刚菩提，抬头看见老蜡的时候，凤眼很想装作没事人一样逃掉，但眼睛还是挪不开，她发现老蜡在红粉的衬托下变得年轻一点了。这是她第一次仔细地打量珠珠的继父。

老蜡穿着花色斑斓的衬衫和中裤，露出一双结实的小腿，又脏又土的西装不见了。他眼睛很明亮，深陷在眼窝里，嘴唇上还沾了一抹红，宛若珠珠胸口的朱砂象。凤眼反复确定是不是自己认识的老蜡，直到老蜡向她走来，递上了一张淡黄色便笺纸，上面写着："珠珠在哪里？"

凤眼抬手打掉了老蜡递来的便笺，往另一条街走去，走了好一会儿才发现老蜡居然一直跟着她。

"走开！死变态！"凤眼冲老蜡竖了一下中指，但她心里不得不承认，老蜡并没有那么讨厌，他眼睛睁得很大，死死盯住凤眼，好像生怕眨一下她就会不见。他也没有普通中年男人身上的俗气，大概之前那套西装掩盖了他身上某些真实的气质，所以他现在红红的一个人，反而让凤眼认清了他。

老蜡不肯走开，他坚持走在离凤眼半米左右的地方。凤眼走进披肩店讨价还价，他就在店门口守着。反正当凤眼拎着十个绣花钱袋走出来的时候，就看到红色的老蜡杵在那儿，被几个涂成花脸的尼泊尔孩子当成丢洒红粉的靶子。

凤眼曾试图在一家卖菩提的店里找后门溜出去，她用半生不熟的英语问老板有没有后门可走，老板居然带她去了厕所。凤眼气极了，迟久不是说在尼泊尔中文可以走天下吗？为什么整个泰美尔区的尼泊尔人都只会说尼语和英语？还有那些印度女人，她们额间点着艳丽的朱砂，时不时给路人一个祈福式的微笑，但当你走过去请求她卖的钵盂便宜五百个尼币时，她们却立马换上了另一张脸。

总之，凤眼走来走去都无法摆脱英语。作为一个中考考英语在一百分里只考了十六分的笨女人，她只能反复回忆《实习医生格蕾》和《老友记》里那帮好莱坞明星都是怎么跟别人沟通的，然后绞尽脑汁地在餐馆点菜、跟酒店老板讨价还价。她多么希望能自在地讲讲中文，哪怕只是说说某个人的坏话也好，但她偏偏碰上的是老蜡——一个不会说话的男人。

"我不知道珠珠在哪儿，我跟她没有住一间旅馆。你走吧！"

凤眼粗声大气地向老蜡解释，两只手还在空气里胡乱比划着，因为她不确定老蜡能听见。俗话说，十聋九哑。在凤眼的概念里，总得先是聋子，才可能是哑巴吧？

每每凤眼对着老蜡开口，老蜡便偏过头，将一侧的耳朵对住她的嘴，然后不停点头。可见他听觉有问题，但还能依稀分辨出一些声音。

"你！听明白了没有？"凤眼火气很大，旁边走过的几个嬉皮士都纷纷转头看着她。

老蜡点了点头，又递给凤眼一张便笺，上面写着："我是珠珠的继父，请叫我老蜡。如果你有珠珠的消息，请联系我。"右下角写着一个手机号码。

这回凤眼没有把便笺还给他，她收下这张纸，用力点着头，希望老蜡能就此转身离开。

老蜡似乎真的相信了凤眼，他向凤眼鞠了一躬，就真如她希望的那样转身去了另一条街。

老蜡的背影是那样红，红得发紫，漫天的红粉飘洒下来，盖在他和凤眼身上，街角伫立的石头佛像身上都是红，缝隙里被红色填满，显得兴高采烈。

但凤眼一点也不轻松，她觉得手里的字条是那样的沉，沉到胳膊都险些抬不起来。

她直觉老蜡是个好人，起码应该不值得挨珠珠一拳。

凤眼他们住的蜘蛛旅馆位于泰美尔区的西北角，老板是一位总是一身夏威夷人打扮的中年男子，长卷发、发福，自信满满，精明都藏在两条小小的眼睛缝里。

因受迟久的蛊惑，最初抵达加德满都的时候，凤眼死皮赖脸劝其他三个人跟她一起去住泰美尔区一家叫希望的旅店，结果看了房间后都逃了出来，那里每间房都有三张床，没有任何其他家具，而且还得走上六层楼才能住到。

凤眼这才明白为什么每天只要三十块人民币了。

结果除了珠珠之外，凤眼、阿春和银子都决定另找住处，这才搬到了蜘蛛旅馆，虽然要二十美金一天，但勉强称得上是标间。凤眼很高兴能和银子住一间，这样她就省了一半的房费；阿春也很高兴能单独住一间，这样他就能半夜随便带姑娘回来。虽然银子每天从街上回来都会向凤眼展示她的收获，从小到能托在掌心的陶壶到不分左右脚的皮革底绣花鞋，各色稀奇古怪的尼泊尔商品都会出现在银子的购物袋里。这让凤眼起了一点小小的嫉妒心，银子太有钱了，有钱到闭着眼睛乱花都不会赔掉人生，而她凤眼来这里的每一分旅费都是从微薄的薪水里抠出来的。

但不管怎样，阿春和银子流利的英语还是帮了凤眼不少忙，要不然她连早餐想吃个煎嫩点的煎蛋都困难。这对抢眼的双胞胎就像是住在云层之上的那种人，不知人间疾苦，更没有烦重心事，只会在有生之年享受活着的感觉。

　　而凤眼呢，她永远是每天最早一个回旅馆的，只敢去离泰美尔最近的杜巴广场转悠。因为没有多余的钱，所以阿春和银子在商量几时去博卡拉和奇特旺的时候，凤眼都没作声，她不确定还有没有能力去那儿。如果要炫富炫小资，她尽可以站在蜘蛛旅馆的天台上拍几张照片通过WIFI发送到微信朋友圈，那儿可以俯览整个加德满都，这座在义乌老板娘嘴里"像讨饭帮大本营"的城市到处都是不讲章法的建筑，凌乱、鲜艳，似乎是随心所欲搭起来的积木之城，云层里总有苍鹰的羽翼滑过，提醒她这儿附近都是山峦。

　　凤眼觉得自己被这座城困住了，这儿一点也不好玩，分不清是印度人还是尼泊尔人的年轻侍者穿着白衬衫和黑背心，用殖民地气息浓厚的法式做派为她服务。他用手势提醒凤眼风大了，能不能到天台里面去坐。凤眼看得出来，他知道她英语很差，她瞬间感觉自己受到了轻视。

　　这种被看不起的感觉让凤眼如坐针毡，她宁愿去街上买一件三百尼币的机绣T恤，反正南边角上有家T恤店经常坐着一个大眼睛男孩，像被剪掉了翅膀的天使。她就是因为这个荒唐的理由走出蜘蛛旅馆的，然后遭遇了一年一度的洒红节。

　　现在，凤眼拿着老蜡给她的纸条，站在街中央，看一些中国来的情侣用透明雨披挡着头随便往哪家店里冲，红雨还在下个不停，整个尼泊尔都是红的。

　　"这些尼泊尔人特别懒，一年三百六十五天想出两百多天的节日，这样他们就可以天天过节，不用上班。"义乌老板娘曾经这么评价尼泊尔众多的节日。

　　在这片无聊的红雨里，凤眼觉得心里有了安慰——在尼泊尔，有比凤眼更惨烈的人，那就是老蜡。

所以凤眼下定了决心，去条件简陋的希望旅馆找珠珠。她只能努力从浅薄的记忆里挖掘关于那个旅馆的踪迹，应该是在西南角上，旁边有一家很大的首饰店，店里都是优化过的绿松石，店老板是个秃顶戴眼镜的老头……

在红雨里绕了半个钟头之后，凤眼终于找到了珠珠住的旅馆。她手舞足蹈地向旅馆服务员解释了半天，对方才听懂她要找人，于是挥了挥手，让她自己上去找。

凤眼找了一层又一层，走了整整八层楼，依然没找到珠珠。她不知道珠珠的全名，所以无法问服务员珠珠住在哪个房间。但她还是给珠珠留了一张字条，她把字条交给服务员，请求他把这条子给每一个入住这里的中国女孩看看。

走出希望旅馆，凤眼松了一口气，仿佛已经完成了老蜡拜托的任务。

但回头想了想，她还是决定第二天再来碰碰运气，不管怎么说，老蜡满身鲜红的样子看起来有点太冤了，她认为他需要在这场充满霉运的旅行里汲取一点可怜的正能量。

意外的是，没有等到次日，珠珠就主动到蜘蛛旅馆来找凤眼了。

"你看到我留的字条啦？"

在旅馆大堂里，凤眼和珠珠拥抱了好一会儿才分开。

"什么字条？没有啊。"珠珠又垂下了眼皮。

凤眼这才发现尼泊尔人多数不讲诚信。

"那你怎么想到过来找我？"

珠珠耸了耸肩说："没什么，我的尼币用完了，想跟你换点。这里每个兑换点都太黑心了，只能找你们。"

于是，凤眼兑现了一万尼币给珠珠，然后把老蜡的事也顺便讲了。

"你是还嫌我揍他揍得不够狠呀？还提！"珠珠眼睛一拎，显得很凶的样子，凤眼还没见过她表情失控，就算是打人的时候，珠珠都有本事波澜不惊。

"你们到底有什么恩怨？从实招来。"凤眼不怕珠珠，她认为珠珠跟中国百分之九十的酷女孩一样，都是内心脆弱的女汉子。

珠珠直视凤眼五秒之后，突然开口道："你和谁睡一个房间？"

"当……当然是阿春……哦不，银子，银子！"

不知道为什么，凤眼提到"阿春"两个字就会浑身紧张。

"能不能从今天起，我跟你挤一间房，让银子和她弟去睡？"

"为什么？"

"因为今天希望旅馆把我赶出来了，如果我还要坚持在尼泊尔待上几天，就根本没钱付住宿费。"

然后，珠珠从身后拿出一个鼓鼓的军绿色旅行袋，拥抱了一下凤眼，问："你住哪一间？我先把东西放一下。"

珠珠横插一杠的事，并没有让阿春和银子产生反感，阿春哼着"三天三夜，三天三夜，跳舞不会停歇"，把银子的行李搬回到他的房间，临走前还给凤眼一个迷人的笑，说："安啦，我们不会姐弟乱伦的。"

凤眼摇了摇头，气鼓鼓地对正在卫生间摆放牙杯的珠珠吼道："难不成你还有脸让我负责全部的住宿费？"

珠珠轻飘飘地走出来，仰面朝天，呈大字形重重地摔在床铺上，胸脯剧烈起伏了好一阵，笑道："你分担我的住宿费，我告诉你关于老腊的事情，公平交易，怎么样？"

"那就这么决定了。"

话一出口，凤眼就悔青了肠子，直到在回成都的飞机上，凤眼还在问自己为什么要做这种折本生意。

但是，此时此刻，凤眼认为用一点钱交换一个过客的隐私是划算的。她脑中不停浮现红雨中的老腊，他那被香烟熏黄的手指节内侧、深陷的眼窝、嘴唇上的红粉，对周遭的欢腾置若罔闻的安静……凤眼觉得，这样的男人有很多故事可以窥探，也许翻到最后发现只是个空壳，但至少也是个有神秘感的空壳。

为了空壳的"美丽"外表，凤眼无端地消耗了一百美金。

可说到底，珠珠仍是个有趣的女生，在强行搬进蜘蛛旅馆的那一天，她给凤眼展示了自己收藏的宝贝，满是矿点的南红、被盘成闪闪发亮的酱油色的盘龙纹小金刚菩提、浓到发紫的青金石佛珠链、用一整个象牙果雕成的玉白色扳指、布满冰裂纹的昏黄色菩提根手串……她毫不吝啬地从里面挑出一条菩提根佛链送给凤眼，美其名曰："暂时抵一下住宿费。"

于是，珠珠就光明正大地坐上了天台，和阿春、银子、凤眼他们共进晚餐。蜘蛛旅馆不提供正宗的西餐，只有咖喱和浓汤，但棕色皮肤的年轻服务生永远站在他们身后，随时提供需要。银子把从中国带来的速食包摆了满满一大桌，都是鸡头鸭爪外加各色坚果。那天的风很大，阿春从超市带回一瓶黑方，四个人坐在一起吃肉喝酒，后边站着的高个子侍者偶尔会抱紧身体，像是很怕冷。的确，尼泊尔白天热得要命，晚上一旦云层压底，苍鹰不见了影踪，就变得冷冰冰的。

银子嘴里塞满了鸭舌头，时不时转过身递一包零食给侍者，可能在她眼里，那侍者就是只宠物，需要接受喂养。侍者会礼节性地摆摆手表示不要，但银子很坚持，侍者只好接过，然后走到天台里侧的一个小休息室里，过两分钟，再走出来，小背心穿得笔挺，复又站在他们后面。

银子问他味道如何，他笑一笑，用尼泊尔腔的英文说："谢谢，很美味。"

"开始吧。"阿春把玻璃杯往大理石桌上狠狠一放。

"开始什么？"

"听珠珠和她继父的故事啊，我跟姐赌了一百块呢。"

凤眼的脸皮莫名地红了一下，她心里有些气，那本该是珠珠只能对她说的秘密，为什么要跟其他人分享呢？他们有承担过珠珠半毛钱的住宿费吗？

珠珠吞了一块杯里浸酒的浮冰，含在嘴里直到融化，然后笑道："舌头好麻。"

"不要转移话题。"阿春剃得极短的板寸显得很精神，"说，快说！"

"真是重口味啊。"银子长叹一声，褐色瞳仁发着光——她美得有一点不真实，凤眼跟她一起买披肩的时候，会有老板送她满是蓝鸟图案的手绣披肩，只为换得她一个拥抱。

珠珠放下酒杯，系上碎花兔毛开衫的扣子，停顿了几秒钟之后，指了指身后的侍者说："他听得懂中文吗？"

"你说呢？"阿春转过身对那侍者说了句"去你妈的"，侍者对他报以亲切的微笑。

珠珠苦笑了几声，开口说道："我的继父老腊，其实一开始是可以说话的。"

三、珠珠

珠珠第一次见到老腊，是在自己家的饭桌上。

母亲月仙那天发短信给珠珠，让她早点回家吃饭，有客人。珠珠提前半小时换掉衣服，从咖啡馆骑自行车飞奔回家，然后就看见了老腊。

老腊坐在那里，头发半白，眼睛上都是皱纹，正对着一盆油色鲜亮的炒猪肝咽口水。他看珠珠的眼神很温和，那种客气到让人崩溃的温和。珠珠当时就知道，她和老腊之间不会有好事发生。

只有月仙不这么想，月仙喜滋滋地摆了满满一桌菜，还特意开了瓶红酒，把珠珠安排坐在老腊对面，她自己坐在长条桌的顶端，像是一个裁判，审度谁的表现更出色。

"你喜欢听谁的歌？"珠珠突然发问，她有一个习惯，只接受音乐品味同路的人。

"你知道陈建年吗？"

"不知道。"珠珠摇了摇头，往嘴里塞了一片猪肝。

"陈建年是一位台湾本土的原创歌手，他的正式职业是警员，后来拿到金曲奖声名大噪。得奖后因为找他的人太多，他主动要求调去台东的一个小村子做副警长，闲暇时就去村里唯一一个酒吧唱唱歌。"

"你喜欢他到什么程度？"

"喜欢到想见他一面的程度。有一年，我办了通行证，到去台湾找他。"老腊的声音很扁，像喉咙里塞了一把艾草，"然后我就去了那个村子，找到了警察局，问里面的人能不能让我见见陈建年。一个警员跟我讲要见他，就去附近的酒吧，他基本不太能准时来上班。所以我就去了酒吧，酒吧的照片墙上满满一墙都是陈建年的照片，然后我又问酒吧老板能不能看到陈建年，老板很惊讶，他说……"

"他说什么？"

"他说，咦？刚刚你走进来的时候，不是正好和他擦肩而过吗？他现在已经出去了。"

"哈？那你后来有没有再去找他？"

"没有，我就这样带着遗憾回内地了。大概见不到他也是命运的安排，能见的，自然会见，不能见的，纵然千里迢迢，也无济于事。"

老腊说这些的时候，身上散发出某种清爽的稻草气息。

珠珠笑了一下，轻轻哼唱："山高高，路长长，一湾流水野花香；山高高，路长长，有我同行不孤单……"

"你知道他！原来你知道他！他的《山有多高》！"老腊喉咙里的艾草被珠珠的歌声点燃了。

这顿饭让珠珠终生难忘，她很快就原谅了月仙的决定。

"后来呢？后来他就成了你继父了？"银子显然对老腊有了好感。

"后来就跟所有琼瑶戏演的那样，老腊给了我们家很多惊喜。比如他冲泡的咖啡永远比我冲泡的香；他自己开了一间花房，男人开花房，很怪吧？全用原木搭起来的房子，他可以一个人在那里待一天；他会穿很皱的西装在路上闲逛，女人都以为他是个大老粗，但他不染头发，也没有戴过积家手表，他过普通人的小日子，甚至比我妈还要接地气。"

借着酒劲，珠珠的话开始多了起来。

"老腊总是说他要来一趟尼泊尔，带着老婆一起去。他跟我妈在一起的时候，我觉得空气都是静止的，那么令人窒息，这个混蛋让我妈在花房免费打工，我妈还特别乐意……"珠珠吞下一口酒，脸色绯红绯红的，侍者端给她一杯水，"一年以后，我妈就怀孕了。"

月仙怀孕以后，珠珠就彻底把自己剔除出了他们的生活。她努力让自己表现得像一个没家的孩子，在每一个死党家里蹭住，实在蹭不到就背个包骑车绕着城市跑，一跑就是一整夜。珠珠仗着自己年轻，就坚定地认为没有任何事能难得住她，她无法接受母亲和老腊再生一个孩子的事实，生下来以后，她还是他们的女儿吗？抑或她还是月仙的女儿吗？

可是话说回来，珠珠与月仙的关系并没有人们想象的那么深厚，她们相依为命那会儿，珠珠也没有跟韩剧里演得一样温柔似水，她们也会吵架、冷战。曾经有一个月，月仙只是每天往桌上放三十块钱让珠珠自己解决吃的问题。珠珠永远记得，有一次母亲为她剪头发，刚剪到一半，珠珠就嫌剪得太短了，母亲把剪刀往桌上一放，便不再理她了。珠珠只好顶着剪了半边的头发，硬着头皮找了附近的理发店收尾。这件事让珠珠恨了母亲一辈子，她讨厌亲人不宠爱她，她希望月仙能像她同学的母亲一样，什么都随儿女，为孩子提供一切想要的。

老腊入驻他们的生活后，珠珠有很长一段时间都试图靠近他。老腊经常抱着木吉他，穿着土西装坐在花房门口弹唱一些冷门的台湾民谣。

珠珠慢慢有些恨老腊了。她恨老腊，是因为她爱老腊。

去年夏天的时候，老腊说要带怀孕二十四周的月仙去做个短途旅行，那种传说中说走就走的旅行，所以谁也没通知珠珠。

珠珠之所以后来知道了，是因为医院急救中心的人打电话来，说月仙死了，他们的车滚下山崖，月仙被一根竹子贯穿全身，也刺透了肚子里的男胎。可老腊没事，他只是满头纱布，躺在床上闭目养神，直到睁开眼想要一杯水的时候，才发现自己不会说话了。那把喉咙里的艾草，终于枯萎了。

珠珠的死党们说，这情景太像《洛丽塔》了，就差她和老腊没有在一起。在母亲的葬礼上，珠珠骑着自行车，绕着悼念厅转了好几圈，始终没有进去。

老腊抱着他心爱的木吉他，哭得死去活来，他嘴里发出呜呜的奇怪的声音，好像在悲叹自己从今以后再也不能唱陈建年了。

珠珠跨着她的自行车，远远看着坐在殡仪馆门口恸哭的老腊，天色很灰很灰，珠珠决定永远不原谅老腊。

那天下午，老腊回到花房，看到所有原木上都有鲜黄色喷漆的"去死"。花房在珠珠的诅咒中死去，老腊也跟死了一样，失踪了很久。

"半年以后，那个混蛋找到我，递给我一张纸条，上面写着'我要去尼泊尔，再见'。"说到这里，珠珠翻了个白眼。

"然后你就跟他一起来了？"

"不是。"珠珠摇摇头，"是来送纸条的时候，我混得不太好，在酒吧门口被一个婊子用高跟鞋抽脸了，正好被他看到。"

"以你这么剽悍的气场，能乖乖被人家用鞋子抽脸？"阿春每句都问到点子上。

"因为喝得太高了，走路都困难。"

老腊看到鼻青脸肿的珠珠以后，就再也不玩失踪了。他把花房盘出去，木吉他也卖掉了，整天跟着珠珠。老腊用纸条跟珠珠说："我要代替你妈妈照顾你。"

"谁他妈要你照顾啊？"珠珠气得浑身发抖，她想起了被月仙剪坏的半边头发，还有他们让她慢慢退出家庭的残酷感。

但老腊很坚持，他还掉了月仙和珠珠住的那个房子的全部贷款，却没有变更户主，只是带着一大堆衣服搬了进来。每天早上给珠珠做手冲咖啡，把从花房带回来的月季和蝴蝶兰摆满整个房子；珠珠去上班，他也会租个自行车在后面跟着；珠珠无论在酒吧多晚下班，走出酒吧就能看到老腊站在酒吧对面，穿着土西装，嘴里咬着一根烟。

实际上，那时候除了内衣裤之外，老腊什么都帮珠珠洗，包括染了经血的床单，他就这么样强势地走进了珠珠的生活。除了无法说话，珠珠发现老腊后来连听觉都弱了。有一次，她发现他坐在厨房里，眼睛盯着电水壶一动不动，旁边放一块手表。他就是这样训练自己掌握一壶水煮开的时间，克服听不到水壶鸣音的问题。

水开以后，老腊用它料理新鲜鸡蛋做了一个芒果蛋糕，放在桌上，提醒珠珠已经二十九岁的现实。

"你为什么不走？我看见你就生气！你滚！滚啊！"珠珠奋力挥着两条细长的胳膊，让老腊了解她对他的厌恶。

但是，老腊怔怔地看着她，她发现他眼睛上的皱纹更深了。于是她转过身去，努力不去看他，她怕看他看久了，会忍不住吻他。

珠珠吃掉了老腊做的芒果蛋糕，踩着车在外面乱晃荡，中途接到一个死党的电话，死党说要开个卖珠子的店，让她来帮忙挑珠子，珠珠就去了。

在死党的家里，珠珠发现了一个宝藏，蓝光闪闪的阿富汗青金石、血色的朱砂、磨砂琉璃、雨过天晴色的睡美人、布有曲折纹路的浅绿色松石、初雪船洁白的菩提根、满金星小叶紫檀、泛着粗犷之光的琥珀色牦牛角……死党当场用烤色加工过的鸡油黄蜜蜡做顶珠，配以金丝砗磲佛头和米黄色雕刻琉璃珠为珠珠穿了一条正月的星月菩提苹果佛珠，还很奢侈地用满肉的柿子红南红做弟子珠。

珠珠捧着那串过于华丽的佛珠，看傻了，这是她第一次见识到严格意义上的五光十色。与酒吧里打出的灯光不一样，那是死的，但珠子的光泽却是流动的。

"生日快乐。"死党说。

"你打算在哪儿进货？"

"一般的珠子我都会去当地的市场淘，但每年必须去几趟尼泊尔，那儿是菩提的天堂，能淘到好珠子。"

尼泊尔……

珠珠想起老腊给她的那张字条。

也许是为了逃避，也许是为了珠子，珠珠在向死党学完做珠串的三种打结方法以后，就收拾行李，买了去拉萨的机票，学着所有修行者那样制定路线，踏上了去尼泊尔的路。

她是在八角街巧遇老腊的，老腊远远看到她站在大昭寺门前对着一个五体投地的朝圣者猛拍照，就走过去拍了她的肩膀。她回头看到他，想也不想就抽了他一个耳光，然后转过身继续拍照。

"你这样对朝圣者很不敬，不如自己磕一百零八个头吧。"老腊的便笺纸上这样写道。

珠珠看了纸条，冲他竖了一下中指。

到了西藏，天地都浸在酥油茶里，都融在洁白的云块里了，珠珠还是没办法把自己藏起来。

老腊跟着她，一直一直都跟着她。

但老腊跟得很识相，他总是和珠珠保持一定距离。路过仓央嘉措和情人秘密约会的酒吧时，她站在那儿很久，就看着酒吧楼上窗口伸出的那张女人的画像，她不确定那是个真实的故事，为爱情失踪的僧侣，只留给虔诚的西藏信徒一点猜想和一点遗憾，这有点扯。珠珠的脑子里，爱情从未触及她的敏感点，她身后只有老腊，她的继父，杀死自己母亲的继父。

"这人渣居然一直跟我跟到尼泊尔，单凭这就证明他是个变态！"

老腊是不是变态，大抵在天台上的每个人心里都有不一样的评判，至少从凤眼的角度去看，她认为那是个背负沉重包袱的人，甚至远比珠珠想象中的更沉重。

珠珠把她和老腊故事讲完后，发现阿春不见了。

"阿春呢？死哪儿去啦？"银子大惊小怪地一通乱叫，珠珠则四处张望。

凤眼看见银子背后站着的"宠物侍者"指了指天空，抬头望去，发现阿春就站在天台上一层的水泥小房顶，张开双臂，把自己吹得稀里哗啦的。

阿春像是在风里流淌的一滴眼泪，T恤紧紧勒住他的前胸，暴露着笔画苍劲的肋骨。

"好想跳下去哟，加都就是积木之城，我们都是里面的玩偶，摔下去应该会掉在一堆棉花糖上吧。"他说。

那一刻，凤眼有些希望阿春跳下去，把身体涂在泰美尔区的窄街上，那里还有昨晚留下的红粉，墙上的佛脸涂鸦与阿春重叠在一起才是完整的尼泊尔。

四、阿春

从泰美尔区到杜巴广场的路很近，四个人步行半小时就能到。所以凤眼和珠珠特意起了个大早，把自己收拾干净后准备去叫醒每天睡到自然醒的银子和阿春姐弟俩。结果，敲了半天的门却没人开，于是两人先去吃早餐。在这个每天只供电十二小时的城市里，用WIFI都变成奢侈的事情，所以她们愈加享受白天的明朗。

没想到下楼的时候，却撞到满头大汗的阿春。阿春说他凌晨五点就去杜巴广场逛过一圈了，还拍了很多在街边汲水的妇女们的照片，她们清一色长着黑红的脸膛，穿着艳丽的宽腿裤，眉心点着祝福的朱砂。

"为什么那么早去？不是说要一起的吗？"凤眼有点不开心。

"哦，因为等一下我要去别的地方。"

"去哪里？"

"帕舒帕蒂神庙。"

那是银子坚决说"不要去"的地方，因为听说频繁的火葬已经把那里弄得烟熏火燎，跟西藏的小昭寺一样让人喘不过气。但是，阿春似乎比姐姐的意志更坚定，看他的眼睛就知道。

凤眼和珠珠只得下楼找到正在吃早餐的银子，三个人商量着去杜巴广场能不能找到中文向导。

银子慢吞吞地喝着带羊奶味的咖啡，吹开咖啡面上那层厚厚的油衣，说："去完杜巴广场之后，一定要赶去帕舒帕蒂神庙。"

"为什么？"

"因为我敢保证，我弟一定会在那里干什么傻事。"

于是，三个女人向杜巴广场进发了，虽然银子已经把路走过一遍了，但还是在错综复杂的巷道里迷了路。每条路上都有花团锦簇的披肩店，卖纪念品的摊子上挂满了菩提，甚至五块钱就能淘到一串大金刚。所以她们走得很慢，所有店面都是磁铁，会把她们吸过去。尤其是购物狂银子，永远三步一停，每隔十分钟包里就会多几件小玩意儿，一个铜钵、一挂牛铃，抑或一串红皮凤眼……珠珠和凤眼表现得比较节制，多半只看不买，因此才能注意到一群群穿着蓝西装和白衬衫的尼泊尔学生。

少年们迈着长腿，顶着卷发，太阳神一般成群走过；女孩子都有丰满的胸脯，眼睛又大又深幽，嘴唇上凝聚着细碎的青春。他们都以同样单纯的表情在行走，还有长得完全与中国人一样的孩子，笑容腼腆，额染朱砂，鞋尖上布满欢快的尘土。

凤眼看得有些痴了，尽管她头顶上有胡乱缠在一起的电线，但电线下面有那么洋溢的美少年与美少女。对于他们来说，上学似乎只是一个成长的过程，只要能看懂字，学会说英语，就能过很悠闲的人生，和每条街面上横躺的流浪狗一样。那些狗都是睡着的，懒洋洋的，三五成群，躺在各个街道转角。破破烂烂但都绘上漂亮图案的小轿车在如此窄的街道里驶过，没有一个司机害怕摩擦，他们甚至会在狭路相逢时探出头来互相打个招呼聊上几句。

珠珠喜欢关注每一道低矮的门廊，门上缠满了精美而陈旧的木雕，她对那些木雕的专注程度甚至远远超过菩提。这些木雕门都因年久失修而刻满了时间的裂痕，慵懒的尼泊尔人从不在意它们的腐蚀程度。

"这里果然是会让阿春着迷的积木之城。"银子不由感慨。

在杜巴广场前买门票的时候，凤眼问银子说："为什么你觉得了阿春去帕舒帕蒂神庙会做傻事？"

"你相信双胞胎之间的心灵感应吗？那是真的。"银子指了指自己的脑门。

"那你能感应到他会干什么傻事吗？"

"他会自杀。"银子说。

于是，杜巴广场之行就变得有些急吼吼了，珠珠和凤眼自然不太信银子的说辞。阿春是他们中间最乐观豁达的旅人，能在任何地方制造阳光的人，这种人不太容易死，上天会让他在年轻时代逍遥自在，到老才施以严惩。何况银子也不太坚持自己的论调，她们依旧在杜巴广场参观皇宫以及后花园的露天澡堂，把每座庙宇门廊上的色情雕像收进手机。

一个乞丐模样的老人把一串东西拿到凤眼面前，向她兜售——是用铅丝穿起来的一颗植物果实，一半包着棕色果皮，另一半附满类似绿锈的东西。

"这是什么？"凤眼用蹩脚的英语问老人。

老人嘴里含糊不清地用尼泊尔语向她解释，她听不懂。

倒是珠珠拿过来看了看，又把东西还回老人手里，说："好像是没有清理过的金刚菩提籽。"

现在满大街都是清理了穿好线的大金刚和凤眼，谁还愿意要一颗没处理好的菩提？凤眼很自然地推拒，绕过老人，往另一幢庙宇走去。可是老人一直跟着她，叽里呱啦地说话，不停把菩提拎起放下，抚摸数遍，眼睛紧盯住凤眼的脸。似乎从凤眼的脸上，老人能看到许多软弱来，这软弱能为他挣得今天的午饭钱。

珠珠凶着脸，驱赶那老头，在泰美尔区住的那几天，她们每个人的旅行箱里都塞满了金刚菩提，实在是不想再要了。

但老人如此坚决，他跟着凤眼她们，一路从祭祠坛跟到皇宫门前，再从皇宫跟到一间设在天台上的餐馆里。老人不停地说着她们听不懂的话，颇有强讨叫花子的气势。在餐桌旁，凤眼喝了一口可乐之后，终于拿出一张千元尼币，收下了那颗绿迹斑斑的金刚。老人心满意足地拿过钱，转身便走，就好像从来没有看到过凤眼一样。

"你啊，就是心软！这种垃圾还要给他一千块？你知道一千尼币值多少人民币吗？六十几块呢！能买到一堆金刚。"珠珠气呼呼地为凤眼算了一笔账。

银子支着下巴，坐在旁边不停地笑，说："如果阿春在，刚才到皇宫那儿的时候他就买了，哪里还能等到现在？"

"你弟弟本来就是个缺心眼，能做出什么事都不奇怪。"珠珠有些焦虑，言语自然而然地带有攻击的成分。也许是在想老腊，这老男人现在在哪里？有没有找到蜘蛛旅馆呢？

"走吧！"

银子突然推开吃了一半的鸡肉咖喱，霍地站起来，往楼下冲去。

珠珠和凤眼也放下餐叉，跟着她跑下楼去。三个女孩开始奔跑，她们什么也没有交流，就只是跑步前进，迅速绕过一大片地摊，跑过奇异街，拦下一辆晃悠悠的出租车。

帕舒帕蒂神庙在炎热的天气里根本就称不上景区，燃烧尸体的白灰渗入巴格巴蒂河两岸，桥上卧着一只老黄牛，和游客们一起打算见证一场神圣的火葬。河水很浅，石桥一端是平民区，另一端是供贵族安寝的石雕墓室。几个脸上涂满油彩、身披袈裟的冒牌苦行僧斜倚着身子靠在墓室前，他们大抵已经挣够了一天的生活费，再也不想和游客们合影了，所以当凤眼的手机摄像头对住他们时，他们都很默契地用报纸挡住了脸。

三个女人没有找到阿春，她们停在桥的中间，和老牛待在一起看火葬。那是一场进展缓慢的葬礼，一块平板上摆着用白布包裹的尸体，尸体用黄色和红色的鲜花堆盖，一些健壮的男子正往河边的火葬架上堆木头，他们抬了一根又一根，动作特别慢，有气无力的，像是已经对这种事情产生倦怠了。

"怎么还不开始？"性急的珠珠问凤眼。

而凤眼关心的是阿春在哪里。

银子在贵族墓室的那一端打电话，打了很久都无人接听。她只得向桥上的凤眼和珠珠打了个手势，表示想往墓室上头那块高地再找找。

阿春……

凤眼心里模糊想着阿春的样子，他短薄的头发，他笑起来风流的气质，他说到"野兽蛋"和"野兽逼"时的愤慨，他和银子坐在一起时把暗夜点亮的巨大能量……他甚至都没能让别人产生邪念，一个无法让人联想到性的美男子，也许本身就是纯洁的一部分。

桥下竹板上的尸体被裹上了明黄色的长布，石台变成了用木柴搭成的焚烧台，只要浇上油，扔一根火柴就能熊熊燃烧。

阿春没有出现，也许他早就参观过葬礼，已经回到蜘蛛旅馆了。

那场火葬像是举行了几百年那么久，每一步都有条不紊且极致漫长。坐在墓室前的游客们开始不耐烦了，他们四处张望，拿手机不停拍照，凤眼这辈子都没那么期待过往那木柴堆上丢一只点着的打火机。

终于，就在银子去高地的墓室群里挨个儿翻了一遍之后，尸体被架上了柴堆。一个男子高举火把，走向尸体，人群骚动了，他们知道葬礼的关键部分即将开始，也意味着事情快要结束。

火焰不停舔舐柴堆，卷上明黄色的尸身，黑烟翻滚着流向巴格巴蒂河，火光里探出乌云般的脑袋，向参观葬礼的人绽放笑容。

"阿春！是阿春！"从上面跑下来的银子指着下面大喊。

凤眼顺着银子的指示望去，阿春修长的身影正向火堆移动，他光着身子，踏过大大小小的鹅卵石，艰难地往燃烧的尸体走去。空气里弥漫着脂肪燃烧的焦香味，阿春张开双臂，向火光靠近、靠近、再靠近……他腰间绑着T恤，勉强遮住下体，内裤都不见了，银子挥舞着阿春的牛仔裤，向桥下大喊："阿春！阿春！你这个蠢货！阿春——"

"他……他这是要干什么？"

珠珠瞠目结舌地看着阿春，阿春的裸体在阳光下闪闪发光，像有腿的、被透明鳞片包裹的人鱼。辨认很久才发现他身上涂满了油，只需扑进火焰，就会化为灰烬。

操办葬礼的当地人终于愤怒了，两个刚刚抬过木柴的男人一左一右架住阿春，冲他一通乱吼，同时把他挟持到远离尸体的河岸，将他驱逐出仪式的领地。

"你瞧，他果然有点疯吧？"

在神庙外的平房廊沿下，银子把用矿泉水蘸湿的牛仔裤擦拭阿春身上的婴儿油。阿春就真像个婴儿一般，闭着眼，乖乖张开双臂，让姐姐为他清理身体。

"好过瘾！"阿春突然大叫。

"死了就更过瘾了。"看得出来，银子很心疼。

"如果我没看错的话，你刚才是想把自己活活烧死吗？"凤眼问得小心翼翼。

"嗯，我要做凤凰，我要涅槃，很酷吧？"

阿春用力挥了挥手臂，以为那是他的翅膀。他身上已被坚硬的牛仔布擦得红一块紫一块，像盛开着大朵的红蕃，他的脸也是红的，浸满干燥的尸灰。

"不作死就不会死。"珠珠冷冷下了评语。

"不是作，阿春有病。"

蜘蛛旅馆的天台上，银子点了一根烟，然后缓缓向凤眼和珠珠吐露真相的烟雾。

银子和阿春是大家眼中的"好"，姐弟俩什么都好，家世好、长得好、功课好，走到哪里都是亮点。他们更年轻的时候不明白，这种"亮"有时过于刺眼，会招来嫉恨。

阿春在上初中时就画了一张肖像，是他想象中的一个女人，大红焰唇，细长眉眼，头发柔直，眼角处有一粒细痣。他把画像拿给银子看，说是他未来的老婆。银子发现那是与他们整个家族的美人都相反的长相，便隐约意识到阿春的叛逆，并且认为他的孩子气坚持不了多久，很快就会像整个家族里的其他男人一样，把高鼻深目的贵族女孩娶回家。

见鬼的是，阿春果然在二十三岁那年找到了和画像里一模一样的情人，那个唤作玛卡的女子比阿春大五岁，皮肤雪白，衣服也喜欢穿得很白。每次看到她，银子就以为看到了一只幽灵，一个缠住阿春的幽灵。

阿春是在草莓音乐节上认识的玛卡。那一年，他那隐居多年的女神张曼玉首次在音乐节亮相，他期待得夜不能寐。结果，当张曼玉开腔唱第一句"甜蜜蜜"的时候，他的激情便枯萎了，那是他这辈子听过最难听的《甜蜜蜜》。阿春都等不及张曼玉谢幕就逃了出来，在路边抽烟的时候，他一眼就看到通体雪白的玛卡，玛卡正拿着一只装满黄色液体的矿泉水瓶子走出来，把瓶子丢进了垃圾桶。

"别告诉我那是尿。"阿春皱着眉头说。

"很抱歉，那就是。"玛卡红着脸抚了一下额前的刘海，"为了张曼玉，我都不敢去趟厕所，结果却听到这么烂耳朵的东西。"

"我也奇怪怎么会对她的唱功如此期待，现在想起来，她以前唱歌就很烂的嘛。"阿春一脸的沮丧。

"也许是因为她隐居太久了，久到我们都忘记她唱歌有多难听。"

阿春看着仙气飘飘的玛卡，心里塞满了对造物主的感激之情。

从那以后，玛卡渗入了阿春的生命里。她在一家很小的外资企业里当秘书，平常不太喜欢和人说话；她喜欢穿白衣服，有点神经质，比如阿春给她的两只筷子不一样就会发火；她喜欢旅行，更喜欢看纸质小说，有时候窝在阿春的床铺上看到忘记上班；她偶尔会去酒吧驻唱，也唱《甜蜜蜜》，唱得比张曼玉好一百倍；她会在酣睡的阿春额头上用口红写一行王尔德或济慈的诗，让他醒来照镜子的时候又惊又喜……

玛卡，专属于阿春的精灵。

但是，不得不承认，银子对玛卡就没有那么爱慕。她比阿春现实得多，也冷静得多，她继承了母亲的世故和父亲的傲慢。银子秘密调查玛卡的一切，发现玛卡曾经和一个五十岁的男人同居过两年半，直到那男人的妻子通过法律手段把那男人榨干，玛卡才离开了他；玛卡的父亲曾经下过狱，后来死于肺病；母亲在乡下小镇上开面馆，是个说话粗声大气的普通妇女，四十五岁那年才改嫁，玛卡是她第二个女儿。所以玛卡并非来自仙境，她只是假装自己来自仙境。

但银子是个聪明的女人，她没有直接向阿春展示玛卡的黑暗历史，而是私下找到那个被前妻搞到一无所有的男人——也就是玛卡的前任老情人，告知他玛卡现在的境况。那个男人果然对玛卡充满仇恨，他在阿春的私人公寓里找到玛卡，狠狠干了她，然后把她的狼藉拍下来，传给阿春。

阿春崩溃了，他要去杀掉这个男人，玛卡用眼泪阻止他。

"你以前也这样被他干过吗？"

玛卡无声地点头。

从那以后，阿春就把玛卡赶出去了。他开始为自己的叛逆忏悔，甚至有些意识到找个有家教的淑女是多么的重要，最起码淑女们多数都有清白的过去——男人永远在乎这种清白，就像在乎衬衫上有没有油渍。

不管玛卡如何苦苦哀求，阿春还是坚决与她分手，他把玛卡的牙刷扔进马桶，更换了全新的床单。但阿春心里还是痛的，他动不动就到酒吧买醉，为银子举办热闹得过分的家庭派对，把带回家过夜的女人绑住关进衣橱里，任凭她们在里面挣扎呜咽。

他迷上了放任自流的游戏，却依旧长着天使的面孔。这让银子开始担心了，她知道弟弟的心气有多高，受的伤就有多惨重。

一个月以后，银子在报纸上看到玛卡的死讯，她和五十多岁的前任老情人又同居了一段时间，有天夜里他们同居的农民房突然着火，玛卡死在离大门很远的一张写字桌前，被烧成了焦炭，所有白衣服都变成了黑色。据说，唯有求死的人才会在火灾中没有逃向大门或窗口。

也是从那天开始，阿春也变成了黑色，他去派出所和消防队细致地了解那场火灾的情况，并坚持认为是有人故意纵火。但种种迹象表明，火灾是因为放在房子后面的一包生石灰引发的。

阿春不信，他把自己封闭起来，用打火机点燃房子里所有能找到的蜡烛，他说那是为玛卡"招魂"，他要亲自问问玛卡到底是怎么死的。

强势的父母终于对阿春的行为感到恐惧了，他们把儿子强行接到自己的别墅去，请了好几个心理医生，一周安排三次有相亲嫌疑的聚会。但那些穿着白裙子的淑女都不是玛卡，她们笑容都是细细的，更不会用矿泉水瓶子接自己的尿液。

银子深切地感受到来自阿春的绝望气息，他想逃离父母的别墅，那幢每扇窗外头都装有报警栅栏的别墅，一到晚上，他人还没走进睡房，栅栏就落下了，把他关在里头。蜡烛也都收起来了，他只能用一幅纸牌"招魂"，或者让银子找几个朋友来，大家一起请碟仙，但结果似乎都不是阿春想要的。阿春提议去被烧毁的房子里请碟仙，他坚信玛卡还在那里徘徊，但银子不肯，她不想弟弟陷到无可自拔的境地。

阿春被关了很长一段时间之后，终于再也忍不住了，于是他拿了一罐喷漆，打开母亲的衣橱间，把里面所有的皮草都给喷了。这一喷，让阿春喷出了希望，他发觉那是一种很好的解压方式。而母亲在对着一堆被喷出红色火焰纹的皮草歇斯底里了一通之后，终于把他赶了出去。

从此，阿春又恢复到阳光青年的模式，他手执喷漆罐，在城市的每条繁华街道和每个高级住宅小区游走，那儿有很多不合时宜的女人都穿皮草，她们穿不出白色衣裳的风骨，没有人可以取代玛卡——神秘而苦难的玛卡。

"所以，我弟弟的精神病很难治愈，他一说要去尼泊尔，我就联想到火葬这件事，他应该是准备好了要在火里为玛卡'招魂'，有许多事要向这女人问个明白。"银子这样解释阿春的古怪行为。

"吃饭了吃饭了，好饿！"

阿春蹦蹦跳跳地走到天台上，高举一罐西藏带来的青稞酒。看上去，他已经忘记了刚刚要自杀的事了。

五、银子

银子被一个卖尼泊尔军刀的男人缠上了，那个长得像韩国导演金基德的军刀店老板哈瑞，是个标准的尼泊尔人，会讲点中国话和韩国话。

凤眼和珠珠对刀没有兴趣，但银子和阿春却很喜欢，他们无视景点摊上的军刀，直奔看似很专业的军刀店，花了几百块，买了三把刀，刀身上有漂亮的雕花，刀柄是黑色牛骨做的，拿在手里很沉很沉。

从进店门开始，哈瑞就盯着银子看，目不转睛，尼泊尔到处都是五官秀美、身材臃肿的女人，像银子那样的模特款型很少很少。凤眼听迟久说过，尼泊尔的年轻男子分两种：一种是穷苦人家出身、没受过多少教育，永远呈现透明的乡村风格的腼腆男生；另一种是被美国嬉皮士教化过的、英语很溜，完全欧美化的开放型男生。哈瑞显然属于后一种，小个子，戴眼镜，留着漂亮的小胡子，甚至会在银子还价到"两百五"时大叫："不行不行，两百五对你们中国人来说不好。"

大家都喜欢哈瑞，只有银子摆出了女神范儿。走出店门之前，哈瑞跟她交换了微信，然后她微微抬一抬眼皮，说："这种尼泊尔男人就喜欢跟中国游客约炮，不要钱还能玩爽。"

阿春也和哈瑞交换了微信，因为他说想从对方手里弄点大麻。反正在这个国家，听说抽大麻是合法的。

晚上在蜘蛛旅馆吃饭的时候，银子果然开始浪笑，她把微信上与哈瑞的对话给大家看，说："果然吧？丫要跟我约炮了。"

凤眼手里拿着从尼泊尔老乞丐手里高价买回的脏菩提，正在发愁要怎么处理它。珠珠摆出一张酷脸，挑破了银子的得意，说："这是不是让你很有优越感啊？三个女人里就只看上你。"

"不是的，我姐从前交往过的男生全是混血模特，她喜欢混那个圈子。"阿春为银子洗冤。

在阿春眼里，银子就是一个完美无缺的姐姐。

银子像她母亲，手指和下巴一样尖长，杨柳腰却支着一对巨乳。这是典型的混血儿外形，骨子里却流着纯正的中国血。银子算得上是家族里最出色的存在，她聪明，永远不工作却能弄到钱，也没有成为家庭负担，每隔半年要出去旅行一次。除了阿春，没人知道她扎着围裙在德州一些偏僻小镇的汽车旅馆里打工的情景。

对于一个走惯大世界的女人来讲，任何奇迹看起来都是淡的。

阿春还说，银子的异国恋曲都很短暂，她会和牛仔上山过一个春天，再沿着河走回下面的小镇，与牛仔吻别。在尼泊尔，银子注定会成为许多男人的艳遇，但也仅仅是艳遇而已，遇过之后就再也不见。

未曾想，好强的珠珠却决定要和哈瑞玩一个游戏。

她穿着花里胡哨的宽腿裤，一个人跑去哈瑞的军刀店，用流利的英语和哈瑞说："我的钱包被人偷了，能在你店里打工还钱吗？"

哈瑞说："为什么你认为我会收留你？"

"这里的中国游客很多，他们大多是不懂英文的土豪，我可以用中国话取得他们的信任，让你店里的刀卖出两倍的高价。"

"你能干几天呢？回程机票订好了吗？"

"五天，还有五天我就回去了，但在此之前我必须填饱肚子，去博卡拉玩一次滑翔。没有钱，什么都干不了。"

"那你最多在我这儿干三天，三天赚不到多少钱。"

"每天管饭就成，我为你卖出的每一把刀，你都给我百分之二十的提成如何？"

哈瑞想了一想，笑道："那你得保证真卖出平时两倍的价钱来。"

谁也不知道珠珠是怎么想的，根据凤眼的估算，珠珠应该不缺机票钱，反正住宿也不用她承担，为什么要去哈瑞店里打工呢？

银子和凤眼在泰美尔区血拼的时候，都会不自觉得到哈瑞的店里转转，就看到珠珠唾沫横飞地向一位摄影师模样的中国男子推销道："羚羊角做的刀柄，精钢锻造，已经很便宜了，我自己都买了两把。对了，悄悄跟你说，别让店里给你寄，一般都收不到的，要寄就去泰美尔区西北角那家法式露天餐厅旁边的中国铁通，中国人的邮局，放心。"

哈瑞看见银子，小眼睛都发亮了，他跟珠珠说："去买两杯咖啡来，我要招待客人。"

珠珠满脸不高兴地出去买咖啡了，哈瑞就坐在银子旁边，跟银子说："能不能多留几天，给我一个机会？"

银子说："有没有人说你长得很像中国人？"

哈瑞说："太多太多人这么讲了。"

银子笑着拨了拨头发，说："这就是我不能接受你的原因，我从前的情人都有欧美血统。"

哈瑞摆出沮丧的表情。

那天夜里，珠珠很晚才回到蜘蛛旅馆，拿出两张面值一万的尼币给凤眼，说是还债。凤眼拿着尼币，满脸不高兴，还有两天就回国了，要这么多尼币干吗？付小费吗？

就在凤眼发愁的当口，房间门"吭"一下开了，阿春兴奋满满地举着两罐啤酒，大声号召道："喝一点哇？"

"你姐怎么不下来？"

"她一个人跑出去了，还没回来。"

之所以凤眼和阿春后来要跑出去找银子，是因为他们一致认定银子是去哪个酒吧买醉了。在一些暗巷里，总有那么几个地方会营业到凌晨五点，那里杯子上的唇印都洗不干净，但银子就喜欢那种年久失修的感觉，那儿的情调在于男人的汗液气息，以及被情欲填满的爵士乐。

找了五六家酒吧，还是没有见到银子，她那么显眼，按理讲到哪儿都能一目了然，怎么就不见了呢？

　　就在这个时候，阿春被聚集在一尊石佛前的几个美国人吸引了，他们人手一根大麻，用白纸卷成细长的香烟形状，站在那儿边笑边抽，络腮胡里都是香气。

　　阿春看呆了，再也走不动路。

　　凤眼拉着阿春的手臂，惶惶地说："要不然我们回去吧，也许银子已经到旅馆了。"

　　"你先回，我还有事。"

　　阿春就这样在凤眼的手中流失掉了，凤眼有一点心痛，她恍惚看到阿春被一群长发嬉皮士包围住了，他们个个脖子上都有犀利的文身……阿春向一个金发碧眼、穿七分裤的美国男子说了些什么，对方就从裤袋里拿出一支大麻给他。

　　凤眼眼睁睁看着阿春迷失在烟雾里，他不见了，就像旧钢琴上流过的一段错乱而美妙的音符。

　　一个人在深夜的泰美尔区游荡，滋味很复杂，凤眼有些期待会发生什么事，同时又祈祷什么事也不要发生。她迷失了方向，认不清回蜘蛛旅馆的路，并且强烈怀念旅馆老板向她吹嘘的烤山羊羔，大家怕贵，谁也没有点它，可现在想起来，还是尝尝比较有趣。

　　泰美尔区的阳光一旦消失，就变得很可怕。白天睡觉的流浪狗开始对着满月狂吠，它们活动的时间到了。石砖地上到处都是垃圾，踩下去扑扑作响，更要命的是——下雨了。

　　尼泊尔的雨从来不跟你提前打个招呼，想下就下，还是没头没脑砸下来的那一种。洒红节上洒的红，就是这么自动被上天清理掉的。

凤眼顶着大雨走在每一家店面的屋檐下，那些房子门口都凿了阴沟，她只能一脚踏在地面上，另一脚却踏进阴沟。几个尼泊尔青年正在奋力往自己的三轮车上盖油布，亮灯的地方都是外国人在活动，凤眼在一条阴沟里发现了老腊。

老腊就站在一个屋檐底下，半白的头发被雨水染成发亮的栗色。他远远看到对面躲雨的凤眼，冲她挥了挥手。

凤眼这才想起来，珠珠搬进蜘蛛旅馆的事她没有通知老腊。

"你见到珠珠了吗？"老腊向凤眼递来一张边角稀湿的黄纸片。

凤眼琢磨了好一会儿才回复他："珠珠和我住在一起，我带你去找她，但是我不知道该怎么回去，蜘蛛旅馆的方位我忘记了。"

于是，在寻找银子的过程里，凤眼遇到的是另一个她要找的人。老腊像是很认路的样子，拿着蜘蛛旅馆的名片就朝一个方向坚定地走去。

银子去了哪儿？似乎没有人关心了。

连银子自己都不太关心自己，她被哈瑞带去一家打烊的咖啡馆门口，夜色里，哈瑞的圆脸和小眼睛都变得好看起来了，他低矮的身影穿越过泰美尔区的无人窄巷，像是要把银子领到另一个神秘国度。

咖啡馆外围的一圈木栅栏里，开满了幽白的栀子花，哈瑞摘了几枝放进银子手里，他说银子的肤色很配这样的白花。银子突然有点感动，她摘下哈瑞的鸭舌帽，压在自己的头上。

在蜘蛛旅馆，银子收到哈瑞的微信消息，他约她去音乐酒吧玩。这种邀约对银子来说很无趣，一想到接下来会发生的事，她就很想打哈欠。可这里是尼泊尔，银子在吃晚饭的时候，对面就坐着英俊的法国男子，他点了一份馍馍，那种用咖喱做馅的饺子。银子下意识地对那法国人放电，法国人却只是冷冷地吃馍馍，一眼都没有看过银子。

不知道为什么，在尼泊尔的欧美游客，对中国人的态度都异常冷淡。银子开始怀疑自己的魅力，她不允许在任何场合里被无视，像去年奔赶法国戛纳看电影节，她特意订制了一件炫目的晚礼服，走在红毯边上也是风头十足的。

但尼泊尔让银子很受伤，她本来打算在那儿能碰上个五官雍容的度假男子，为人生添加一点迷人的小插曲。

可是现在银子手头只有哈瑞，一个完全中国人长相的尼泊尔男子，也许不算屌丝，但也应该没有什么钱，听迈克尔·波顿，穿牛仔裤，用一夜情解决生理需要，然后和其他尼泊尔死党们一起吹嘘自己搞过多少中国女人。

想到这一层，银子就无比纠结，她不能接受自己的堕落，尽管在父亲眼里，她早就是淫荡的代名词。

哈瑞的吻很技巧，技巧到让银子惊讶，他比她那些有欧美血统的情人们嘴唇更湿，像在舔一块柔软的果冻。银子的眼睛睁得很大，她无法不介意哈瑞身上浓重的体味，还有一些大麻的微熏感，他皮手链上的金属铆钉擦过她的乳房……

一颗雨滴落在银子头上，银子滑过哈瑞的吻，抬头看天，又一颗雨掉入她的眼睛里。

"下雨了……"银子说。

银子是在雨天出生的，紧接着阿春也出生了。

在衣食无忧的环境里，银子感觉生活轻飘飘的，她认为真实的东西，她的朋友们觉得并不真实。所以银子越活越天真，她甚至会把自己关在地中海风格的乡间小屋里整一月，只为做一件满意的泥雕作品。时间在银子身上流动得很慢很慢，她有用不完的时间以及大把的情人。对于银子来说，爱情只是放在展示架上的一件藏品，她随时可以拿下来把玩，如果不喜欢还能丢掉。可是，总有其他女孩跟银子较劲，她们想尽各种办法把自己变漂亮，为银子制造一点小小的威胁。当银子曾经爱得死去活来的一件"藏品"莫名其妙地摆上了她某个闺蜜的"展示架"时，她才领教到失恋的苦痛。

后来，银子就懒得付出感情了，她没有了激情，日子过得更为随性，也很乐意照顾精神状态不稳定的弟弟。应该讲，现在的银子只相信血缘关系，其他的在她看来都不是那么重要，但是，再幸福的女人也有躁郁的时候。她们需要闹脾气，需要发泄，需要把情人摁在脚下狂踩。

银子不干那些下作无聊又被谎称为情趣的事，她知道大多数男人只喜欢女朋友脱光以后的样子，所以她巧妙地避开了那些东西，选择更为干脆的解压方式——拳击。

每个月银子都会去八次拳击房，用戴着拳套的手狠狠砸在坚硬的沙包上，后来她的上臂肌肉练得比沙包还硬，一拳上去，沙包会发出闷闷的响声，还有漂亮的凹印。

银子越练越生猛，她勤奋、凶狠、意志坚定，下盘稳如磐石，眼神也有锐气。这是一个有天赋的拳击手所表现出的气场，她让教练都刮目相看。

拳击房练了半年以后，银子认为自己足够强大了，就跑去纽约最混乱的贫民区，鼓起勇气向一个街头毒贩挑衅，在对方掏出裤袋里的手枪之前用漂亮的左勾拳打断了他的门牙。那一刻，银子爽得快要流泪。

有了绝技傍身，银子就开始涉猎各种危险的爱情游戏，她不怕被男人伤害，因为她懂得如何出拳。回到国内，她依旧是穿着香奈尔裙子的千金小姐，喝茶不发出任何声音。连阿春都不知道他的老姐已经能在纽约的地下拳场穿着紧身背心，与另一个女人贴身肉搏、摔得浑身泥浆了。

银子很厉害，她能在深夜的地铁站里撂倒每一个打劫她的小混混，只有跟她上过床的男人才有幸欣赏她背部硬如鹅卵的肉块，以及腰间黑紫色的淤痕。

现在，银子也不会害怕三更半夜与只有一面之缘的尼泊尔男子约会，那个长得完全像中国人的男人正试图模糊她的意志。银子一动不动，雨水洇湿了她的情绪，她只希望事情能快点结束，她不想满身狼狈地回到旅馆——该死的哈瑞没有开车。

"不早了，我要回去了。"银子推开哈瑞，将手挡在头顶上。

"去我家吧，不远。"哈瑞的小眼睛一闪一闪的。

"你有车载我去吗？"

"可以走过去，真的很近。"

"谢谢，不必了，我要回去。"

她转身往巷子口走去，他急了，一把拉住她的手。

"很快的，去吧，你放心，不会发生任何不愉快的事情。"

银子心里冷笑一声，没有搭理哈瑞，径直往前走。

"真的，跟我走。"他拉住她的手不放。

她在考虑是不是现在就废了他一条胳膊。

"真的不用了，我要回去。谢谢你，今天我过得很愉快。"

"不准走！"他果然很怕到嘴的肉飞掉。

银子什么也没说，只是回转身，一拳砸向他的鼻梁。

她估摸着那一拳的后果，只要力道得当，最多只会打出他的鼻血来，骨头应该不会断，至少尽可能不要打断，她可不想赔他医药费。所以那一拳砸得气定神闲，她期待听到拳头撞击鼻梁的美妙声响，最好还能伴以哈瑞的惨叫。

诡异的是，银子的身体居然不由自主地往前扑了，拳头砸到的不是哈瑞的鼻子，却是空气里的雨点。

她居然打空了！

银子不记得自己有出拳落空的时候，她永远都能得逞，尤其是对方毫无防备的时候。

可是，哈瑞——那个长得很像中国人的、其貌不扬的男子，却只是偏一偏头，避过了她的袭击——他居然避过了！

这一避，彻底打消了银子的自信。她怔怔地看着哈瑞，哈瑞脸上浮现出异常的惊喜，他双手插在裤袋里，鼻梁还是干净完整的，嘴巴上停着笑。

"原来，你也会玩这个。"

银子想也不想，又冲他挥上一拳，这一次她完全没有手软，使尽全力，打算把他的脸砸个稀巴烂。

哈瑞就像脚下踩着云朵，再次轻飘飘地避开了，拳头从他的胸口擦过，连头发丝都没碰到。

银子看着哈瑞的脚，前沿步、后滑步、左滑步、右滑步……如此轻盈灵巧，他居然是个练家子！

"来，我们玩玩。"

在雨中，哈瑞抽出了裤袋中的手，握起了拳头。

气氛彻底变了，银子打破脑袋都没想到接下来不是她把他收拾了然后轻松回旅馆，而她要迎接的是一场恶战，一个出其不意的对手。

哈瑞戏谑一般向她挥出一拳，试探性的，从雨滴被打碎的程度来看，不像是真要揍她。她侧身躲过，训练有素地摆正了姿势。

来就来！谁怕谁？

被激怒的银子开始频频进攻，她偶尔能打到哈瑞，但都不是要害，这个小矮子很灵活，像拳王阿里一样会摆蝴蝶步，还能偶尔逗一逗银子，在她火气冲天的时候转到她身后撩一撩她的头发。

"混蛋！混蛋！"银子的阵脚完全乱了，她忘记了作为一个拳击手必须具备的镇静，只是迅猛地出击、落空、再出击……

"脚错了，拳头再抬高一点，高一点。挥这里，这里……"

哈瑞就像个优雅的指挥家，操纵银子愤怒的进击，他的四肢是空气里的浮游物，她就是怎么也触不到他。一分钟之后，气喘吁吁的银子终于冷静下来，她知道用怒气是打不倒哈瑞的，必须稳住脚步，看准时机，找出他的破绽。他那幽灵一般的步子，轻快如风的拳速，已经将她玩弄于股掌之中。

"知道吗？我曾经靠这个吃饭！"哈瑞闪电般地出拳，直击银子的下巴，银子嘴巴里顿时溢满了铁锈味。

痛楚令银子更加清醒，她压低腰板，以双肘挡住门面，调整了呼吸……然后，她逐渐意识到自己与职业拳手之间的差距，女子地下拳场的苦战经历使她甚至能挨得住肋骨骨折的疼痛，却无法击倒劲敌。

算了！

银子深呼吸，然后转身，一个漂亮的后踢，正中哈瑞的裆部。

他发出杀猪一样的嚎叫，身体弹开了好几尺，却没有倒下，只是捂着胯下、缩着背，转头怒视银子。

"你真是个糟糕的流氓拳手！"他骂道。

"你也可以耍赖，这里没有裁判。"她依然摆出进攻姿势，等待敌人的逆袭。

"好吧，我不会客气了。"

哈瑞果然没有再开玩笑，他是真的生气了，银子能从挥拳的风声里听到他内心的叫骂。她无法在这样的情形下战胜他，胸口、腰腹、腿弯、腮帮，每一个软档都被哈瑞捏住了，她只觉身上有无数细胞炸裂了，又热又麻。

但银子没有示弱，她的家族里没有"认输"两个字，她要用更下三滥的手段把这个身手矫健的尼泊尔男人彻底摧毁。

银子的反击很利落，当她习惯了疼痛，哈瑞就没办法了。拳头打在她皮肤上，还没弹开就已经被银子咬住，她像头野兽，用牙齿紧紧锁定他的指节。

"疯子！疯子！"哈瑞的手指在银子的嘴巴里就像不小心伸进了一台搅碎机，他能听到骨头碎裂时发出的慑人的咯咯声。

"我投降！我投降！"哈瑞终于举了白旗。

银子松开嘴巴，吐出一口血沫，她直觉身上最后一丝力气都被抽走了，雨滴越来越大，砸在她发烫的面颊上。

哈瑞将流血的手指在雨中不停甩动，像是疼痛能被甩掉。

银子还是一头野兽，筋疲力尽的野兽，她仰面倒在地上，胸膛剧烈起伏。雨水打在她褐色的眼珠上，她条件反射一般闭上眼，然后听到哈瑞倒地的声音。

"现在……你可以强暴我了。"银子红肿的嘴巴里呼出热气。

"亲爱的，我已经没有力气做那种事了。"哈瑞这样回答。

两个人仰面接受雨水的洗礼，哈哈大笑起来，连他们自己都奇怪怎么在血战之后还有力气笑。

"知道吗？我揍过许多前男友，却输在一个不是前男友的男人手里。"分别之前，银子这样跟哈瑞说。

六、凤眼

凤眼带着老腊回到蜘蛛旅馆，她认定那是带给珠珠的一个惊喜，哪怕珠珠已经在床上睡得像只螃蟹。一路上，她兴奋地比划着手势，向老腊讲述他们这些日子以来在泰美尔区的有趣遭遇，还有那个漂亮的旅馆天台，那里能看到苍鹰滑翔在云端。

老腊一言不发，脚步无声。

打开房间的门，凤眼没有看见珠珠，床铺上空空如也，毯子折叠整齐，像是根本没有人住过一样。

"咦？珠珠怎么不在？"凤眼回头看老腊，但身后一个人也没有。

老腊呢？

老腊融化在了空气里，像从未出现过一样。可凤眼确信她是被老腊带回蜘蛛旅馆的，她是个路盲，从来辨不清四方，甚至有时候连左右都迷糊。

老腊去哪儿了？还有珠珠，珠珠也不见了。

凤眼打开卫生间的门，又跑到楼下餐厅转了一圈，还是不见珠珠和老腊。只有一个旅馆工作人员在柜台上数钱，她用生硬的英语问他珠珠的去向，那工作人员笑着摆摆手，点一点头——和印度人一样，尼泊尔人点头就表示否定。

凤眼有些急了，她在微信上向珠珠发信息，再给阿春和银子发，但是没有一个人回应她。

一瞬间，凤眼意识到自己又变成一个人了，无助感让她不得不反省这次旅行中自己的独立性有多少，倘若没有在去往樟木的商务车上和那三个人做伴，她是否能一个人在尼泊尔快乐地走完行程？她一点也不确定。

万般无奈之下，凤眼又下定决心踏出蜘蛛旅馆。外面停电了，只有旅馆自己配备的发电机在运作，灯光变得很暗，每个插座都不再提供手机充电，她看着手机上的两格电池指示，紧张得感觉地面都快要裂开。

走过蜘蛛旅馆门前的露天神龛，凤眼忍不住看铁栅栏里围住的石佛，佛额上点着鲜红的朱砂印，合十的手掌挂着一串黄色鲜花。每天清晨，那些尼泊尔教徒们都要在佛像前敲一只铜钟，把神唤醒，再向佛祈求祝福。珠珠总是被钟声吵扰到发火，她曾经赌气地说："倘若我是佛，时不时被人吵醒，才不会保佑那些人，因为佛也有起床气的嘛！"

那么，如果现在敲响那只佛前的钟，珠珠是否会听到呢？她会不会一脸愠色地向凤眼走来，狠狠在她膝盖上来一脚？

还有老腊……那个为自己装了满满一袋责任的男子，不能再唱陈建年的男子，他又去了哪里？

凤眼越想越害怕，记忆深处正有一团浓重的云彩缓缓推向明处，是她不想触碰的云彩，是会吞噬她的云彩。

"喂！你在这里干吗？"

凤眼背上被一只热烘烘的手拍了两下，她浑身颤栗，不敢回头。

"发什么呆呀？"

是银子，凤眼转头看到的银子鼻子肿得像馒头，额角上全是紫色的花斑，嘴角挂着腥热的红色液体。很明显，银子刚刚被人打了一顿。

"你怎么……"

"没什么，跟人练了一下拳。你干吗不进去？站这儿发什么呆？"银子擦掉嘴角的血迹，耸了耸肩。

"刚才我和阿春出来找你的时候正碰上老腊，就把老腊带回来见珠珠，结果到了这里，两个人都……都不见了……"凤眼讲这话的时候，背上还阵阵发冷。

但是，接下来银子的回应让她更加恐惧。

银子瞪大眼睛看了凤眼半天，问道："什么老腊？什么珠珠？"

"珠珠啊！就是和我们一起来尼泊尔的那个喜欢穿珠子的女孩。老腊是她的继父，不是在天台上她跟我们讲过她的事情吗？"

"啊？你喝高了吧？根本没有你说的那两个人啊。"

"有啊，珠珠和我住一个房间的，你被人打傻了？我们四个人一起坐车来的尼泊尔。"

"你才傻了吧！来尼泊尔的车子里只有你、我，还有我弟。哪来的珠珠啊？还有老腊是什么鬼？"

鬼？谁是鬼？

那一刻，凤眼认定银子脑袋已经不正常了，于是她拉着银子到自己的房间，想把珠珠的行李翻出来给她看。可是，根本就没有珠珠那些廉价T恤和宽腿裤，只有凤眼自己的衣裳挂在衣橱里，洗脸台上也没有第二副牙具。

珠珠就这样突然消失了，从凤眼的房间里抹去，也顺带从银子的脑子里抹去了。

"也许她去哈瑞的店里了，她要在那里卖军刀的，我们明天去找她。"凤眼很坚持，她必须见到珠珠，以证明银子疯了。

"我弟呢？"银子问。

凤眼这才想起，阿春和那些美国人混在一起抽大麻，可能今晚不会回来了。但银子似乎并不太关心阿春的去向，她不耐烦地摆摆手，说："估计他抽晕了，明天早上再去找他吧。"

"那你别回房间，和我一起睡。"凤眼怕得快要哭了。

银子看了她一会儿，突然说："凤眼呀，快醒醒吧。"

神龛的钟声又清又亮，把凤眼从睡梦中唤醒，果然是次日清晨了，凤眼睁开眼睛，看看旁边的床，发现银子已经起床了，正在她的行李箱里翻东西。

"手机呢？奇怪，手机不见了。"

银子越翻越急躁，这年头钱包可以丢，手机却绝不能丢，没了这个，所有年轻人都像丢了半条命。

"不会在我箱子里的。"凤眼从床上爬起来，走进卫生间刷牙。

刷牙的当口，凤眼听见房间里的银子在说："待会儿我们去找找阿春吧。"

凤眼含着一嘴巴泡沫问："去哪里找？"

"还能去哪里？当然是搞火葬的那个鬼地方。"

在去往帕舒帕蒂神庙的时候，天居然下起了冰雹，丸子大小的冰球砸在脏黄的出租车顶上，那声音让凤眼心惊胆战。但银子还没事人一般，哼着"甜蜜蜜，你笑得甜蜜蜜……"，向每个在窄街上与出租车擦身而过的英俊男子说"那玛斯塔"。

付了六百尼币之后，凤眼和银子再次踏上横跨巴格巴蒂河的石桥，老黄牛不见了，桥上没有一个人，连坐在贵族墓室的石栏上接吻的情侣都不见了。只有那片被骨灰覆盖的河滩还是和之前见到的一样，石台上正燃烧着一堆木柴。

阿春就站在木柴的最高处。

他身上涂着的婴儿油被火光烘烤得呲呲作响，火苗舔过之处，皮肤逐渐焦黑，但他似乎已经失去了痛觉，任凭大火滋养他的身体。

"阿春！下来！快下来！"

凤眼急得喊破了喉咙，但阿春却很享受，他还有完整的、洁白的皮肤有待锤炼。

焦烟滚滚而来，淹没了石桥，比皇室花园打造得更精致的墓园，正贪婪地吮吸阿春体内散发的香味。

"阿春！别做傻事！阿春！"凤眼尖声大叫。

熊熊火光中，凤眼恍惚看到阿春向她伸出一只手，喃喃道："来吧，和我在一起。"

"阿春！快回来！阿春——"

凤眼的眼睛被浓烟腐蚀了，她的瞳孔干涩到无法转动，冰雹混合着火焰纷纷落下，几亿颗红色的星星自天际滑落。

"阿春！阿春啊……"

凤眼的世界被火焰冰雹包围起来，她两腿无力，一下子瘫坐在石桥上，但又马上条件反射似的站起来，因为石桥也是滚热的，比凤眼的眼泪还要热……

燃烧的冰雹中，凤眼见证了阿春化作锦灰的那一幕，他的口鼻在未被灰烬堵塞之前还在竭力呼唤，"凤眼，来吧！和我在一起，和我在一起……"

但是，凤眼从剧痛中睁眼的时候，已经不在帕舒帕蒂神庙了，她被一床毛毯包裹着，她松开毛毯仔细察看自己的皮肤，居然没有被火焰冰雹伤到半分，真是太幸运了！

可是阿春呢？阿春已经体无完肤了吧？他的骨灰是不是已经流进了巴格巴蒂河？

凤眼猛地坐起来，看到背对着她把衣服一件件放进旅行箱的银子。

"银子，你怎么还在这儿？怎么不去救阿春？阿春要被烧死了！"

"什么阿春？阿春是谁？"银子回过身来，一脸的茫然。

"银子，你真是疯了，脑袋坏掉了。"凤眼连滚带爬地跑到银子身边，紧紧抓住她的胳膊，"你可以记不得老腊，记不得珠珠。但是，阿春是你的弟弟啊，你连你弟弟都不记得了？你疯了？"

"别闹了，行李已经帮你收拾完了，准备出发啦。"银子把凤眼的行李箱压上盖。

"你真不记得阿春了？"

"没有什么阿春，我的手机丢了，刚刚哈瑞帮我送回来了，他说要带我们去博卡拉玩滑翔，你赶快洗个脸，要出发了。"

"博卡拉？滑翔？你还有心思玩这个？"

"不玩这个玩什么？好不容易来趟尼泊尔，总要玩个够吧？"

银子一把拉起凤眼，将她往外推。

"银子，你干什么？你放开我，我不走，我要去救阿春，银子！"

不知道为什么，银子力气变得很大，她一个人拖着两只行箱和一个凤眼，脚步坚定地下了楼。

在蜘蛛旅馆门口，凤眼看到小眼睛的哈瑞敲了一下神龛前的铜钟，然后对凤眼说："走吧，我们去博卡拉。"

"博卡拉？我们要怎么去？听说坐车要六个小时。"

"坐短途飞机呀，很快的。"哈瑞的眉心有一摊漂亮的红粉。

"我不要！不要！不要！"

凤眼像是意识到了什么，她不停后退，试图把银子的手割离自己的臂腕，但银子就像个大力士，紧紧钳住了凤眼。

"不要坐飞机！不要去博卡拉！不要！我不要！都不要去！都不要去啊……"

歇斯底里的凤眼看见那团神秘的云彩完全压住了她的眼睑，这一次，她不得不瞪大眼睛，死死盯住云彩上的那张脸。

那是一张女人的脸，眼角狭长，嘴唇上有一圈细碎的汗毛。那张脸，凤眼是见过的，她是……她是……是迟久的脸！

凤眼醒来的时候，发现脸上都是泪水，迟久就坐在她对面的一把米黄色碎花沙发上，穿着精致的连衣裙，细手腕上拢了一串银叶片挂坠的链子。

这和凤眼印象中的迟久不一样，在拉萨的尼泊尔领事馆里见到的迟久明明是满脸痘痕，戴着银鼻钉的酷女孩，嘴上还叼了一根烟，现在银鼻钉哪儿去了？她的头发也打理得过分端庄，完善到随时可以去参加高级晚宴。

"都想起来了吧？"迟久的声音很轻很轻，像是怕戳痛了凤眼的耳膜。

"嗯……"凤眼直觉心脏被什么东西掰成一块块的，又痛又清醒。

想起来了，什么都想起来了……那场尼泊尔死亡之旅！

"真想起来了？"

"想起来了。"

"那你告诉我，那个老腊是谁？"

"是我继父。"

"珠珠呢？"

"我的姐姐……"

"你们为什么去尼泊尔？"

"因为……因为母亲死了，我们都很难过，姐姐又不肯原谅继父，所以是我……是我提议的家庭旅行，希望他们俩能合好。"

"那么，你也记起银子是什么人咯？"

"记得银子是我的朋友，她听说我要去尼泊尔，非要跟来不可。"

"那么哈瑞呢？"

"哈瑞是……是她在尼泊尔新交的男友。"

"你也还记得阿春吧？"

凤眼怔了一下，终于点了头。

"阿春是谁？"

"是……是银子的弟弟……"

"也是你的未婚夫，记得吗？"

"记得……"

"跟我说说，你们在尼泊尔发生了什么事。"

发生了什么事？

凤眼的脑子里闪现出一幅幅走马灯式的图片，她怂恿珠珠、老腊和她一起去尼泊尔，阿春和银子听说了，就非加入不可。阿春成为凤眼的未婚夫，是因为他在地下停车场喷了她身上的十字貂皮草，她用高跟鞋打晕了他，后来又爱上了他，他们一起去草莓音乐节看张曼玉演唱会，她还把尿撒在矿泉水瓶子里……

后来……他们在加德满都的蜘蛛旅馆度过了愉快的几天，直到他们在杜巴广场游荡的时候钱包统统被人一网打尽，珠珠不得不去哈瑞的店里打工赚钱，于是发展到了哈瑞与银子拳击大战，接下来他们就好上了。

再后来……再后来……

头痛欲裂中，凤眼的眼睛里充满了火焰，那是通往博卡拉的旧飞机中途坠毁燃起的火焰，是曾经在老腊、珠珠、阿春和银子身上燃起的火焰。那架只坐了十九名乘客的短途飞机据说是在飞行途中撞到了水鸟，然后就一头栽了下去。

"我叫他们不要去的，我恐高，我说那种高度会有危险，滑翔会有危险。所以我叫他们都不要去的，可是结果……结果我跟阿春吵了架，他们都去了，都坐上了那架飞机。只有我留在蜘蛛旅馆，只有我，只有我……"

"你说只有你，是指你自己吗？"

"是，是……"

"那么，你是谁？"

凤眼看着化了淡妆的迟久好一会儿，才吐出两个字："玛卡……"

记起来了，凤眼都记起来了，她不叫凤眼，凤眼只是加德满都的闹市区四处可见的一种纪念品菩提。她是玛卡，与阿春爱得死去活来的玛卡，有黑暗过去的玛卡。

她和阿春分手之后，的确遭遇了火灾，可是她保住了命，同时亦挽回了银子的良知。

是银子支付了凤眼的医药费，然后将伤愈后的她带回到阿春身边，单纯而好强的银子总是希望能把从前自己弄出的裂痕修补得完美无缺。

这场尼泊尔之行，是补裂之行，是愈合之行，亦是诀别之行。

凤眼，不，玛卡在尼泊尔的一切都被某只不知名的水鸟毁灭了，她无法相信生命居然真的脆薄如纸，她都挺过了火灾，为什么其他人不能避过空难呢？

玛卡这样想着，就试图再次感受临近死亡的滋味，她一次又一次用打火机烧自己的手臂，希望丧生的亲友们能在她沸腾的皮肤上停留片刻。可是，幽灵从未探望过玛卡，甚至还施了个奇怪的魔法让她记不起身边所有的人。

玛卡的失忆，对心理医生迟久来说，是一次有趣的挑战。在催眠的引导下，迟久把玛卡带回到了混合着梦境与回忆的尼泊尔，梦境里的老腊他们还都活着，他们将用特别的方式唤醒玛卡沉睡的记忆，一如在神龛前敲响铃钟，把神叫醒。

"你唤醒我干什么？让我知道自己一无所有吗？"

迟久向玛卡挥了挥手，说："走出去吧，走出去就能看到你当下拥有的一切。"

玛卡站起来，带着怨愤走出迟久的诊疗室，发现自己果然不在尼泊尔，那儿的高楼都很错乱，不像她居住的城市那么挺拔大气。但也没有苍鹰滑过云际，洒落的阳光更没有那么金，却是带一点疲惫的淡黄色。

这就是她现在拥有的一切？她总觉得还有一件什么事也忘记很久了，很重要的事，重要到关乎她拥有什么的问题。她得找出来，无论如何得找出来。

"在找我吗？"

玛卡抬头，看到不远处花坛边站着的阿春，阿春的头发已经几乎剃光了，露出乌黑的头皮。

"在找你。"玛卡点点头。

"谢天谢地,迟医生果然很厉害,她一定不是野兽逼,我早就认准了。如果是野兽逼或野兽蛋的话,我肯定不会请她给你治病。"阿春指着玛卡的左眼皮,"恢复记忆的人,瞳孔颜色果然会变深欸。"

"其实,出来之前我还是把你忘记了,忘记你为了陪我,根本没上那架飞机,只是假装上了,想晚上回旅馆给我一个惊喜。我居然这么长时间都认不出你,把你急坏了吧?"

"是啊,急死我了!不过我发现自己跟神仙一样厉害,什么事都能做出正确的选择。"阿春抓了抓头皮。

"你辛苦了。"

然后,阿春很自然地牵住玛卡的手,像天下所有热恋中的男友那样问她说:"待会儿去哪里吃饭?"

"老地方。"

"姐姐欸,你都失忆一年了,老地方已经不幸关门大吉了。"

"不会吧?那家东西那么好吃,真气人。"

"我带你去更好吃的地方啦。对了,迟医生给你催眠以后,你有没有梦到我?"

"梦到了。"

"梦里的我什么样子?"

"梦里的你抽大麻,在帕舒帕蒂神庙亲身体验火葬,还要我和你在一起……"

"我就是希望能把你带回来呀。"

"我明白。"

"对了,给你看个东西。"

阿春想起了什么，从兜里掏出一颗东西给玛卡，是一颗大金刚菩提，干净油亮，像是盘了很久的样子。

"看看，居然是珍贵的十瓣菩提。你赚到了！在杜巴广场玩的时候，你从那尼泊尔老叫花手里买的那颗，我带回来剥了皮洗干净，是十瓣哦！听说会为我们带来福运的，很值钱，真的很值钱……"

"嗯嗯，我们发财了。"

"还有，我现在会唱陈建年的歌了哦。《山有多高》是不是？"

"嗯嗯嗯……"

Part 2

胜 似 恋 人 > > >

楔子

薄荷永远记得儿子是怎么跟她吵最后一次架的，当时他偏一偏头，脸皮变成红色，在家门口那条长长的廊沿下蹲着，往水上的浮萍丢石头。

儿子说："你去死！"然后气冲冲站起来，转身往阿正家去了，脚底板下的拖鞋与青石砖碰出铿锵的"啪啪"声。

薄荷追出来，手里端着一面盆水，往儿子身后一泼，骂道："你出去了就不要死回来！"

儿子听见，步子便跨得更大了，仿佛已经下定决心要离开母亲，再也不回来了。

那天晚上，薄荷跟往常一般在竹榻底下点了一盘蚊香，将蒲扇盖在胸口就睡着了。胡乱挽起的头发被坚硬的藤编枕头压得扁扁的，无形中增加了枕头的高度，她脖子比较硬，适宜睡高枕。儿子比她的还硬，睡到半夜总有半条毯子垫在脖梗后。薄荷一想到儿子的脖梗，心脏就会微微抽搐一下，儿子在十二岁以前，脖子和身体其他部位似乎都是属于她的，任她亲、任她闻，她深深嗅吸他皮肤上的汗渍，然后皱起眉头假装受不了那味道，跟儿子说："快去洗澡！"

后来有一天，薄荷因为儿子烧煳了一锅饭，于是就气急败坏地抬起右臂，打算给他后脑勺来一巴掌，孰料手掌刚刚劈过空气便被儿子抓住了，他斜着一对墨黑的眼珠，呼吸很沉重，那种刻意与她较劲的样子和他父亲一模一样。

薄荷突然浑身无力，难过得快要流出泪来。儿子的眼神像两枚钻头，把她仅有的一点人生乐趣钻了个破洞，里面的蜜糖就这样一滴一滴地流掉了。

从那以后，薄荷和儿子的关系变得紧张起来，除了必要的沟通，他们几乎从不交流，两个人仿佛在剑拔弩张的一刻达成了某种默契，开始互不侵犯。饭桌上频繁出现薄荷自己爱吃的油焖茄子，儿子说想吃荤，她就做一碗青椒肉丝，抑或煎些小黄鱼，可都不知道塞进儿子胃袋的哪个角落里了。

所以儿子总是说饿，经常去同学阿正家里吃小馄饨，或者拿零花钱买豆腐干和香肠，那种闻起来很香、吃起来却完全没味道的街边小吃。

当薄荷意识到自己是在跟儿子赌气的时候，儿子已经长到十六岁了，声音变得很古怪，腿毛长得丰盛而卷曲，天一热，人中上便沁满汗珠，让她觉得陌生。有时候，和儿子讲话都会有压力，她从来不敢问他成绩如何，除非他自己把试卷或成绩单给她看，让她签字确认。

但薄荷到了更年期就没办法这么镇定了，她擦拭丈夫的遗像时，腹部突然抽筋，还未来得及跑进卫生间便直觉内裤湿透了。这时候儿子正好从卫生间走出来，一眼就看到薄荷正拎着裤子，手里抓着他父亲的遗像。

儿子笑了，他对薄荷绽开了两片纤薄的唇，露出白牙，从牙缝里，薄荷辨出了一点嘲讽的味道。

她突然自心底蹿起一股无名之火，想也不想便将遗像往儿子那里砸去，丈夫那张凝固成一团僵笑的面孔自空中划过，相框的一角划过儿子的肩膀，然后落地，玻璃震成三四片，发出迟钝的声响。

薄荷和儿子吵架，就是从那天开始的。她骂了许多脏话，把自己的憋屈都归结为丈夫的去世。她说："你老爸在外面的女人叫凤珠，你知道吗？凤珠啊！你有本事去认她做妈！"

其实，"凤珠"是她编造出来的名字，一个虚无的仇人。

"认就认！"

儿子像是捏到她抛下的一柄尚方宝剑，气定神闲地走了出去，蹲在河边丢了几块石头，再去阿正家里看电视、吃小馄饨。

薄荷当然知道儿子的去向，所以她是放心的，同时又隐约有这样的希冀——倘若儿子一去不返，她的人生能不能更随便一些？起码半夜起来上厕所不用先穿上宽腿短裤……

她这样想着，意识缓缓潜入了梦境。梦里，儿子凶着一张脸，对她说："你去死吧！"

两小时后，薄荷从急促的敲门声中惊醒，她穿上宽腿短裤去开门，门口站着白白胖胖的阿正，阿正一脸惊恐地跟她说："小……小川没了……"

过了好一阵，薄荷才弄清楚阿正嘴里的那个小川是指自己的儿子吴夏川。

他姓吴，还是随她夫家的姓，她不知道那算不算是个安慰，倘若儿子随她姓原，也许她会更加伤心。太平间里，薄荷看到吴夏川的脚踝上还缠着一把碧绿的浮萍，她突然没有了悲伤的力气。

直到豆腐饭吃完，薄荷都没有流过一滴眼泪，婆婆那双青筋密布的胳膊冲着她乱挥乱舞。

"你个扫把星！什么事情都做不好！扫把星呀！扫把星呀！"

薄荷不明白，她丈夫和儿子的死亡怎么就变成了她的错。

也是那一天，薄荷的头发变得雪白，她正式上岸，无法再生育了。

一

谷雨第一次看见薄荷是在石桥上，那是一座长满青苔的桥，每一步台阶都布满嶙峋的石纹，薄荷站在石墩上洗一把水芹菜，洗到一半，腕上的老藤镯裂了。

薄荷握着湿漉漉的藤镯看了好一会儿，毅然把断了的藤条折去，留下一段半弧形的银套子，丢进淘匾里。

她抬头，看见桥上的谷雨，谷雨正指着那半截银套，说："这个多少钱？我买了。"

薄荷说了声"不卖"，就拿起淘匾折回廊沿下。走了老长一段路，回头看见跟着她的谷雨。

谷雨高瘦，眼角和鼻管都很长，嘴巴小小的，乍一看让人以为他是个刁滑的人，但盯着他的眼睛看久一点，就会发现他骨子里的稚嫩与莽撞。

"卖给我吧，给你两百。"谷雨说。

"不行，我只卖蚕丝被，手翻的，九百块一床，五斤重，你要不要？"

谷雨犹豫了一下，说："要，给我看看。"

薄荷带着谷雨到她的作坊里去，作坊就是她在屋子厅堂一角隔出的一个小仓库，里面堆满了包装好的蚕丝被，散发着浓烈的泥腥气。

谷雨随便拿了两条，然后指着薄荷手里的半截银套，说："买两条，不还价，把那个送我。"

薄荷板着脸，说："不送的，被子你要就要，不要拉倒。"

谷雨点了点头，当场付给她一千八，拎了两条被子往外走。走到厅堂内，看到一张香樟木圆台面，上面摆着一个玻璃罐，透过罐身可以清楚地看到里面的明前白茶，梗子呈浓绿色，叶片翠嫩。

他指着那个罐子说："能不能让我喝口茶再走？"

薄荷拿起一淘匾的水芹菜，自顾自地走到厨房里去了。不消一刻，里头就响起了煮水的"咕咕"声。

谷雨坐在那儿，等薄荷出来，然后看到她吃力地提着一把老铁壶，壶盖微凹，壶嘴集满了锈。

"明前茶，塑形不太好看，叶子又皱又瘪，幸亏没影响味道。"

薄荷拿了一只高高的玻璃杯冲茶，茶叶在热水里不停旋转，然后浮满了杯口，形状不太好看的叶子缓缓舒展，变得丰润。

谷雨端起杯子，觉得烫，又急急放下，对她讪讪地笑。

她问他："今年几岁？"

谷雨说："三十岁。"

她说："哦，我五十四了。"

谷雨看着薄荷斟茶的那双手，瘦到没了形，指甲修秃了，手背上的皮肤也是青色的，同她眼睑下的皮肤一样。她下巴那么尖，两块颧骨高得吓人，皱纹还没有爬到嘴唇周围去，只在眼角和额间蹲伏着，银发修得极短，贴在脖子和耳垂上。

然而，白头的薄荷气质仍是年轻的，像是心理年纪很小的样子，背挺得笔直，举手投足异常干净，没有中老年人那么拖沓迟滞。看得出来，她性子比较急，脑筋也转得极快，像是不服老，更像是在跟这个世界赌气，所以不笑，恐怕笑起来也不会好看。

年纪大的人，总归还是不笑更合适一些，否则笑起来连气节都笑掉了。

谷雨对这个年纪的女人总是有偏执的要求，就像他母亲对他那样严格，母亲用阴阳饼为他占卜前途，然后告诉他要往南走。

待茶杯里的热气不那么旺盛的时候，谷雨喝了一口，茶叶蓦地涌进嘴里，让他来不及感受明前茶特有的恬淡回甘。但他还是很坚决地跟薄荷说："把那截银子卖给我吧。"

薄荷看了他一眼，低头喝茶。

谷雨跟薄荷软磨硬泡了整整一个下午，最后还是只拿着两床被子离开了。薄荷说要做晚饭，水芹菜炒肉片、蒸汪丁鱼、新白米饭。

谷雨在菜香里告别，看到河对岸的几个茶室都亮起了灯。薄荷告诉他："那里也可以吃饭，有正宗的炖本鸡汤，可以去尝一尝。"

谷雨是北方人，对本鸡的概念不是特别清楚，可他只能在去往茶室的路上想念薄荷屋子里的香肉。她上了年纪，应该会把菜做得很淡，淡如烟雨的那种。谷雨觉得他应该再坚持一下的，留到薄荷把那两道菜端上桌，与他分享。

但是，谷雨在喝鸡汤的时候，两床棉被就放在茶桌对面的藤椅上，就像一个笨重的人正在与他对谈。他对面对面的交流很怕，因为之前有过十来次这样的情形，对方比两床被子叠起来还要壮，伸出肥厚的臂膀，死死摁住他的头，他感觉下巴狠狠砸在了玻璃台面上，全身骨头都撞得粉碎……

想到当时的情形，谷雨并没有害怕，而是冷笑。他冷笑的表情和他的父亲一模一样，谷雨从小就活在这抹冷笑里，甚至一度以为不可能再翻身了。

谷雨是逃到烟雨镇来的，因为一件料器。

谷雨的父亲对玉石的爱远远超过儿子，至少谷雨自己是这样认为的。在谷雨的记忆里，父亲永远都只给他一个背影，他埋头在一间挂有白炽灯的房间里，巨大的书桌上摆满了田黄、和田玉、芙蓉石、青田料……他总是把这些形状各异的料子逐个抚摸，用温柔的眼神远眺食品橱里摆着的两件汉陶容器，掌心里两只红酸枝木雕的核桃在快活地盘动。至于角落里那两只镶铜扣的樟木箱，他从未见父亲当着家人的面打开过，母亲反复警告他别动那些箱子，哪怕摸一摸都不行。樟木箱就在谷雨的童年里慢慢地变老，浸满了父亲手上的油脂，越来越乌亮，谷雨以为那里头被藏了一个魔法。他开始在灵魂深处种下执念，要打开那个魔法。

但是，谷雨在父亲的冷笑中学会了守规矩，他不像别的孩子那么叛逆。可叛逆却并没有消失，它只是潜伏着，等待释放的时机。时机一等就是二十年，二十年后，谷雨在深圳一家夜总会做招待的时候接到了母亲的电话——父亲过世了。

接到噩耗，谷雨的第一个反应就是辞职，他飞奔回家，跨过满地的花圈和纸钱的灰烬，直抵父亲的卧房，打开樟木箱子，终于和魔法见面。

箱子里的东西，让谷雨震惊。

雕成牡丹的老象牙牌子、点缀着飞龙走凤的金皮的新疆和田玉籽料、成串的锦红包柿子红的南红珠链、硕大无比的翡翠摆件、从鸡骨白盘出金褐色纹路的良渚玉管、点翠镏金耳环……每一件魔法接触到久违的空气，都活过来了，亲吻着谷雨青春油润的掌心。

谷雨带着那些魔法去当地的古玩市场，找到几个看似开张了数百年的老店鉴定，那些人紧紧抓住他的田黄石不放，像打了鸡血一般跟他说："开价，你开个价！多少钱都收！"

买家们真诚且狡黠的笑容打通了谷雨内心的一堵墙，墙后面的叛逆因子汹涌而出，他不停点头，嘴里报出自认为算得上高价的数字。那只樟木箱就这样一夜之间变空了，他把魔法换来的纸币塞进裤子后袋里，买了两罐营养品回家，告诉母亲他发财了。

母亲当场把两罐营养品砸在谷雨额头上，他流着血，在母亲的痛哭中悟到了一些东西。次日，谷雨带着那卷钞票重回古玩市场，当初对他热情似火的买家们都很默契地换了一张冷淡的面具，像是不认识他了。几年之后，当谷雨眼睁睁看着他当年冲动出手的那些魔法都以超过当年售价百倍乃至万倍的数目在全国各地乃至国外流通的时候，他仿佛重新活在了父亲的冷笑里。

所以，谷雨认为有必要赎罪，确切地讲应该算是复仇。

他每天流连于古玩市场，把父亲的古玩藏书翻烂，然后带着怜薄的知识去那儿捡漏。一开始，他都在"吃药"，把石英石当成俄料收回来，把天然老蜜蜡当成烤色加工的便宜货出手。药吃得多了，谷雨的幼稚病也慢慢治好了，他开始给别人吃药，栽在他手里的人越来越多。他去乡下各个偏僻角落里收东西，不管真假好坏，每件开价都不会超过两百块，收回来以后在古玩市场上和摊贩做通手脚，他假装资深玩家去淘宝，因为是老谷的儿子，大家都愿意站在每个摊子旁边看他交易，待他相中了，拿到手，再围上去问他拿。

谷雨就这样把当初辜负的东西一丁一点儿捞回来，其实远远不够，他必须再努力一下，让造假的工匠把卡其石加工得更像墨玉，给叶腊石涂上橄榄油，再布局出手。谷雨偶尔也会收一点他认为的真品，后来当他自己用仪器鉴定之后才发现，百分之八十都是假货、次货，樟木箱子里的珍宝终于渐渐被垃圾取代了。

谷雨眼看魔法一点点消失，终于意识到自己完全没有鉴宝的天赋，没有生就一双慧眼，他和父亲是两回事。

不安的种子在谷雨心中萌芽，但他强压住慌乱的情绪，不动声色地把垃圾一件件用红木架挂起来，用锦盒装起来，假装它们价值连城。在深圳讨生活的日子里，他早已学会了应对任何欺骗，也知道如何化解掉它们。

终于，谷雨等到表弟结婚，要跟他拿一个镯子。谷雨把岫玉给了他，要了八千块。从那天起，他学会了杀熟。

杀熟杀久了，谷雨也就成了货真价实的玩家。他要价很精准，能把阿富汗玉当和田出手，没人怀疑，后来甚至在树脂里填进铅块，冒充籽料，专对外行和入门级玩家出手。

但谷雨把玻璃制作的料器讲成羊脂玉雕件，收了一个看起来生活颇为富足的中年男子八十万之后，事情就没那么顺利了。那男子捧着"羊脂玉观音像"乐颠颠回了家，六天以后又在古玩市场上找到他，这一次他没那么客气了，揪着谷雨的衣领，把他拖进巷子里打断了三根肋骨，要他还钱。谷雨说八十万还给他，顶多生意不做了。

男子笑了，是谷雨熟悉的冷笑。

"兄弟，您欠的是八百万，下个月来收账，多保重。"

二

　　谷雨知道，父亲的收藏已经没有了，要翻身很难，所以他选择逃亡，去到无人知晓的南方小镇。他听老行家讲过，要收到好东西，必须去没人注意的、未完全开化的老地方。谷雨到了那里，就决定胡乱收些东西，譬如当地镇民摆在门口杵年糕用的石臼、老太太们烟枪上的绿玉嘴、包括薄荷那半截老银镯，都不是做旧的，虽然他不知道具体值多少钱，反正以后转手就能开个天价。

　　八百万的孽债，谷雨下定决心要让烟雨镇来替他偿还。

　　这个念头直到谷雨发现镇上某条窄街也有酒吧时才打消了，虽然沿河而居的镇民仍然在旧窗台上晒甲鱼壳，酒吧门口却放着成堆的甜酒空瓶，那些打扮浓艳的年轻女人背着A货的香奈尔包进进出出，眼皮上都是流金。

　　这充分说明烟雨镇没有他想象中那么干净，最起码镇民没有他想象中那么干净，他开始绝望了。

　　谷雨挑了一家看上去最脏的酒吧，走进去，闻到扑面而来的石灰味。酒吧开得长久了，就跟老玉一样，会变味，会出色，还会有许多吃血的传说出现。但是，在烟雨镇，谷雨没得选择，坐在不存在历史感的酒吧里，唯一的愿望是找个可以消解他紧张情绪的女人。谷雨是个缺乏恋爱技巧的男人，他甚至不认为爱情与性有什么特殊的关系，上天给了他一副养眼的皮囊，却没有让他学会付出。他习惯于守株待兔，在他出生的城市里，他完全可以掌控全局，让被美国电影点化过的开放女子主动出击，总能有个把击中他的。

这种击中也仅限于做爱,完事之后,谷雨就像所有刚刚清过账的嫖客那样,在梳妆台上的纸盒里抽出两张纸巾,抹去精液,腰肢弹起,双脚落地,站起来的时候腹腔会略略吸一口气,皮肤蓦地缩紧,被肋骨绷住,然后在纸巾里放一块缠腰绿翡翠,是毫无瑕疵的B货,他也只付得起这个。

那些被谷雨爱过的女人,从此身上就多了一只被药水泡过的平安扣。有一次,谷雨在星巴克碰上一个眉心有痣的年轻女孩,她脖子上的平安扣很眼熟,看他的表情也很眼熟,他主动上去搭讪,果然是半年前在一个私人派对上有过短暂欢愉的女孩。

"这个平安扣我很喜欢,人家讲翡翠啊玉啊什么的都要讲眼缘的,一眼看中,就终身佩戴。"唐西这样跟他解释。

谷雨在去往烟雨镇之前,跟唐西好了很长一段时间。因为心有愧疚,他又给了她一块A货翡翠花生,冰飘料,像几块柳絮在透明的天空里飞舞。唐西不要,她说跟B货的缘分更深。谷雨走的前一天,唐西为他尚未愈合的肋骨缠上绷带,嘱咐他要按时吃药。

她不知道谷雨要离开,更不知道要如何面对谷雨悄无声息的告别。

可谷雨坐上的高铁列车离开站台的那一刻,他竟无端地会认为唐西的人生也会从此轻松了。

他可以想象唐西戴着他赠予的不值钱的翡翠平安扣,坐在深夜的星巴克里捧着一杯打满泡沫的香草拿铁,遥望烟水镇那条模糊的幻影。幻影里,是一个昏暗且乡土气浓厚的酒吧,谷雨坐在吧台上喝啤酒,玻璃杯里冒出一串串热闹的气泡,不破不灭。

谷雨一个人对着啤酒坐了很久,酒吧里还是稀稀拉拉只有几个年轻人,都叼着烟打台球。女孩们的下巴和裙子一样短,她们只会偷偷往谷雨那里看看，又转过头去，油油的嘴唇嘟起一个圈，语速极快地与打台球的年轻人用土话交谈，说到中间还笑几下，像是故意笑给谷雨听的。

挨到十点半，谷雨坐不住了，尤其是他发现蚕丝被不见了，怪道刚才走出茶室的时候觉得浑身轻松，原来是少了东西。他走出来，发现外面雨下得很大，水滴砸在他头顶上，顺着额头流下来，淌进衣领内的时候，已经被体温烘热了，所以也不觉得冷。

谷雨心里惦记着蚕丝被，只用手捂住头，跑到茶室发现已经关门了，那里没有任何一家店能坚持到半夜十二点。他只得悻悻地往旅馆走，一路冷雨打头，打得他神经一颤一颤的，每一座桥在夜幕里都是隐蔽的，像被刷上了糨糊，粘着他的脚底板，石板路变滑了，能听见青苔生长的声音。他就在那样的桥上奔走，河道两岸的房屋景致如此类似，灯都闭上了眼不看他，他已辨认不出方向。

一条稀湿的人影自对岸滑过，人影移动地很迟钝，细碎的雨珠吸附着它。谷雨隔着河与桥，看着人影，猜测它的来路，乞丐，流浪汉，抑或只是一个出来倒夜壶的人？他希望能被那条影子关注，哪怕是鬼魅，在迷路的时候出现，也算安慰。

"喂！"谷雨在对面喊它，他不信鬼，从来不信。

呼喊很快被淹没在雨里，人影却停下来，仿佛听到了。他站在廊沿底下，借着水光看对岸。

谷雨从他的姿势里判断，他像是要往河里跳。

"等一等！等一等！"

谷雨急急踏过桥板，那些该死的台阶，没有一块高度是均匀的。他感觉自己像个跛子，腿骨长短不一，一辈子都在崎岖中度过。

"等一等！等一等！"

他终于跑过桥，在廊沿底下一把拖住了他。

薄荷抬起头来，面颊上的雨水在流淌。

她问："怎么了？"

他的脖子在发热，喘着气说："我找不到旅馆了。"

谷雨看着纱笼里罩着的剩菜，那菜就跟没动过似的，量很大，装在搪瓷盆子里，水芹菜吸收了肉的油脂，变得又黄又亮。薄荷拿了一条干毛巾给谷雨，那毛巾硬邦邦的，还维持着挂在铝管上的形状，他用它擦干了面孔，毛巾在他手里变软了。

薄荷也把自己擦干净了，换了身竹布衣服出来，看得出来是自己缝制的衬衫，底下睡裤也是，白头发因为雨水的缘故变得愈发坚挺，竖在额头上方。谷雨拿出旅馆的名片给薄荷看，薄荷盯着名片好一会儿，才说："我也不知道那里。"

谷雨只得看着纱笼里冷却的芹菜炒肉片，咽了一下口水。薄荷盛了一碗冷饭，掀开了纱笼，谷雨什么也不说，就着冷菜吃起来了。胃里的酒精终于缓和下来，他变得清醒，不好意思地对薄荷微笑，他看到那半截银镯子就供在厅堂里侧的一只供桌上，桌子上方还挂着两个男人的遗像，一个年纪很轻，另一个是成年男子。

谷雨瞬间知道在薄荷身上发生了什么，于是把碗往桌上一摆，说："那个银镯子还是卖给我吧，要不然我拿这个跟你换。"

他拿出一块通体碧绿的翡翠，放在桌子上。

薄荷没有理他，径自收拾了碗筷，说："你去问问其他人，那个旅馆我没听说过。"

哪里还问得到其他人？这个镇已经陷入睡眠状态了。

谷雨很识相地起身，走出薄荷家，就这样坐在廊沿下看雨水在面前一串串往下掉，一个破口的塑料水管伸向河面，管道内发黄的积水流入河中，发出尖锐的声响。谷雨很干脆地缩在薄荷家门口的一个石墩子旁，把自己抱紧。

天气并不太冷，但谷雨刚刚复原的肋骨却在隐隐作痛。他努力幻想唐西就在身边，抚摸他受伤的肋骨，脖子上吊着那块廉价的翡翠平安扣，平安扣轻轻碰撞他潮湿的鼻尖……

谷雨在嘈杂的脑袋中沉沉睡去，T恤紧贴着身体。在梦里，他穿着松软的棉布外套，靠着一棵巨大的香樟树，树枝里漏出的阳光刺激他的眼皮。他睁开眼，发现天已透亮，雨早已住，几个挽着头发的妇人正蹲在对岸的河阶上淘米。他低头看自己，身上竟盖着一条不知哪里来的淡蓝色花纹的毛巾毯。

薄荷白花花的脑袋从河岸石台上缓缓升起，然后看见她绣金色菊花的对襟褂子在风里飘浮，她手里拿着两条绞在一起的毛巾。

薄荷说："天亮了，应该能找到你住的地方了。"

谷雨裹紧了毛巾，感觉屁股底下凉凉的。

"先告诉我哪里可以吃上早饭吧。"

"我煮了白米粥，还有一点榨菜。"

薄荷说着，抽走了谷雨身上的毛巾毯。

三

谷雨跟薄荷说，他已经没办法住那鬼地方了。

旅馆很脏，床单上还有淡黄的精斑，厕所是蹲坑的，但三十元一晚还能住什么样的房间呢？即便如此便宜，谷雨还是不得不考虑自己的经济承受能力，尤其是买下了薄荷的两床蚕丝被以后。

现在，谷雨身上还有七十五块三毛钱和一堆B货翡翠、几块叶腊石，他跟旅馆老板提出用那些东西抵房费，老板冷淡地拒绝了。谷雨只得拎着两床被子和一个背包，走出了旅馆。

在薄荷家门口，谷雨狼狈兮兮地提出要把被子退给她。薄荷摇了摇头，表示不能退。谷雨又拿出翡翠镯子，说："那能换顿饭吃吗？"

薄荷点了头。

就这样，谷雨在薄荷家里又吃了一顿饭，煮得极糯的豌豆咸肉饭，就着番茄蛋花汤，很顶饱。谷雨吃着吃着就哭起来了，他也不知道为什么会哭，昨夜凝结在他身体里的雨水哗哗地沁出来。薄荷没有说话，而是默默为他盛了第二碗饭，饭面上加了一块赤红的爆鱼。

谷雨哭着吃完了饭，决定留在薄荷那里。薄荷把翡翠镯子还给他，说："这种东西要能传下去才好，我用不着。"

薄荷家的杂物柜里堆满了丝绵，每隔三天，薄荷的姐姐樱桃就会来跟她翻丝绵。一人站在桌子一头，桌台一侧摆着一卷卷丝绵，她们拿起一个，翻出边，两人用力往自己那边拉扯，把棉扯薄，扯成边角圆润的片子，再压到桌面上，一层层地扯，丝绵发出清脆的断裂声。

樱桃是个体型圆胖的妇人，五十九岁，头发还是乌黑的，喉咙很响，边翻丝绵边跟薄荷聊天。谷雨就坐在旁边喝茶，喝完一热水瓶，就用铁壶接了自来水，放到煤气灶上去烧。

"北方天气干，你皮肤倒挺好的，你们那里吃辣吗？我们也爱吃辣，尤其我妹啊，蒸鱼都要放一把辣椒下去，我总也吃不习惯……"樱桃这样有一搭没一搭地聊着，想破掉尴尬的气氛。她自然想不明白薄荷收留谷雨的理由，一个这么年轻的男人，在一个老女人家里住，算什么？但是，她既然已经收了薄荷一只翡翠镯子，也就没办法指责她不对，何况谷雨看起来不像坏人，他身上没有那种油气，这让樱桃有些放心，然而也更担心。

后来，谷雨就接替樱桃帮薄荷翻丝绵，他手劲大，往自己那边一扯，薄荷整个身子也不由自主地靠过来，扁平的胸部贴向桌面，再拉扯回来。蚕丝崩断的声音有了一种愉悦感，和樱桃与薄荷合作时发出的不一样。

那天晚上，薄荷拿了一套衣裤给谷雨，让他换了，他的T恤已经快洗出洞来，牛仔裤发出了馊味，如今它们都沾上了蚕丝的泥腥，已经完全不能穿了。谷雨套上那件衣服，散发出樟脑丸的气息，有些短，但腋下还是松松的，他站在樟木衣橱的长镜前照自己，感觉自己的身体被拉长了，镜子上有几块脱漆的黑斑，正遮住他狭长的右眼。

镜子里，谷雨看着自己，像初生的婴儿般清爽，他想笑一笑，脑中却浮现了唐西。唐西也总是穿着宽松的麻布裙子，不点香水，满手的肥皂香。接着，谷雨在镜子里看到薄荷，倘若不是那头触目的白发，他都不知道她走进来了，她也盯着镜子，凄怨一滴一滴地溢上面孔，谷雨的右眼还躲在黑斑里，但另一只眼睛却清晰地看到薄荷的举动。

她走到他背后，双手搭在他肩上，那样轻，猫一般的。

然后，她的额头抵在他背上，像一团棉絮柔柔地裹住了他，他想起曾经盖在身上的那条淡蓝色毛巾毯，和薄荷的味道是一样的。

薄荷就这么靠在谷雨背上，在镜子里，谷雨看不清她的脸，但猜到她已经闭上眼睛了。

"川川……"

薄荷喑哑的嗓音，让谷雨意识到她是个孤独的老女人。

去樱桃家吃饭，谷雨是做了准备的——一串高筋玻璃仿造的碧玉手链。

樱桃的丈夫是个蚕农，浑身的泥土气，皱纹都是黑色的。樱桃戴着高筋玻璃手链，得意洋洋地把一砂锅红烧小羊肉端上来，谷雨吃了几块，都是骨头。

"小羊羔就是没有肉的，不过骨头挺嫩，你多嚼嚼。"

樱桃跟谷雨解释这道菜的吃法，谷雨却被薄荷嘴里的咀嚼声搞得心神不宁，他无端地联想起前天在镜子前，薄荷拿额头抵着他的背，也许那时她不仅闭了眼，还咧开嘴试图用尖利的牙齿啃噬他初愈的肋骨。

谷雨吃完饭就跟着樱桃的丈夫进蚕房参观，他想离薄荷远一点。蚕房里的木头架子上放着数十个巨大的竹匾，匾上铺了绿油油的桑叶，蚕宝宝进食的声音"沙沙"作响；桑叶的形状变得很奇怪，边缘的锯齿一圈圈往里收缩。

谷雨踏在泥地上，觉得挺温暖的，头顶巨大的灯泡发出了炽亮的热光。樱桃的丈夫说："今年的蚕种不好，买来两百张，存活的只有五十张不到。"他边讲边带着谷雨走进茧房，细竹条和稻草扎成的堆子上，稀稀拉拉粘着几只白茧，樱桃的丈夫无奈地看着那些成果，挤出一抹尴尬的笑，说："你怎么会住在薄荷家里？那女人是疯的。"

疯的？

谷雨想起薄荷那刺眼的白发，他大概理解樱桃的丈夫为什么说她疯。

"这女人在川川死了以后就疯掉了，经常一个人半夜里出来乱逛，有一次把隔壁邻居的老太太吓到心脏病发，赔了许多钱。"

　　樱桃的丈夫似乎是在警告谷雨，可谷雨有什么办法呢？除了一个疯女人，还有谁会收留他？

　　薄荷带着谷雨离开樱桃家的时候，樱桃的丈夫拿了两玻璃缸的杨梅酒给他们。谷雨拎着浸得通红的杨梅酒，走得很快，薄荷一声不响地跟在后面。

　　走着走着，薄荷突然"哎哟"一声，谷雨回过头，看到薄荷龇牙咧嘴地捂着额头。

　　"疯子！疯子！"一个和谷雨年纪差不多的男人在不远处的桑树地里对薄荷狂叫。

　　谷雨想也没想，提着杨梅酒追过去，男人跑得飞快，轻巧地穿过了坑洼的泥地。谷雨气极了，不停地追，可惜因为重物牵绊，速度远远跟不上对方，然而他还是奋力追赶。

　　跑着跑着，那男人腰部被一块碎瓦击中，他"哦"的一声，打了个跟跄，回过头看到薄荷的右臂高高举过头顶，手里还捏着一块石头。

　　"疯子！呸！"男人转过身，继续往前跑。

　　谷雨已经完全追不上他了，只能停下来，把杨梅酒放在地上，大口喘着气。

　　薄荷上前，拎起杨梅酒，说："走吧。"

　　"那个男的是谁？干吗欺负你？"

　　"是阿正。"薄荷若无其事地回答。

　　谷雨站起来，与薄荷走回了家，家门口的廊沿上面坐着一个女人，她看了看薄荷，又看了看谷雨，冲过来紧紧搂住了谷雨的脖子。

　　唐西手上的肥皂味瞬间倾注了谷雨的每条血管。

四

薄荷不喜欢唐西，连那头尖锐的白发都出卖了她的这种不喜欢。
在她的眼里，唐西就像是年轻时代的薄荷，漂亮、轻浮、无知，又很执
着。女人钻牛角尖，通常都容易钻错，所以唐西才会千里迢迢赶到烟雨
镇去找谷雨。唐西喝了一杯又一杯的杨梅酒，又埋怨眼前的薄荷道：
"大妈，你居然不喝酒，真没劲！"

薄荷突然有些心酸，她不该接过樱桃的丈夫手里的两缸酒，梅雨天
气，她总也不舒服，樱桃的丈夫说喝一点会好些。其实薄荷明白，那酒
明显是给谷雨的，谷雨的魅力男女通吃，他俊俏但不嚣张，不像川川，
是面相刻薄的美少年，走到哪里都让女孩子又爱又怕。川川有自己的精
神世界，他的作文写得跟其他同学不一样，写冬天，人家从下雪写起，
他从冰凉的马桶盖写起。

谷雨已经完全痴迷在唐西的微醺里，唐西喝到酣处就哭，哭腔跟谷
雨很像，都是哽咽到像要喘不过气来，却在旁人最提心吊胆的时候又把
气顺回来了。

唐西说："为什么不带我一起走？你以为我吃不了苦吗？我知道你
身上没半毛钱了，我给你带钱来了，看到没有？带钱来了！"

唐西的嘴唇被杨梅酒染得鲜红欲滴，她用一叠纸币狠狠拍打桌面，
仿佛在为爱情添油加醋。薄荷眉头微蹙，也不说话，把一碟子宝塔菜放
在桌子中间。

"有钱了，可以去住旅馆了。"薄荷说。

谷雨和唐西就这样离开了薄荷家，临走之前，谷雨把薄荷给他的衬

衫叠好放在藤榻上。薄荷拿起来，丢进洗衣桶，次日清晨就在桥墩口把衣服放在搓衣板上用力清洗，她要搓掉所有关于谷雨的气味。

唐西给谷雨带来的性爱狂潮惊心动魄，他们用自己的体液把所有床单上原有的精斑都覆盖了。唐西紧紧缠绕着谷雨，在他肩上留下血淋淋的咬痕，她的身体比他从前体验过的还要灼热，像是长了条恶魔的尾巴，扫荡了他的灵魂。

谷雨认为那时的唐西并不完全属于自己，在身体交缠的刹那，他脑海中飘过了薄荷颓唐的脸。

那以后，谷雨还是每天在烟雨镇游走，用唐西的钱收镇民手里的一些旧东西。一个镶着浓橙色珊瑚顶珠的发钗让唐西爱不释手，她学着那些在落后的生存环境里怡然自得的妇人们那样把发钗插在脑后，麻布长裙直盖到脚面，在阴绵绵的梅雨季节里呼吸空气里的潮湿。因为有了谷雨，镇上每一寸石板里也都有了阳光，踩下去脚底都会流出金子来。

幸福笼罩着唐西稚嫩的人生，直到谷雨满头流血地回到旅馆。

当时谷雨兜里多了一个从做鸟笼的老头手里买回的扳指，兴冲冲地往旅馆走去，中途被一只厚壮的手扯住衣领，回头一看，是辉哥，谷雨欠了他八百万的人。辉哥用力拍了拍谷雨的腹部，说："兄弟，伤好得挺快呀。"然后用力给了他一拳。

谷雨的鼻子流血了，整张脸都是肿的，他不得不护住头，抵挡辉哥的暴力袭击。辉哥下手稳准狠，没有一拳打偏，尺度把握得又好，不让谷雨留下后遗症，他还指着他拿钱呢。

辉哥押着谷雨抵达旅馆，然后收走了谷雨包里的一堆旧货，还有唐西身上的钱，他像海绵一样强大，很快吸光了他们。

"这只是利息，兄弟，再给你一个月，要不然带你去见阎王，哥不怕你报警，哥跟警察忒熟。"

"真的没有钱，有的话早就还你了。"

辉哥拔下唐西头上的发钗，指着她说："那用她来抵。"

谷雨只得低着头，牵住唐西的手，再次出现在薄荷的家门口。

站在滴水的廊沿下，唐西说："逃吧，我特别讨厌这个破镇，走哪儿都能闻到一股霉味儿，这儿的人都是发霉的。"

谷雨很坚决地去敲薄荷的门，敲了好一阵，门没有开，倒是隔壁开米铺的一个女人走出来，跟他们说："那疯婆子自打前天在石墩上洗了件衣服以后就再也没出过门。"

唐西看了看谷雨，像是在问他要不要离开。谷雨还是坚持敲门，敲到后来，干脆侧起身体，拿臂膀狠狠撞，门栓断裂，他整个人被门槛绊倒，扑了进去。

在带黑斑穿衣镜的卧室里，谷雨看到病得奄奄一息的薄荷，她像只中箭的白鸟，躺在藤榻上，身上盖着川川的衬衫。谷雨上前，摸了一下薄荷滚烫的额头，然后叫唐西拿些开水来。

唐西回到厅堂倒了一杯隔夜的凉水，喂薄荷喝下。薄荷微睁着眼，看着高高的房梁柱，一句话都讲不出来。

薄荷烧了三天三夜，清醒之后，发现供桌上的半截银镯子不见了。

谷雨和唐西占领了薄荷的家，他们边说笑边站在台面两边翻丝绵，"卟卟"的断裂声充满了活力。薄荷软软地靠在黄杨木椅子上看着他们，似乎没有力气说话，甚至连站起来的念头都没有，唐西煮了满满一锅白米粥，让薄荷去吃，薄荷摇摇头，指了指翻好的丝绵，说："太厚了，不均匀。"

薄荷连赶走他们的精力都欠缺。

病好以后，薄荷坐在天井里，让唐西为她冲凉。唐西看到薄荷扁薄的身体在月光下泛着死白的光，薄荷腹部的皮已经起皱了，松松地垂在胯部上方，然而背部很好看，骨头像蝶翅一般舒展，细细长长；因为瘦，薄荷的乳房还是很坚挺，乳头边缘有褐色的斑，她弯腰的时候，腰肢上的皱褶就会变得很自然，宛若少女。

唐西舀起一塑料勺的温水，浇在薄荷的肩膀上，薄荷微微痉挛，仰起下巴，注视着天井围墙边的一丛鸡冠花。

"老了就是这样，受不得刺激。"薄荷的语气很冷淡。

"阿姨其实很漂亮呀，身材比我都好。"唐西不知道要如何安慰薄荷，她不太会说话。

薄荷叹了一口气，转头看着唐西，说："所以你将来会比我更惨淡吧。"

唐西有些生气，但还是忍住不发怒，往薄荷身上浇了一勺水，水流顺着薄荷坎坷的曲线不停往下滑。

谷雨站在天井后面的厨房里，借着天井里的微光看唐西给薄荷冲凉，他盯着薄荷被浇灌得闪闪发光的臀部，在他的想象里，薄荷擦干以后身体应该会呈现一种脆弱的青白色，像用旧的天青色瓷器。

于是，谷雨想象抚摸薄荷的触感，应该能摸透她体内斑驳的冰裂纹，她需要被杨梅酒浸泡，裂纹食饱红色汁液，也许能开出一朵娇媚的花……

为了抑制自己可耻的幻想，谷雨只得逃出厨房，站在河边抽起了烟。烟雾里，他看到辉哥向他走来，带着一脸狐笑。

辉哥说："兄弟，逃不掉的。"

是啊，逃不掉的。谷雨苦笑，开始后悔在烟雨镇的第一夜因寂寞难耐给唐西发的一条手机短信，是短信暴露了他的行踪，让他再次背负沉重的牵挂。

谷雨很想就此消失，把唐西留在烟雨镇。唐西也许更适和在这样的地方生活，邂逅头脑简单的男人，然后白头偕老……

但是，唐西就在他快要下定决心的时候走出来了，手里抱着薄荷换下来的内衣裤，那是自己手工缝制的棉布胸罩和平角短裤，裤子是深蓝色的，穿上以后步子迈得大一点都会暴露私处。薄荷那天洗完澡穿上的睡裙，和平底裤是一种颜色，她一个人在厅堂里走来走去，口中喃喃自语道："造孽……真是造孽……"

一滴雨水穿过廊沿上的破瓦砸中谷雨的头顶心，河面上漾起了细碎的涟漪。

"疯婆子！疯婆子！"阿正在河对岸嘶吼，声音飞过落雨的河面，刺入谷雨的耳膜。

谷雨怒气冲冲地跑出来，手里拿着一把扫帚。

唐西也跟出来，扯住谷雨的衣角，说："别惹事！让他去！"

谷雨哪里肯听，恨不能从河里游过去，把阿正碎尸万段。阿正对着谷雨狂笑，做着各种下流的手势，像是在向谷雨挑战——你他妈敢过来吗？过来我就把你揍扁！

谷雨"噔噔噔"地穿过廊沿，跑上桥面，嘴里喊道："有种别跑！有种他妈的别跑！"

他要把从辉哥那里受的委屈，都发泄在阿正头上！

"疯婆子！养小白脸！疯婆子！不要脸！疯婆子！"他离阿正越来越近，阿正还在叫嚣。

谷雨终于抓住了阿正，他们扭抱在一起。

阿正显然缺少打架经验，只会毫无章法地撕咬踢打，不停捶敲谷雨的背部；谷雨没有阿正壮实，只能用巧力，他把阿正扑倒在地，然后强行直起身体，坐在对方的腰上，让他动弹不得。然后，谷雨就很轻松地挥动拳头，把阿正打得鼻血四溅。

"你他妈是人吗？欺负一个寡妇！"

"那寡妇不是人，是疯子！杀人犯！还养小白脸！"阿正不屈不挠，居然对着谷雨笑，痛楚给了他微妙的快感，也许他一直希望有人能打他一顿。

"疯婆子？她疯哪儿了？杀人犯？她杀了你妈还是你爸？"

"儿子！她杀了自己的儿子吴夏川！"

谷雨的拳头终于在空中停驻，雨水打在拳头上，发出闷闷的声音。

"你他妈胡说个鸟？"

"鸟才胡说！"阿正脸上的血水不停被雨水冲刷，"她杀了川川。那天川川本来睡在我家里的，半夜又说要回家去，怕那疯婆子会担心。谁知道疯婆子一直潜伏在我家附近，川川一出来，就被她推进河里淹死了！淹死了！她就是杀人犯！杀人犯啊！还有她老公，她老公也是她杀掉的！川川知道了，才一直怨恨他娘，他娘就是个疯子！"

谷雨的体温在下降。

五

杀人犯……

阿正不停喷涌的三个愤怒的字眼紧紧纠缠住谷雨，薄荷安静地用纱布擦拭谷雨流血的骨节，供桌上，两张遗像齐齐向他投去哀怨的目光。

要不要质问薄荷？谷雨心中种下了一个执念，却总也问不出口。

唐西用蒲扇不停拍打脚上的蚊虫，同时冲谷雨使眼色，仿佛在催促他做一个决定——离开烟雨镇，离开这破地方。

只有谷雨自己明白，这一回被辉哥盯上了，就不可能这么容易逃掉。想到这一层，谷雨不由沮丧起来，直了直身体，腰后即刻被硬硬的东西顶住，是薄荷的半截银镯。

那东西不值钱的，谷雨知道，可又无端地想把它拿到手里，再藏起来。它就像薄荷的宿命，支离破碎，需要找个人收拾起来。

"从明天开始，我这里也要收住宿费了，三十块一天，你们总共欠我一百八，现在就付吗？"薄荷突然这么样跟谷雨说。

谷雨和唐西面面相觑，他们早就一文不名了。

半夜里，唐西和谷雨用手机短信悄悄沟通，这种老房子又大又空旷，坐在马桶上撒尿的动静都会传进卧室，他们不能让薄荷察觉秘密。

唐西："走吧，趁现在夜深，那家伙不会知道的。"

谷雨："走不掉的，刚刚我跟那个精神病干架的时候，辉哥的人就在后面的巷子里看着。"

唐西："那你去哪儿筹那八百万？真要拿我去抵债？"

谷雨不再回复，他觉得唐西有时候只会增加他的浮躁情绪。

孰料唐西比他更狠，连续几天都是晚上出门，深夜回家，穿着暴露，化妆浓艳，这让谷雨有了不祥的预感。谷雨也逼问过唐西晚上去了哪里，唐西慢吞吞地回答说："出去走走。"然后在薄荷的饭桌上放了三十块钱。

五天以后，谷雨终于爆发了，他在唐西出门之后把藤椅举起来，砸在地上。藤椅"哗啦啦"一声，有一条腿上的藤条断了，像是给椅腿松了绑，一圈圈散开。薄荷走过来，扶起藤椅，在断藤上粘了一圈橡皮帖，又在供桌前的陶香炉里插了一炷点燃的清香。恬淡的香气平和了谷雨的火气，他坐在藤椅上，抚摸着扶手上发黑的藤结。

"有烟吗？"薄荷突然问道。

谷雨带着诧异的神情从兜里掏出一包红双喜，抽出一支烟递给她，又为她点上。

薄荷吸了一口烟，将嘴里的烟雾喷向房梁。谷雨也给自己点了一支，抽起来。

"你非要那截银子做什么？又不值钱。"

谷雨的脸红了，他也不知道为什么。

薄荷把烟灰弹在水泥地上，又用布鞋底搓了两下，说："钱不是个好东西，经常会把人逼疯。年轻人，带着唐西回去吧。"

"没有钱，我们都走不掉的。"谷雨苦笑。

薄荷笑了，抽了一口烟，说："你有钱，我闻得出来。你只是不想被唐西知道，她不是你想娶的女人。"

谷雨心中的诧异更深了。

就这样，两个人抽完了一整包红双喜。

唐西则还在小镇的酒吧里打台球，经过几天的表现，她已经是让人闻风丧胆的台球冠军，一局两块钱，她每晚都只打十五局，赚够三十块就走人。唐西打台球的时候，很多小青年会站在她身后看，她俯下身，精心制作斯诺克时，屁股就会顶起，两条长腿暴露无遗，还会露一点白内裤，所以大家都愿意输给她。那猫一般柔弱的腰肢，那浓烈的唇，那城市女孩特有的冷艳气质，给酒吧带来了货真价实的时代气息。

但是，唐西也不会总是赢，她有遇见对手的时候，比如辉哥。

那天唐西已经打满十五局，她把三十块钱塞进胸罩里，给她的崇拜者们抛了个媚眼，像是某种打赏，然后拿起了手包就要走。

手包被一根台球杆挡住，辉哥腆着肚子说："美女，再来一局。"

唐西知道自己走不掉了，只能放下包，抓起了台球杆。

台球桌上的气氛变得有些压抑，辉哥的台球技艺炉火纯青，球杆撞击台球的声音很干脆，唐西那点小戏法彻底失去了胜算，她表情越来越严肃，俨然变成了辉哥手里的一只宠物。一个小时后，唐西胸罩里的三十块很快就没有了，还倒欠了辉哥五十块，倘若谷雨在场，一定会回忆起断肋之痛。球杆像是长在辉哥手掌上一样，进退自如，所向披靡。

"哎哟！别欺负一个女孩子。"小青年们看不过去了，开始起哄。

辉哥转过头狠狠瞪了小青年，跟唐西说："再开一局。"

"冲我来呗！"小青年挺身而出，拿过了唐西手里的球杆。

显然，小青年为唐西出头的梦想很快就破灭了，他输光了兜里所有的酒钱。

紧接着，一个染着黄头发的年轻人雄赳赳地走向台球桌。辉哥的嚣张显然激怒了所有人，他们希望能为唐西挽回一点尊严，抑或为自己挽回一点尊严。

很快，辉哥的两只裤袋里塞满了零碎的纸钞，白球像是被施了魔法一样，只为辉哥一个人服务。

小青年们一个个迎难而上，又一个个败下阵来，骂骂咧咧地离开了酒吧。唐西看着被辉哥全面掌控的台球桌，一脸的菜色。

酒吧变得安静了，满脸横肉的老板大喊一声："最后一轮酒了，打烊了打烊了！"

看好戏的姑娘们亦纷纷喝干杯里的酒，浮着一抹痛快的笑意，像是辉哥为她们复了仇。

薄荷就是那时候走进酒吧的，她的白头发根根竖起，所有人都目瞪口呆地看着她，像是突然发现一头白狐闯入了平民的狂欢集会。

薄荷拿起桌上的台球杆，把两块钱插在一只球网袋上，对辉哥说："再来一局？"

辉哥靠在台球桌旁，抽了一根烟，拿出两块钱塞进球网里，让老板用木框子把球码成一个齐整的三角，他完全不介意再欺负一个老女人。

随后，白球就成了薄荷手中的玩具，它在她的挑逗下屡屡击中其他色球，使得它们轻松落网。薄荷的眼神明亮如星，轻咬半边嘴唇，仿佛身体里住了一个神秘的男人，让她变成了妖怪，妖怪在球桌上兴风作浪。每进一个球，围观者们的眼睛都瞪大了一圈。

当薄荷连杀辉哥五局之后，大家开始认识到她潜在的巨大能量。这个女人再也不是烟雨镇上的疯婆子了，她跨越过年纪的障碍，让所有人刮目相看。薄荷那双长期用来裂帛的手臂又细又长，幽黄的灯光为她镀了一层金，白球一次又一次摧毁辉哥刚刚建立起来的威望，刚才从唐西那里拿的钱又跳回了她的胸罩里。

唐西跟随那个神奇的女人走回家的时候，薄荷跟她说："姐夫有条船，可以不坐车就能离开烟雨镇。"

唐西也不回应，只是拿出三十块给薄荷。

梅雨季节漫长而粘腻，薄荷房子里的每块墙壁摸上去都跟刷了糨糊似的，让谷雨浑身不自在。他拼命吃辣，香烟也抽得很凶，酒吧台球桌上发生的事情他没有问过唐西半句，但好像他早已经知道了一样。

薄荷在日渐稠浓的天气里越来越瘦，从正面看，棉布睡衣上的两只短袖子都张开嘴巴在嚎叫，突之欲出的肩胛骨就藏在那里面。薄荷还越来越沉默，她把蚕丝都收起来，放进干燥的樟木箱子里，在谷雨眼里，她就是一颗活动的、细长的樟脑丸。不知为什么，谷雨有一点怕薄荷，可能阿正的话起了某些作用，但是，那样一双胳膊，那样一张无辜的脸，他无论如何都不能把她和凶手联系在一起。

谷雨想起唐西提及过她母亲的事。

唐西的母亲是个护士，手指经常被青霉素和消毒水泡得蜕皮结痂，她很精干，是砍价高手，总能在地摊上买到经济实惠的鞋子，给唐西编起扎满蝴蝶结的麻花辫。离婚以后，母亲还是像往常一般给她做早餐，在奶黄色的盘子里摆上煎成心形的鸡蛋，把黄瓜片拼成碧绿的四叶草，唐西吃了一口，满嘴苦味。后来，她发现母亲往她的食物里放洗衣粉。

母亲被送上精神病院派来的车子时，她边走边回头对十二岁的唐西说："乖乖在家，今天晚饭做糖醋排骨。"

唐西说薄荷也许也是这样，脆弱的皮囊里裹着一颗滴血的心。

谷雨摇了摇头，说："她没有往我们的饭菜里放洗衣粉。"

"杀人犯！"阿正眼里的愤怒与恐惧悄悄爬上了谷雨的背脊。

但薄荷似乎对谷雨的顾虑浑然不觉，她甚至带着他去菜市场买面条和水红菱。菜市场的水泥台后面，是目光诡异的菜贩，他们和薄荷住得很近，谷雨的出现让他们对薄荷有了新的看法，这看法像刀刃，刺痛了谷雨。

在一个卖馄饨皮的小摊上，谷雨看见辉哥手上的假南红戒指熠熠生辉。他叼着烟，转头冲谷雨贼笑了一下，谷雨尴尬地回报了一个笑容。

"这女的，是你妈？"

辉哥拿烟头指了指薄荷，薄荷看了他一眼，居然把他脸上的笑容给看没了。

"不是，是……一个亲戚。"

"哦，钱准备得差不多了吧？"

谷雨头皮瞬间僵硬，只能含糊地点了点头。

"加油吧，兄弟。"

辉哥很豪气地拍了拍谷雨的肩，薄荷在旁边，一脸麻木，手里拿着一斤湿面。

回去的路上，谷雨表现得很烦躁，踩死了挡在他脚前的每一只昆虫。

家门口，唐西一个人坐在石墩子上，抬头看霞光的陨落，她的眼皮上停了一只蚊子。后来，眼皮就变成了桃红色，突起一小块，这令她面若桃花。

谷雨和唐西睡在薄荷隔壁的房间里，那是川川的房间。谷雨经常能在写字台抽屉里发现一些八卦杂志，还有几张夹在书本里的明星贴纸，陈玉莲、黄杏秀、张曼玉、刘嘉玲……她们曾经艳丽地盛放在一个封闭乡镇的少年心间。还有在石板上越磨越钝的小刀，缠在刀柄上的橡皮膏用圆珠笔写着"青龙刀"字样，字迹龙飞凤舞，有异于孩子的老成气质。

薄荷的孩子很正常。

谷雨这样想着，看唐西把川川的一件衬衫拿出来，放在胸前比划，镜子上的黑斑就顶在她的额角上，唐西的腿很好看，白皙，渗出一点血管的纹路。谷雨走上前去，抓住唐西的一只乳房，他用手指挤压她棉花糖一般的乳蕾，吻她的脖颈。

唐西推开了他，他以为那是某种调情方式，于是继续进攻，撩起她的衣服下摆，用阳具蹭她的臀部。

"别碰我。"

唐西再次推开他，径直走到床榻前躺下，背对着他勃起的身体。

"又怎么了？"

"别以为你心里想的脏事儿我不知道！"

"什么脏事？"

他终于萎靡下来，和唐西的背影交谈，这让他很火大。

"你自己心里明白！"

"你他妈又发什么毛病？"

唐西霍地转过身坐起来，眉宇间结着寒冰，说："偷看我给那女的冲凉，还死活不肯离开镇子，你以为我不知道你心里想的那点脏事？怎么？特讨厌我来找你了吧？你口味够重的！"

他想也没想就给了唐西一记耳光，唐西当即把自己的衣物胡乱往包里一塞，就跑出去了。

谷雨追到门外的廊沿下，大声喊道："回来！太危险了！"

唐西转身，冲他竖了一下中指。

六

翌日，薄荷向谷雨问起唐西离开的事，谷雨咬着油条说："走了也好，轻松了许多。"

薄荷喝了一口粥，嘀咕道："男人是不是都这样？有时候会嫌弃自己的女人。"

谷雨冷笑道："女人有时候也会嫌弃男人。"

薄荷想了一下，说："我好像没有嫌弃过。"

"那有男人嫌弃过你吗？你年轻的时候一定很漂亮，被很多男人爱过吧？"

薄荷摇了摇头，脸上有了少女的红晕。

不知道为什么，自从唐西走后，薄荷开始变得话多了起来，这大概就是唐西提到过的精神分裂，多数女人身体里都住着另外一个自己，太痛苦或太兴奋了那个陌生的自己就会走出来。薄荷变得更加关心谷雨，她用红烧肉讨好他，甚至在下厨的时候还会哼越剧："……为妻可比月边星，月若明来星也亮，月若暗来星也昏，问君有何疑难事，你快把真情说我听……"

谷雨开始觉得别扭了，镇上人家都习惯大白天敞着门，米铺老板娘偶尔会摘一把荠菜给薄荷，顺便看看屋里头谷雨的动静。谷雨大概能猜出人前背后老板娘会怎么说："听说了哇？疯婆子现在养了个小男人，那小男人后来把自己的女朋友都赶走了。未曾想她一把年纪，都上岸了，还这么厉害。所以说，这个女人……"

一想到烟雨镇的人如何凭丰富的想象力勾勒出他与薄荷之间的情事，他就浑身起鸡皮疙瘩，所以他还是决定把唐西找回来。他无法忍受薄荷日渐红润的面庞在他眼前晃来晃去，性的信号让他窒息。

谷雨在烟雨镇的每个酒吧里寻找唐西，往往回头去看，就发现辉哥跟在他后头，对他说："兄弟，还有一个礼拜了，钱准备好了吗？"

谷雨的手指都在发抖，他吞了一口口水，说："我女朋友不见了，我得找她，能不能宽限几天……"

"兄弟呀……"辉哥额上的皱纹都是锃亮的，"等付了钱，你女朋友也就回来了。哪个女人愿意跟穷鬼待一块儿？"

"唐西在哪儿？你他妈的把她怎么样了？"谷雨听出他话里有话，终于急了。

"没怎么样啊，你的女人，怎么来问我？奇了！"辉哥摇了摇头，看谷雨的眼神像在看一个绝症病人。

那天晚上，谷雨在自己的微信朋友圈疯狂发送古玩照片，那些东西都是从烟雨镇收来的，他知道不值钱，可同时也坚信总会有不懂行的土豪上钩。翌日清早，他翻看微信留言，果然有几个人在跟他询价，可惜每一件都不超过大四（注：三到五千），他有些绝望了，把樱桃的丈夫送的杨梅酒拿出来狂饮。

薄荷站在供桌旁边，若有所思，她的背影还是非常少女，甚至有些像唐西的。谷雨能从薄荷身上看出唐西三十年后的样子，瘦薄、轻盈、悲怆。

离还债期还有三天的时候，薄荷家门前出现了唐西的那枚红珊瑚发钗，橙色的，钗柄上的银都已经发乌了。

握着那枚发钗，谷雨的心也被揪紧了，他痛苦地看着把一锅粥摆到桌上的薄荷，非常羡慕她那种置身事外的优越感。谷雨脑中出现了把薄荷的头颅砸碎，然后从她某只樟木箱子里翻出珍宝的幻象。

就在歹念偷偷冒出的瞬间，薄荷却跟他说："我姐夫有条船，可以载你离开这个镇。"

"不行，得先找到唐西。"谷雨说。

离还债期还有两天，唐西出走时身上穿的那件棉布碎花裙子在薄荷家门口廊沿下的彤云篙子上挂着，微风把它吹得胀鼓鼓的。谷雨发怒了，他气哼哼地跨过石板路，手里紧紧抓着唐西的裙子，要跑去跟辉哥理论。

阿正蹲在河对岸,看到疾步而行的谷雨,冲他吐了一口唾沫,说:"小白脸!跟杀人犯好!小白脸!"

谷雨狠狠瞪了阿正一眼,阿正唾沫吐得更响了。

辉哥坐在一家面馆旁边的桥墩子上钓鱼,一肚皮的脂肪堆在膝盖上。谷雨上前,一把拎住辉哥的后衣领,问:"你他妈的把唐西怎么样了?你敢动她,我他妈要你的命!"

刚说完,谷雨就倒在地上,辉哥臂膀的力道之大出乎他的想象。

"拿钱来,把女人赎回去。"辉哥说,"要不然你报警也可以,报警试试,我让你留下终生遗憾。"

谷雨红着脸,不知道要如何对付眼前的魔鬼,他只想找到唐西。

离还债期还剩一天了,谷雨一筹莫展地站在天井里,用井水冲刷发胀的头颅。井水有股甜味,他扁平的胸脯上滑下的水珠,把他变成了糖。每浇一桶水,他都颤栗不已,薄荷睡房里的电视机发出咿咿呀呀的响声,可能是某档唱歌选秀节目,他记得唐西很爱看这个。

怎么办?谷雨希望井水能把他浇化了,当辉哥来找他算账的时候,他已经变成了薄荷天井里的一株虎尾草,奔放地伸展着毛茸茸的圆叶子。

但是,现实永远不可能松开扼住谷雨喉咙的手,他只能用冲凉来缓和紧张的情绪。什么唐西?跟他有什么关系?只是睡过一阵的小女人,在他居住的城市,这种女人一抓一把。

谷雨这么样安慰自己,唐西的面孔却在心里放大了,她含着泪,赤身裸体地向谷雨走来,背上都是被鞭挞造成的血痕,每一道伤口里都流淌着谷雨的思念……不知何时开始,谷雨觉得背部也刺痛起来,好像那些伤转移到了他自己身上,他想起那天薄荷把额头抵在他背上的情景,那样深、那样痛。

电视机的声音更响了，女人用铁打的嗓子在唱凤凰传奇的歌。

谷雨蓦地回头，发现薄荷的身影自厨房的窗口一闪而过。他慌忙擦干身体，套上汗衫，追了出去。

薄荷每天这个时候都会出去，夜色掩盖了她的某些秘密。在偷窥过他冲凉以后。她要去哪里？

梅雨暂时停歇了，归桥上都是行人踩过留下的朦胧的湿脚印，谷雨跟在薄荷后面，青蓝色的毛月亮落在他们头顶上。

薄荷走得很急，布鞋底一点声音也没有。谷雨完全辨不清方向，只能盯紧薄荷萧条的背影，过了桥，转弯进到一片泥泞的桑树地，积满两脚泥浆之后，又去了镇河的另一头，那里跨着一座大桥，明清时代漕运都是从那里过的，巨大而深幽的桥洞吞没了整个夜。

谷雨眼看薄荷走下桥墩，步子踏得一点都不慌乱，仿佛是很早就准备好了要这么做。

她想干什么？投河自尽吗？谷雨再也忍不住了，他跑上前，一把扯住了薄荷的手臂，手臂那么枯细，抓在手里就像是握住了一根芦苇。

在月光下，薄荷回头看着谷雨，眼里有了恐惧的光。谷雨听见咣啷一声，薄荷手里的不锈钢饭盒落地，从里面滚出了几只粘在一起的大馄饨。

一个男人突然从桥洞里窜出来，击倒了谷雨，然后往前飞奔。谷雨迅速爬起，追了上去。

"别追了！别追了！"薄荷大叫。

谷雨停下来，眼睁睁看着那个男人隐没在一片桑树地里，桑叶的响声此起彼伏，像正在跑过一大群老鼠。

"他是谁？"谷雨喘着气问。

"我老公。"

薄荷捡起那些馄饨，放回了饭盒里。

七

薄荷的丈夫"死"得很离奇，据说是在她大了肚子后突然"死"的。

那天半夜，薄荷从床上爬起来，跟丈夫吴阿水说很想吃酱油小馄饨，吴阿水就趿着拖鞋跑到厨房里去做了，薄荷也跟着走出去，坐在厅堂里等。

待小馄饨上桌，薄荷吃了两口，皱眉道："太咸了，再去做个蛋花汤来。"

吴阿水说："鸡蛋没有了，我去屠香香的鸡窝里拿两只。"

说完，吴阿水就出了门，再也没回来。

第二天早上，人们在河里捞起了吴阿水的一双拖鞋。派出所的人找到屠香香问话，屠香香说吴阿水没来跟她借过鸡蛋。

就这样，大家一致认为吴阿水是溺水死了，尸体没有捞到，拖鞋就成了死亡的证据。樱桃和丈夫跑来劝了薄荷好几天，要她打掉孩子，择日再嫁。薄荷摇摇头，怎么也不肯，她坚贞的态度一度成为烟雨镇的美谈。

薄荷从未向谷雨提及过吴阿水的事，都是米铺老板娘传达给他的信息，谷雨当时只觉得薄荷很倒霉。

现在，他对她自然有了另一种看法。两个人一言不发地穿过桑叶地，回到住处，一踏进门槛，她就关上门，跟他要了一支烟。

　　"阿水没有掉河里头，他是躲债去了。当年他跟许多人一起搞生意，要把蚕丝被销到大城市里去，于是自己贴了一笔钱，把我的首饰也贴进去了。跟他合伙的人说还不够，他就去借，在镇上借了个遍，结果被子都被那合伙人吃干净了。"薄荷吐了一口烟，深陷的眼眶显得很老气。

　　"那他是逃掉了，躲债？"

　　薄荷点点头，说："米铺的阿嫂跟你讲的也是真的，阿水被全镇人逼债逼得太紧，只好找个机会逃掉了。我也就当他死了，这样债也全部逃掉了。当时没打掉川川，是因为不能打，打掉了，我就不会显得可怜，人家也都不同情我，万一来向我逼债怎么办？"

　　谷雨顿时觉出了薄荷的精明，只是那种精明里透着浓烈的可怜劲儿。

　　"我们都一样倒霉。"谷雨说。

　　"而且我们都把人想得太好了，"薄荷说，"镇上的债主没有一个放过我的，甚至也没有放过川川。我每年都要翻上百条蚕丝被子，给债主们送过去的。川川也老被欺负，只有阿正对他好的……"

　　薄荷的眼圈红了，她用蚕丝被维系与镇民们浅薄的友谊，试图让他们忘掉吴阿水的债务。

　　谷雨靠近了她，轻轻摘去粘在她头发上的一片桑叶。薄荷折过身子，靠在顶梁柱上，一动不动，她像是不希望谷雨碰她，一碰她，她就碎了。

　　"我去天井里站一下。"谷雨径直离开了厅堂，往厨房那边走去。

第二天，也就是到了谷雨必须还债的那一天，薄荷提着菜篮走进来，篮子里有一束唐西的头发。谷雨没有像上次那样激动，他跟薄荷借了一个装蚕丝被的盒子，往里装了一件东西便往外走，裤兜里还放着唐西的头发。

他是在那个出售本鸡汤的茶室里找到辉哥的，辉哥就横躺在包厢的长条沙发上，从窗子望出去就是镇河，两岸的石砖缝里滋生着青草和野花。辉哥有些像卧佛，庞大的身躯占满了一大片茶褐色的沙发，河岸对面，薄荷正表情仓皇地走过归桥，提着一床棉被往阿正家里去。

谷雨打开盒子，捧出用丝绵裹住的"高山流水"，那是一件重达五公斤的和田玉雕刻摆件，系料料巧雕，黄白相间的皮色被塑成松柏与流云，环绕住一方烟灰色镂雕的亭台与石阶；每一缕松枝都雕出了纹路，精细与大气交相辉映，处处彰显大师风范。谷雨清楚极了，那块五个月前在珠宝艺术展上以五百万高价被拍出去的"高山流水"只是精良的赝品，真品一直就锁在他父亲老谷那只樟木箱子里，幸运的不是这雕件的珍贵，却是它的笨重，因为抬起来麻烦，谷雨当初才没有让它便宜了那一众古玩市场的行家。

如果薄荷现在去天井里采摘马兰头，一定会发现鸡冠花丛里多了一个深潭，那是谷雨埋藏"高山流水"的地方，他不让任何人知道，包括唐西。所以在大多数人眼睛里，他的人生已经完蛋了，殊不知还有一件宝物牢牢镇住了他的厄运。

如今，"高山流水"还是免不了要落在一个本不该与谷雨有所交集的人手里。谷雨惊奇地发现，辉哥鉴定这件宝物的样子完全不像是能被轻易杀熟的人，他眼光精准，用鼻尖轻轻贴碰雕件，放大镜和强光手电筒扫遍了它的每条沟渠。最可疑的是，他手上那枚假南红戒指居然也不见了，那可是谷雨当时决定对他下杀手的心理依据。

检验了好一阵，辉哥像是还不放心，打了个电话，很快进来一个戴眼镜的鼠相中年男子，干干瘦瘦，唇边有一粒大痣。谷雨认得他，风雅坊的主人老费，开店二十年，杀熟无数，经常拿玉石粉压制的东西为正规商场供货，此人眼睛很毒，老谷大部分藏品现在已经摆在他店里了。

老费说："是真品。"

就这样，谷雨和辉哥清了账。

谷雨回到薄荷家，发现唐西正和薄荷一起理马兰头，唐西执着一把黑色铁剪，把马兰头的嫩根一个个剪下来，丢在塑料袋里，垂在眼睛上的一缕短发随着她的呼吸一动一动的。

"我跟阿姨讲了，不用安排船，明天去汽车站买两张票回去吧。"

唐西的语气很平静，看得出来，谷雨出现之前，她已经跟薄荷说了许多事。薄荷叹了一口气，拿剪刀指着放在墙边的两床蚕丝被，说："这个还是要留下的，就当你消费的房租和饭钱。"

谷雨忍住气，点了点头，想想又不甘心，跟薄荷说："你再收钱，我就把你老公没死的事情告诉镇上的人。"

薄荷愣了一下，微张着嘴瞪了谷雨一眼，放下剪刀，走到厨房里去了。

唐西冷下脸来，道："你这话说得太过分了。"

"你懂个屁！"谷雨愤怒地走进睡房，"乒"的一声关上了门。

八

唐西再次失踪，是谷雨收拾好行李的那天晚上，天有点凉，谷雨刚盖了毯子，唐西却翻身而起，说要煮个泡面吃。然后，谷雨听见唐西的拖鞋"啪嗒啪嗒"敲打地面的声音，他没有在意，仍然全身心沉浸在失去"高山流水"的悲痛之中。

第二天早上，谷雨在床上翻了个身，没有摸到唐西的体温，他睁开眼，看着只有一双拖鞋的石砖地，有些不知所措。

谷雨疯狂地打唐西电话，听到的只有联通秘书台冰冷的留言。他去问薄荷，薄荷摇摇头，不停地扫地。

谷雨只得一个人背起行囊，走去车站，在那儿买了两张票。在站头上，他看见辉哥和老费坐在一只大铁箱子上抽烟，两人说说笑笑，谷雨猜到铁箱里正安放着他父亲的"高山流水"。

辉哥看到站在不远处的谷雨，挥手示意他过来，跟他说："怎么？那小贱货呢？"

"不见了。"谷雨说。

"早跟你说了，兄弟，女人都不会跟穷光蛋的。"

辉哥和老费都笑起来，谷雨连发火的力气都没有，只能走开。

此时，薄荷正坐在空荡荡的屋子里，嗅吸着谷雨和唐西留下的味道，唐西手上的肥皂气息与谷雨的汗臭融合在一起，她在他们的气息里徜徉，继而失落。

门开了，谷雨跨过门槛走进来，看着薄荷。

"唐西她……又不见了……"他想找个人诉说这件事。

薄荷走到谷雨面前，一把抱住了他，很紧很紧。

他们抱在一起，谷雨的面颊在薄荷的肩骨上硌得生疼。她有多瘦啊？谷雨想念唐西弹性十足的肩膀和乳房，但薄荷扁平的身体又让他有了安全感。他的眼泪打湿了薄荷，薄荷自那一刻起，有了真正的女人味。

"婊子！小白脸！杀人犯！小白脸！鸭！"阿正站在门外狂吼，每喊一声都蹦得老高。

薄荷走过去，对着歇斯底里的阿正解开了上衣扣子。

阿正指着她大骂道："婊子！臭婊子！不要脸！"

薄荷继续解扣子，解完，敞开衣襟，双手伸到背后脱了胸罩，胸罩落下来，一对带褐斑的乳房傲慢地对着阿正。

阿正像是被点了穴一样，终于再说不出话。他看着薄荷的裸体，没错，那是薄荷特有的示威方式，裸露能让所有男人闭嘴，包括神志不清的阿正。与此同时，薄荷的肋骨们也被激怒了，它们剧烈地内外收缩，像举剑决斗的骑士，不停地挑衅她的对手。

"来呀！来呀！"乳房和肋骨在叫嚣。

恐惧浮上阿正的面孔，他终于明白自己不是薄荷的对手，只得拔腿跑掉。

"神经病！"阿正边跑边吼，薄荷在他身后"咣"地关上了门。

从那以后，谷雨与薄荷的同居生活似乎变得顺理成章起来，他们很少触碰过对方的身体，起床和睡觉的时间却几乎都是同步的。薄荷自己在天井里冲凉，谷雨只是把热水桶放在厨房门口，便转身走了，仿佛向在那些疑心病很重的镇民证明他的清白。

说到底，他还没有勇气在败完父亲的全部家产之后回去见母亲。

但是，谷雨会为薄荷吹干头发，在薄荷洗完澡以后。她的白发就跟杂草一般难看，他把她按在椅子上，为她梳理，沾一手湿水，吹风机的热风让两个人都倍感舒畅。

谷雨甚至提出来，说："我去给你老公送饭罢，晚上你一个妇人家外出太危险。"

薄荷笑了一下，没有答应。

其实谷雨很害怕，怕有一天薄荷像吴阿水和唐西那样带着平常的表情走出去，就再也不回来了。那时候他要怎么办？还能光明正大地待在烟雨镇吗？他不敢往深里想。

但是，薄荷似乎对这些突然消失在生命里的东西都习以为常了，对她来讲那是意外，命运都是一些意外造成的。谷雨是她意外中的意外，现在烟雨镇上的人背地里都唤他疯婆的野男人，"野男人"谷雨带着一身清白，缩在思念唐西的蟹壳里。阿正每天都要在薄荷家门口吐一口唾沫，眼窝乌青，是谷雨留给他的纪念。

"疯婆子！野男人！"阿正现在都是这么骂的。

但他又很怕谷雨，只要谷雨抓起扫帚追出来，他便逃得飞快。

谷雨深深明白，阿正的仇恨种在每个镇民的心里，他们之所以看起来如此客气，眼睛里充满了对薄荷的同情，兼因有阿正是他们的"出气口"。

好几次，谷雨向薄荷提议道："跟我一道走吧，在这里死都死得不安生。"

"你坐车回老家吧。"薄荷还是那句话。

两天以后的清晨，破碎的烟雨蒙蒙地在小镇头顶降落，薄荷如往常一般起床，要穿过厨房走到天井里刷牙，看见厨房的水槽上方那只青花瓷牙缸里只剩下两根牙刷了，一根是唐西的，另一根是自己的。

薄荷如释重负，却又笑不起来，她怔怔地盯着两只牙刷，然后拿出唐西的那一只，丢进垃圾桶里。

九

北方没有下什么雨，公路灰尘漫漫。

一无所有的谷雨回来了，烟雨镇被远远甩在身后，像一个隔世的梦。

母亲看了看谷雨，什么也没说，儿子落魄的处境不用问，一看就看出来了。她为他煮了一面碗，他吃得很快，大口吞嚼，舌头刚刚触到乱糟糟的一团食物他就觉得彻底安全了。

家里空荡荡的，抑或讲父亲的房间空荡荡的，樟木箱里全是廉价翡翠和叶腊石，曾经价值连城的象牙鼻烟壶、紫晶雕钟离权像、墨玉狮子手把件、翡翠柄日本龙文堂双印老铁壶，还有老谷顶引以为豪的"高山流水"，统统付之东流，它们滋养着古玩市场的一众老狐狸，为那个假货横流的地盘制造了许多神话。

谷雨不得不硬着头皮，抬着一箱次货到那块伤心地去处理，他拿塑料纸铺地，把一件件玉石摆出来，供老行家取笑。他知道，那些玩意儿只能骗骗兴趣级的玩家，可即便如此，每天的收入依然很惨淡，有时候可能一整天颗粒无收，他的心也是。

老谷的儿子就是这样败家的，谷雨被舆论包围，他坐在地摊前的小凳子上，老费偶尔会顶着一脸鼠相在他面前踱来踱去，然后冲他笑笑说："生意还好吧？"

"还行。"谷雨硬着头皮说。

"小伙子啊，这一行水深。老谷这样讲良心的玩家也不多，赶紧把这些东西处理掉，转行吧。"

老费语重心长，眼睛里却没有一点热度。没有人会真正打骨子里同情弱者，这个道理谷雨也是许多年以后才懂的。

"嗯，费老师说得是。"谷雨没好气地看着那一摊劣质翡翠。

"给。"老费拿出二十张红票子，"我包圆了。"

谷雨犹豫了一下，默默接过票子，把翡翠一件件拿起来，收进一只塑料袋。在周边游走的玩家纷纷耸动起来，他们吃惊于老费的菩萨心肠。

老费拿过沉甸甸的一袋子翡翠，交还给谷雨一枚东西，谷雨接过一看，竟是平安扣，缠腰绿的，水头十足，洁净得颇为可疑，也眼熟得颇为可疑。

"这是……"他想起唐西白皙修长的脖颈。

"没错。"老费点点头，"小伙子，跟你说了，这一行水深。"

谷雨一把抓住老费的手臂，将拳头握紧，高高举起，怒喝道："说！唐西在哪儿？"

"有些事情，不知道要比知道得好，你还不放下的话，往后得继续痛苦。人啊，短短几十年，何必纠结在那些过去的事情上？"

老费嘴里吐出的每个字都如丧钟，把谷雨最后的希望都击碎了，他的心脏一阵阵抽痛，眼前赫然出现一只巨大的黑洞，有个声音在他耳边低语道："别进去，别进去……"

"唐西在哪儿？她他妈的到底在哪儿？"

他下定了决心，要触摸更悲凉的谷底。

"唉……"老费长叹一声，他发现谷雨没救了。

"小伙子，你知道102吧？"

他当然知道，102酒吧，古玩行家常聚的一家弄堂咖啡馆，他们在那里交流信息，炫耀自己压箱底的藏品。谷雨倘若在变卖父亲的东西之前能常去那儿转转，也许就不会吃那么多亏。

"走啦。你好自为之。"老费像完成任务一般，转过身，拎着塑料袋就要走。

"你为什么要帮我？"谷雨叫住他。

"帮你？"老费转过身来，那张鼠脸有了狼的气息，"十年前，风雅居垫给人家一批羊脂玉器，结果还回来的全是玻璃。当时我跟老谷借钱，想把气顺过来。他给我两千块，说身上就这些。三个月之后，有人看到他盘着一件新入手的羊脂玉弥勒把件。那个时候，我就发誓，总有一天要让他尝尝我吃过的苦，他尝不到，他儿子也总会尝到！"

谷雨觉得身上的血液瞬间被抽干了。

因为玩家众多，102酒吧的灯火总亮得很诡异，像头顶上按了十多只强光手电筒。谷雨点了一杯橙汁，坐在角落里，心情沉重地看着三五个玩家头碰头在一起攀比，他们从身上不知哪里拿出一件件玩物，跟变戏法似的。谷雨对自己说，倘若让他看到其中有父亲的藏品，他一定会拿起餐叉戳进自己的右眼。

玩家们似乎都不认识谷雨，抑或假装不认识，他们会悄悄转头看一眼他，又迅速回过头去，跟同好们轻声讨论着什么，手里盘着一对红酸枝雕核桃，或者掏出一把象牙扇展示，有几瓣已经坏了，缝路黑黑的。

一小时以后，一对体形差距巨大的男女走了进来，男的穿着金色塔夫绸中装，在灯光下整个人都金光灿烂的，显得愈发庞大；女的着棉布长裙，胸口挂着一只包浆完美的羊脂玉平安扣。这光鲜的一对很快吸引了所有人的注意，他们走到玩家中间来，与他们打着招呼。

"辉哥，今儿带什么好东西来了？"

辉哥将身边的唐西一搂，道："就这个好东西。"

"讨厌！"唐西挣扎了一下，甜丝丝地取下脖颈上的平安扣，摊在掌心里给玩家们欣赏。

"这东西好是好，不过咱们都听说辉哥还有更好的。'高水流水'啊！"一个玩家戳穿了辉哥的把戏。

"没有没有，那玩意儿哪能让我得着呢？"辉哥咧着嘴，眼角都笑出花来了。

这时候，唐西往角落看了一眼，正对上谷雨那张凝固的脸。

她怔了数秒，又将目光回落到掌心的那块羊脂玉平安扣上来了。谷雨认出那是父亲的东西，现在已经变成老费给唐西的奖赏。

就这样，唐西和谷雨成了陌路人，他甚至都没有勇气走过去给辉哥一拳，隐隐作痛的肋骨让他变得软弱了。

他不是个坚强的人，如今只是苟且偷生。他想起父亲微微佝偻的背，心里突然有一点恨他。

谷雨走出102酒吧时，天落雨了，雨丝很细，像在催促他加快脚步，走到哪里去？他心里一点也没有底，也许要回家，抑或要回烟雨镇。做薄荷的野男人可能才是谷雨的正途，在这座没有了老谷的城市，他早已经无法正常生活了。

他这样想着，手不经意插入裤袋中，指尖被什么东西刺痛了，掏出一看，是从薄荷那里偷来的半截银镯，许久不曾盘戴，都已经发黑了。

十

吴阿水是在樱桃家的茧房里被抓到的，他原本可以在桥洞下面再坚持上好几年，尽管冬天很难挨，他得穿着胶鞋走很远的路去茧房，靠着温暖的土墙过夜，薄荷会把梅干菜包子和米粥放在茧房的稻草下去，伸手往稻草堆里一抓就能找到。可现在是初夏，吴阿水却潜入茧房，也不知道为了什么。

"我就想偷一床被子。"在樱桃和樱桃的丈夫的强光手电筒的照射下，他对面色煞白的薄荷这样讲。

"要把他怎么办？藏起来？"樱桃的丈夫愁眉苦脸地看着吴阿水，他是个实心眼的人，不大懂为自己算计。

樱桃的怨气上来了，她狠狠瞪了丈夫一眼，道："他还欠你一万块呢，自家日子都过不好，你还要当菩萨？"

樱桃的丈夫不说话了。

薄荷只得硬着头皮对姐姐赔笑脸，说："还是让他先回家吧，钱我会还。"

"你拿什么还？靠卖点蚕丝被又不行的。"

薄荷语塞。

交涉了好久之后，樱桃还是决定先把吴阿水关在茧房里，她话说得很漂亮："你自己都搞不好，怎么再多照顾一个人？还是让我们来。"

面对姐姐极委婉的要挟，薄荷也只有点头，然后把一塑料袋梅干菜馒头交给吴阿水。她这才看清楚吴阿水脸上的皱纹，那是一个被命运折磨得惨不忍睹的男人，从前都是在没有灯火的情况下见他，夜幕总能掩盖一点老态，令她完全没有意识到这几年对吴阿水意味着什么。现在把他看仔细了，才发现他已经变得越来越凉薄，颧骨高耸如山，削尖了他的命盘。她即刻意识到他为什么急着要一床被子，尽管气温渐升，他却仍在梅雨里淋得湿透，那种冷，平常人感受不到。

更何况，那天吴阿水撞到谷雨之后，应该已经觉察出薄荷不爱他了，抑或讲她从来没有爱过他。烟雨镇上的婚姻多半都是凑合起来的，旁人说这一对不错，男的老实，女的漂亮，在一起挺好的，他们就真走到一起来了。传统的识人观念像一把尺，悬在每个镇民的头顶，他们无法越过尺度，力求自己的生活方式能被大家认可。

回来的路上，已是深夜。薄荷百感交集地端着一锅冷掉的白米粥，穿过桑树地，眼睛干干的，她抬起头，看到模糊的月亮散发着橙色的光，就想起谷雨眼睛里沁出的青蓝色的眼白。青春在她心里慢慢勾勒出了一个形状，她看见不远处的浓黑里有川川的影子出没，川川面色如蜡，像是病了，然而还是美少年模样，他怨气十足地瞪着她，仿佛在向母亲诉说着地狱之苦。

薄荷倒抽了一口冷气，她想转身逃掉，又觉得委屈。

"你不是我杀掉的，你是自己落河里的，你自己知道的吧？"

她小心翼翼地向那团影子靠近，嘴里泛起血浆的味道，她的舌苔生了个疮，可能已经被咬破了。

影子没有回答她，可她看得出来，川川也在向她移来。

"那天你到底是怎么掉河里的？你告诉妈，告诉妈！"薄荷的声音有些抖震，她再也无法控制了。

"阿正一直说是我推你落河的，你到底还是要从阴曹地府里走出来现现身，说个明白吧？"

影子继续往前，薄荷的心脏提到了喉咙口，她想大哭、大叫，狠狠给儿子的鬼魂两巴掌，可两只手却怎么也抬不起来。她每个细胞都像是出血了，疼痛感无来由地蔓延全身……

薄荷伸出双臂，她要触摸川川，触摸一只游荡在烟雨镇河底的幽灵。

最让她惊讶的是，影子像是知晓了她的心思，移动得更为迅速。她不由得怔在原地，"急刹车"令她身体下意识地往后仰，脚跟踩在裹满湿滑泥土的石头上，重重跌倒。

影子上前，将她扶起。

"我又迷路了，找不到你家……"浑身湿透的谷雨说。

疯婆子的野男人又回来了。

镇民们又开始更为严密地监视薄荷，血液在她体内循环得更疾速，为她的面颊染上了胭脂。尽管她从未与谷雨出双入对，他们睡不同的房间，谷雨还重新修补了川川收藏的青龙刀，他们甚至经常不在一张桌上吃饭，可烟雨镇的细雨却无端地为他们打上了"奸夫淫妇"的标签。

当薄荷翻完了箱子里最后一床蚕丝被的时候，谷雨发现了她的异常，他问她为什么不再去给吴阿水送饭了，她垂着头，只顾在天井里采摘淡黄色的白兰花。她用铅丝绕成环，扎在白兰花绿色的花茎里，整个天井都是香的。

每天清晨，薄荷都会挎着一只竹编篮去到菜市场卖白兰花，她自己的衬衫纽扣上也会系上一朵，被这么样清雅的淡香围着，她才显出了一些生气。

谷雨呢，他只是不停地在只赚够一颗钻石的淘宝店里摆设从烟雨镇收来的"古董"，他把从米铺老板娘手里收来的老牛角梳用麻布擦亮，拍成角度精美的照片放上去；抑或廉价收购一批黑檀木料，打磨成凤簪、兰花簪、挽月簪，再擦上一层桐油，让它们显现润滑质感。谷雨有一双巧手，这是父亲留给他的唯一一项天赋。但是，很快他就发现烟雨镇上的快递部运作很慢，像所有镇民一样懒散，所以东西无论送到哪儿都比其他城镇要慢上三五天，这让他的淘宝生意一蹶不振。

可即便如此，谷雨还是用这门手艺为自己赢得了一点收入，这收入便是尊严，他能在薄荷那里待下去的底气。尤其是谷雨发现薄荷根本没有积蓄，川川死了以后，她便从镇上的丝厂病退了，退休工资尽管少，对一个单身女人来讲也足够糊口。可是，谷雨悄悄翻过薄荷藏在老棉袄口袋里的存折，只有二十六块钱，于是他愈发坚定了要为她分担的决心。

不久之后，谷雨在烟雨中学附近开辟了一块自己的地盘，他把发簪一个个摆在塑料布上，吸引既爱美又买不起昂贵首饰的女学生。因为长得好看，他的东西也便不自觉地变得吸引人了，女生们穿着款式老旧的运动服，梳着长辫子，在他的摊前流连，她们会红着脸拿出二十块钱向谷雨买一只最朴素的抱月簪，也不插起来，却是偷偷放进书包里，像埋葬一段注定消亡的初恋。

不久，谷雨手头有了一点资本，他隐约幻想等攒足了钱再次杀入古玩行，设局让老费倾家荡产。那是他心头磨起的一把刀，总要出鞘的。

薄荷自然不知道谷雨的心事，事实上她从来没有追问过关于谷雨的任何经历，却是经常将他视为空气，在她阴暗的人生里一小截迟早要错失的阳光。薄荷越来越老态了，谷雨的归来并没有为她带来点滴甘露，她时常一个人坐在廊沿底下发呆，衣襟上的白兰花焦了边，却越来越香，仿似回光返照。

那一天，樱桃兴冲冲地跑到薄荷家里来，两人坐下来，喝着明前茶，聊些沉重的话题。躲在睡房里打理淘宝店的谷雨，把厅堂里的对话听得一清二楚。

樱桃说："阿水躲在我家里，要吃要喝的，我们反而多了个负担。我男人打听到最近深圳有个厂子在招工，要不然让他去做做看吧，能赚多少是多少。你也晓得镇上的人是怎么看他的，欠那么多债，难不成就拖到死都不还了？我们不跟你闹，是有良心，你总不能装傻罢？"

薄荷咽了一口茶，有些眼泪汪汪的，说："他也快六十的人了，哪个工厂肯要？"

"就算七十岁，也总要还钱的。其实，阿水躲债在那会儿就该出去闯闯了，我也不晓得他犯什么浑，居然一直待在桥洞底下。你也是的，老早也不劝劝他，搞得他现在七老八十了，能赚钱的机会也都没了。所幸我男人还有点门路，他一个表弟在那边打工，可以去说说……"

"可是……阿水肯不肯呢？"薄荷的嗓音苍老得像一把破胡琴，谷雨听得出来，她根本不希望听到有人跟她谈论自己的丈夫。

"他就是脑子里哪根筋搭错牢了，就是不肯。"樱桃激动起来，"你说哪有这样的男人？家毁成那样了，一丁点儿都不为你想想。妹子，这回你无论如何得劝他去！你也知道，小花已经在城里谈对象了，到时候还得给她办嫁妆，男方家庭条件好，咱们也不能丢这个人。"

薄荷低头，不说话了。

樱桃叹了一口气，冷下脸来说："这几年，我们也照顾你够多了，也算仁至义尽，你也为别人想想吧。"

"嗯。"薄荷手里的茶凉了，她握着茶杯，神情有些放空。

十一

去樱桃家之前，薄荷换了身白色蓝细条纹的圆领罩衫，穿上胶鞋，拿出一把粉红花朵图案的折叠伞，她特意把白头发梳理整齐，用黑发夹夹平额前的刘海。那是最土气的小镇女人打扮，但薄荷却穿出了一种特别的雅味。

谷雨看着她站在门口弯腰穿鞋，忍不住问道："要不要陪你一道去？"

薄荷连回答他的力气都没有，她将一双穿尼龙袜的光滑的瘦脚轻轻放进胶鞋内，走了出去。

谷雨心里有无端的不安，随着夜色愈来愈浓，不安也在加重。他拼命回忆那天晚上看到的吴阿水，那个桥洞里僵尸一般蹦起的男人，花白头发，看不清五官，浑身散发着酸味。薄荷怎么会嫁给这样的男人？谷雨无法想象。但是在这样的地方，她又能嫁到什么样的好男人？烟雨镇的男人都一样，木着一张脸，小眼睛里聚满了小聪明，对大事情从来不闻不问，报纸上的每条新闻对他们来讲都是另一个世界发生的事情。比薄荷更美的女人，都是在这里接受庸俗的轮番洗礼，直到完全被同化。唐西曾经跟谷雨讲过，薄荷是台球高手，她不像是一辈子都没走出过烟雨镇的女人，甚至很多做派都走在了城市女人的前头。但平素的她还是努力把自己的光芒掩盖起来，直到岁月彻底把她封闭。

在薄荷身上，谷雨看清了时间与磨难的包浆，它们令她有了古董的质感，尽管他从来不认为自己爱她，却总会不争气地为她着迷——一个绝经的乡下老女人，手指上绕满白兰花的香气。

谷雨走到天井里冲凉的时候，看着井边被采摘一空的白兰花枝，突然又很想哭。他把热水倒进放有井水的洗脚木桶里，然后抬脚跨入桶中，全身就像被轻微电击过，那是唐西待过的天井，她曾往薄荷干枯的身体上浇水，而他在那时也恍惚看到薄荷经由井水灌溉而绽放出一枝清新的白兰花。

　　谷雨等到很晚，在淘宝店达成了三笔生意。那些原本生活可以更为丰富多彩却偏偏被现代科技锁困的网虫们喜欢三更半夜在网上淘些消费能力以内的东西，并不是真的需要几根簪子，就只是单纯享受购物的快感，当快递邮包一件件送到他们手里时，拆开的过程如此愉悦，五分钟后，就又回归无聊了。

　　凌晨两点钟，薄荷还是没有回家。谷雨有一些担心，他反复在脑中勾勒往樱桃家的路线，却怎么也勾不完整。他是个标准的路盲，所有具备艺术天赋的人多多少少都会有点路盲。

　　到了三点半，谷雨被雨声以外的动静惊扰，他眼睛睁得很大地躺在凉席上，席子破损处露出的竹篾扎得他的胳膊微微生疼。

　　"吴阿水找到啦！在疯婆子姐姐家里呢！她姐姐叫我们都去要债！要债！疯婆子，杀人犯！呸！呸！"

　　阿正的狂吼自窗口杀入，谷雨猛地坐起身，冲出了睡房。

　　薄荷就站在门口，借着屋内的灯光，谷雨看到她面目不清地坐在廊沿下，浑身不停地打颤，额上胡乱堆着鲜白的发，发夹已不知去向。

　　"混蛋！再叫我宰了你！"谷雨向河对岸跳脚的阿正发出严厉的警告。

　　阿正听到谷雨的声音，果然不说话了，随后对岸响起匆忙的脚步声。

　　廊沿下抱着膝盖发抖的薄荷，弱小得像一只白鸟，她胸前的白兰花也不见了，只有一片焦了半截的花瓣沾在头发上，胶鞋上满是泥泞。她抬起头，拿血红的双眼看了看谷雨，又垂下来，嘴里发出一记哽咽。

　　谷雨坐到她身边，也抱着膝，一言不发。他觉得说什么都是多余，薄荷想告诉他的时候，自然会讲。

"造孽！造孽！造孽！造孽……"

米铺老板娘匆匆跑出来，经过薄荷和谷雨身边时，低头看了他们一眼，冲他们脚下吐了口唾沫，又匆匆跑过去了。

谷雨觉得莫名其妙，也顾不得对方的敌意，追上去问道："三更半夜要去哪里？"

"去哪里？还有脸问？"米铺老板娘一脸愠色，往薄荷身上一指，"你问问那疯婆子！她男人欠了我们家一大笔钱，原以为他死了，未曾想居然一直躲在桥洞子底下靠他老婆送饭过活。我说薄荷啊，你也忒不仗义了，这几年受了咱们多少恩惠？你当是白捡便宜呢？想得倒美。幸亏你姐姐还有点良心，把吴阿水交出来了，咱们也是有怨报怨、有仇报仇。"

"报！去报！快去！别晚喽！"薄荷突然发作了，她满面雨水地站起来，直直盯着米铺老板娘，"给阿水一个痛快，不要手软。"

米铺老板娘愣了半秒钟，恨恨回了一句"果然疯了"，便头也不回地往樱桃家里去了。

谷雨从未见过薄荷的脸色如此惨白，她像是从阴间来的厉鬼，表现得比阿正愈加丧心病狂。

"哈哈哈！给丫一个痛快！不要手软！哈哈哈！活该！活该！"躲在远处的阿正又窜了出来，在对岸拍手大笑。

那个深夜，在谷雨的生命里刻骨铭心。

整个烟雨镇都沸腾了，吴阿水行踪的暴露点燃了他们内心深处埋藏已久的炸弹，随着阿正疯狂地四处通报，大家纷纷打碎了梦境，从床上爬起来，镇子从未像在这个时候灯火通明过，照亮了镇河里飘浮的每一簇水红菱。

"我们也过去吧。"谷雨说。

"等一等。"薄荷站起来，径自往房子里走去了，很快又走出来，头发像是梳理过了，湿湿地粘在脖子后头，她整个人都摇摇欲坠。

谷雨扶着软脚蟹一般的薄荷，跟在一群愤怒的镇民后面，踏过石板桥、穿过桑叶地。他们再也不用担心夜路昏暗，镇民用各色炽亮的手电筒将前路照得清清楚楚。好几次，薄荷的胶鞋粘在了潮湿的泥地里，她的尼龙袜踩了满脚污泥，谷雨看到都会把胶鞋拔出来替她穿上。眼看着"讨伐大军"勇往直前的气势，谷雨顿时冷汗直冒，他不知道这些火气颇大的镇民要对吴阿水干什么，他们似乎已经忘记了薄荷的存在。但谷雨心里明白，在吴阿水失踪的日子里，薄荷就是他们的人质，她本可以在儿子的葬礼过后便离开集满心伤的烟雨镇，到别处透口气。可是，可是根本无法逃亡，米铺老板娘盯着她，樱桃盯着她，阿正盯着她，所有人都盯着她，镇民们用拙劣且无效的方式来要债。

樱桃家的茧房里一片狼藉，吴阿水用稻草将自己盖住，脸冲下埋着，像是以为这么样大家就看不见他了。他不敢抬头，一抬头便要撞上镇民凶悍的面孔，他花白的、颤动的头发便是给他们最后的交待。

薄荷赶到的时候，茧房已被围得水泄不通。谷雨好不容易拨开人群挤进来，却见樱桃和樱桃的丈夫站在稻草堆前，樱桃皱着眉，以为这么样大家都不会发现她畅快的心情。一见谷雨和薄荷，樱桃便迎上前来，拍着大腿说："都是阿正！阿正这个浑小子！天天在我家附近转悠，监视妹子你，还监视我！这下闹大了！闹大了！"

樱桃焦急地解释，生怕薄荷要怨她。

米铺老板娘第一个冲上去，往吴阿水身上的稻草踩了两脚，拉开嗓门哭起来："阿水啊，你帮帮忙了，帮帮忙了呀！你晓得镇上开超市了吗？我的米越来越难卖你晓得不？我儿子在外头做生意，他说妈妈呀，给我两万块调个寸头行不行，我就是拿不出来呀。啊呀呀呀呀呀……阿水，你真要帮帮忙了……"

　　所有的人都沸腾了，纷纷鬼哭狼嚎地踩踏稻草堆，向吴阿水诉苦。但是谷雨知道，一两万的得失绝对不可能影响他们的生活品质，这些木口木面的人注定要在烟雨镇上过完黯淡的一生。

　　阿正站在茧房门口，拍着手大笑。还未笑够，便觉头发被人一把抓起，他痛得哇哇乱叫，却只得顺着那股巨大的拉力往前走。

　　薄荷不知哪来的蛮力，抓着阿正的头发，将他拉到抱住头发抖的吴阿水身边。

　　"你们都他妈给我闭嘴！"薄荷从未发出那么大的声音，她从前一直是轻声细语的，见谁都保持着一个罪人的谦卑表情。

　　茧房一下子安静下来。

　　薄荷紧紧抓住阿正的头发，两根长指甲已嵌入阿正的头皮，阿正疼得眼圈发红。

　　"阿正，你给我讲清楚，川川出事那天，到底跟你说了什么？"

　　"他说你是个疯婆子，他说你总有一天要杀了他的！他要逃！要逃！"阿正还在顽抗。

　　薄荷的指甲再次狠掐下去，阿正终于流出了眼泪。

　　"你讲实话！讲实话！要不然，今天让你走不出茧房！"

　　"实话……实话……"阿正眼珠子疾速转了两次，终于下定了决心，"川川说，你这个当妈的不行，让他爸爸躲在桥洞底下出不来，他早就发现你每天晚上去给他爸送饭，想不通你为什么不让他回家！所以……所以那一天……他……他打算跟他爸一起走的！"

"后来呢？他怎么落的水？"薄荷的声线变尖了。

"我……我不放心，就跟了去。在……桥洞那儿，川川和他爸讲了很久，我一个人蹲在桑叶地里，两条腿都被蚊子叮烂了。可是……可是他们到后来打起来了，川川说是你害死他爸的，要不是你整天嫌弃他爸穷，他爸就不会整天动脑筋要发财！不发财，在镇子里活得也挺好！你是凶手！凶手！"阿正的唾沫星子爆在每个镇民目瞪口呆的脸上。

"那后来呢？后来川川怎么掉下水的？"谷雨抢问。

"不晓得！完全不晓得！"阿正狂吼，"我只听见'咚'的一声，川川他爸没有喊，也没有跳下去救！没有喊，也没有救！"

薄荷的身体像冰柱一般，立在吴阿水埋着的稻草堆旁边。

"川川他爸为什么没有喊没有救？"谷雨艰难地开着口，像是替所有镇民问的。

"不晓得！不晓得呀！川川说他爸胆子小，是镇上唯一一个不会游泳的人！"

"那你为什么不喊不救？"

"我……我怕！我害怕！川川他爸站在桥洞下，只有两只眼睛是亮的，像狗！像蝙蝠！像妖怪！我不敢到妖怪面前去！"

稻草堆里传出了吴阿水的呜咽声。

薄荷疯了一般，松开阿正的头皮，狠狠将稻草堆拨开，她拨得那样快、那样乱，仿佛要从里边找出一个充满希望的真相。

吴阿水终于在稻草堆里露出了原形，他依然抱住头，似乎要跟这个世界划清界限。

"我刚刚过来劝你走出镇子，你说……你做梦都想走，可是走不脱。因为川川把你锁住了，是不是？"

薄荷面无表情，内心的翻江倒海在刚刚松开阿正头皮的瞬间已经都释放掉了。

"是！是！是……呜呜呜呜呜呜……"

"川川为什么要锁住你？为什么？"

"因为……因为……因为是我把儿子推下水的！我不是存心的！不是存心的！不是存心的呀！啊啊啊啊啊啊啊！"

吴阿水终于崩溃了，他胡乱地抓起身边的稻草往脸上抹，稻草刺扎破了皮肤，眼泪变成了血。

"呵！呵呵！"

薄荷笑得叫人毛骨悚然，镇民们都屏住了呼吸，他们有些想逃，又舍不得错过下面的戏码，这是个会把他们心情变沉重的"热闹"，然而只要是热闹就永远都会有人看。

"杀人犯！杀人犯！"阿正捂着发胀的头皮嚎叫。

薄荷轻轻蹲下身子，抚掉吴阿水身上的稻草，她抚得那样细、那样柔，然后把吴阿水扶起来。

樱桃的丈夫往后退了两步，所有镇民都跟着往后退了两步，他们意识到后面发生的事情会让所有人不愉快。

吴阿水歪歪地站着，额头几乎抵住了胸口。这个姿势他是熟悉的，做教师的薄荷父亲当年便是挂着牌子这么样站着，被红宝书砸得头破血流。十三岁的薄荷来了初潮，她穿着笔挺的军装，两根麻花辫辫梢都硬邦邦的，那时候她痛恨自己身上的女人味，觉得是对革命的不忠，就像父亲对革命的不忠。吴阿水站在旁边给被定性为四类分子的母亲送饭时，就看见薄荷雄赳赳气昂昂地站在石板上，往她父亲背上踩了一脚又一脚。

吴阿水和薄荷结婚的头两年，都是胆战心惊的，一个连父亲都敢踩的女人，还有什么不敢踩？于是他悄悄放下男性尊严，活在薄荷的威武之下。

今天，他又恍惚觉得自己得到了薄荷父亲一样的待遇，而且已经看见薄荷高高抬起了一条胳膊，只是手里拿的不是红宝书。他没有胆子看她举起了什么，反正不管举起什么，最后落到他身上，他都要承受。

只有谷雨，谷雨看清了薄荷手中亮出的武器——是川川的青龙刀。

那刀已经在无数个百无聊赖的下午被谷雨拿来磨，磨薄了，磨亮了，轻舔一下皮肤就会见红。

谷雨想也不想，便冲上前，紧紧抱住了薄荷的腰。

这是他们两第一次亲密地贴合，在众目睽睽之下展示了所谓的肌肤之亲。

"我不敢走啊啊啊啊啊！川川一直抓着我，他在桥洞底下一直看着，拿眼睛锁牢我，我动都不能动，一动就脑子疼。他用水里的锯子锯我的脑子！锯我的脑子啊啊啊！"

青龙刀下，吴阿水恍若被无数只脚踏住，双肩沉重如灌铅，在镇民的围剿中破碎、再破碎……

十二

谷雨抱着接近死亡的薄荷走过那片坑洼的桑叶地，这里没有茧房那么臭，梅雨把泥土洗得很干净。他感觉薄荷是那么得轻，只有唐西一半的分量。他怀中塞满薄荷的绝望，这种绝望把薄荷彻底杀掉了，他要带着她的灵魂去到干净的天堂朝圣。

"放我下来吧，走到哪里我都是死的。"薄荷这么跟谷雨说。

谷雨摇了摇头，他只想把薄荷带走，抑或讲是将她当作一把灰烬，必须散在完全没有污染的去处。

"你要带我去哪里？"

她微微抬一抬头，透过锯齿边的桑叶缝隙看到赤红的曙光一根根刺入眼膜，混沌逐渐消退，云层有了透明的质感，在霞里轻轻漂浮。

"不知道。"他回答得很诚实，她闻到他胸膛的青草气。

她不再讲话，身体随他的步履不停摇晃，她猜想川川当初亦是这么样摇晃在桥洞下的深水里，川川水性那么好，倘若不是被那一把同样摇摆不停的浮萍缠住了脚，幸许就不会抽筋，更不会在水里活活呛死。

"你想去哪里？"他突然这么样问，胸膛起伏地愈加剧烈。

她茫然地望住前方珠白色的光线，紧闭双唇，光线里她看到自己死灰色的脸。

"杀人犯！野男人！杀人犯！野男人！"

阿正的怒吼从身后传来，薄荷知道阿正永远不会放过她和谷雨，他们就像是被烟雨镇的雨水下了咒似的，均属戴罪之身。

谷雨听见后头阿正在叫骂，走得更快了，这一夜的折腾榨干了他全部的精力，他只想快点找张床，躺下来，然后永远都不要起身！

"杀人犯！野男人！"

在阿正的狂呼乱吼中，谷雨终于打了个趔趄，扑倒在薄荷身上，薄荷跌入泥地里，桑叶的齿轮滑过她枯竭的身体。

两人叠在一起，都没有挪动一寸，他们突然觉得这样贴住非常温暖，寒冷的露水吸食了他们的体温，现在他们终于互为衣衫。

谷雨的鼻子正对住薄荷的嘴唇，一只手盖在薄荷的左乳上，然后感受到她的垂老。乳房是完全扁平的，少年式的，她早已削掉了自己的性别。

"出太阳了，今天不落雨。"薄荷在谷雨呼出的热气里说，眼角噙着一粒泪。

离开烟雨镇那天，梅雨季亦宣告结束。接下来便是炎热的盛夏，烟雨镇的人走到哪里都会随身带一把蒲扇，除了追求潮流的年轻人们。

谷雨松了一口气，这回他总算找到了依靠。

尾声

薄荷的葬礼是在谷雨居住的城市里举行的。

那一年，薄荷六十八岁，谷雨四十四岁，烟雨镇的劫难注定让她无法长寿。

谷雨把薄荷的骨灰盒捧在手里，一整夜。

他们的故事曾一度在古玩市场疯传，传话是这样讲的：

一无所有的谷雨带了个奇怪的老女人回来，他们租了偏郊一幢便宜的平房同居，谷雨叫那老女人薄荷，但老女人看起来不像是他的亲人。这阿姨每天陪着谷雨到古玩市场来摆摊，贩卖一些不知哪里收来的银簪、紫砂壶，甚至老石臼。大家起初都有些嫌弃这位败将，直到老费从他那里买过一根扁簪，看到簪子背面刻着"烟雨"二字，老费跟谷雨说："年轻人，脚踏实地，好好干。"

从那天起，谷雨的摊子上开始陆续有人来淘东西了。

谷雨一直没有结婚，谷雨的母亲也对这个标准的败家子有股怨气，所以母子之间的亲昵已经完全谈不上了。谷雨无论走到哪里，都会带上薄荷，薄荷的脸瘦得像榫子，看人的眼神也尖薄，话很少，接触时间一长便暴露了她恍惚的神智。

但谷雨似乎拿她当护身符一般呵护，踩一辆电瓶车，让薄荷坐在后面抱住他的腰。时间的流逝积累了谷雨眼角的年轮，他和她的年纪愈来愈显得接近了，也许是薄荷的生命停滞在了某个阶段，也许是谷雨加快了衰老的速度。

他们越来越般配，越来越相似。

某一日，谷雨在收摊的时候看见唐西，她化着极浓的妆，皮短裙配长筒靴。在辉哥的调教下，她终于告别了棉麻布衣裳的时代，进入了一个肮脏的层次。

唐西问谷雨的近况，她量他不敢对她怎么样。

谷雨说："挺好的，现在只图安稳。"

然后，唐西看到瘦骨嶙峋的薄荷走过来，手里拎着两只刚出炉的烧饼，她像是完全不认得唐西了，只是递一只烧饼给谷雨，自己啃着手里那一只。

唐西看着他们，像在看一对经历过重重考验后终成眷属的恋人。

Part 3

神　蜜　与　猪　蜜 > > >

楔子

姚瑶从太平间出来的时候大大地吐了口气，香烛味和缠满彩带的花圈让她想吐，而且逼出了她的烟瘾。她径直走到阳光底下，从包里翻出一包被挤得皱巴巴的香烟。

反正今天参加葬礼的男人没有一个是帅哥。

她这样想着，便再也顾不得体面，急忙将烟点上，叼在嘴里，两只手不停地搓弄丝袜，一截白烟灰蓦地滚到大腿上，丝袜即刻开洞，她痛得跳起来，香烟在空中转了几圈，坠落在脚边。她狠狠地踩了一脚，吐出一口气，耳边充斥着恼人的诵经声。

真是够了！

姚瑶气鼓鼓地直起身子，看着烧得一塌糊涂的丝袜，似嘲笑她一般咧开一张椭圆形大嘴，表情和正躺在里头的那个死人生前一模一样。

那个人是姚瑶交往了半年的男友，比她大了整整十岁，也就是四十岁了，同时也比她有钱一百倍，而且从面孔和身材来看最多只有三十出头。虽说是相亲认识的对象，却破天荒地未引起她的反感，于是便接受了对方的追求。

在交往了一个月之后，她就发现他还有别的女人，只是一直不知道是谁。接下来的日子，就是要和那看不见的情敌进行一番极为惨烈的竞争。然而，就在他向她奉上求婚钻戒，两人跟所有爱情电影里一样共度了浪漫午夜之后，他突然从床上爬起来说要回公司"搞个重要文件"，就开车出去了，再也没回来。

最后一次见他，就是在医院了，姚瑶的眼泪和手指头上的钻戒一样闪闪发亮。

医生正式宣告姚瑶的未婚夫死亡之后，她一个人在病房的走廊上坐了十几个小时，没有哭，忍着烟瘾，谁劝也不肯走，只冷冷地回答一句："我就想看看那女人长什么样儿。"

遗憾的是，那个女人没来。

姚瑶很耐心地等，她知道未婚夫是死在她和那个看不见的女人手里的。他前半夜向她求完婚，后半夜就打算去找那个贱人温存，结果就这样死在途中，身体被一辆飞驰而过的宝马碾了个稀巴烂。

"有烟吗？"

一个让姚瑶浑身起鸡皮疙瘩的嗲音在背后响起，回头看去，是和她一样穿着黑纱裙的女人，可能岁数也差不多，只是她还报复性地涂着棕色口红，而对方却脂粉不施，模样也还是好看的，有清亮的双眸和甜柔的气质，不过表情有一点傻气，嘴巴一直瘪着，眼睛肿得像两只桃子。

"你是薛诚什么人？"姚瑶把半包烟抓在手里，眼睛直勾勾地盯着对方。

"要根烟还要查人祖宗十八代呀？"那女人抽了抽鼻子，突然往地上一坐，抬头看着对面烛火弥漫。

"他祖宗十八代是谁我都知道，不用查，就不知道你是谁。"姚瑶恶狠狠地将烟盒丢到对方脚边。

女人拿出一支烟，用和姚瑶一模一样的姿势点燃，然后一边搓大腿上皱起的丝袜，一边叼着烟。

"当心，看看我。"姚瑶撩起裙子下摆展示了一下破洞。

"你的腿长得真漂亮。"女人低下头，神情变得愈发落寞，像是又要哭的样子。

"你跟他，"姚瑶拿烟指一指太平间，"什么时候开始的？"

"一年前。"

"哟，比我认识得还早？"

对方没有回答。

"你知道我吗？"

对方点一点头。

"你知道什么叫垫背吗？"

对方又点一点头，表情极其真诚，真诚到姚瑶只能长叹一声，不争气地在内心涌现出一丝怜悯。

"你知道自己就是传说中的垫背吗？"

她还是点头。

"那这位垫背小姐，你叫什么？"

"汤……汤玲。"

面对汤玲，姚瑶只觉得瞬间失忆了，原本打算好看见那贱人就抽她的，结果现在反而递给她一根烟。

她对汤玲的恨意，就这样莫名地烟消云散。

"对了，节哀顺变。另外，顺便恭喜我吧。"姚瑶再次拉了拉裙摆，深吸一口气，浓烈的香烛烟雾险些让她窒息，但她强迫自己表现得很强悍。

"恭……恭喜？"汤玲抬起一双迷茫而空洞的双眸，摆出像二十世纪八十年代穿越过来的乡村姑娘的神态。

"啊，因为我要结婚了。"

"可……可……"汤玲下意识地抬手指向太平间。

"垫背小姐，不是只有那死鬼才有垫背。"

三个月后，也就是姚瑶三十岁那天，她嫁给了一个老实巴交的垫背男，叫刘凯，汤玲相当诡异地做了她的伴娘。据当时在婚礼现场的来宾说，姚瑶当天头戴水晶王冠，十足的女王气场，而汤玲则穿着飘飘若仙的淡紫色纱裙，像宫女一般站在她后头，嘴角还有奶油蛋糕的碎屑。

一

姚瑶和汤玲之间的相似之处其实并不多，但对男人的审美严重重合却是致命伤，这就是她们会被薛诚玩弄于股掌之中的原因。所幸那劈腿的男人终于死了，反倒促成了她们的友情。作为四星级大酒店的经理，姚瑶拥有女白领的强大气场，策划操办晚宴派对乃拿手好戏，无论怎样刁难的客人、如何麻烦的婚丧宴，她都能搞定，被老板与下属员工视为神人。姚瑶还有一个优势，便是拥有货真价实的豪乳，虽然身材略微有点发福，但勉强还属于珠圆玉润那一款，又长了一副与脾性不符的贤惠五官，只要不开口讲话，不彰显领导风范，绝对是让想建立家庭的男人第一眼就相中的类型。

比姚瑶小两岁的汤玲是在商场卖男装的销售员，无奈空有清秀如刘若英的长相，却是传说中的"冷场天后"。除非是对她有其他想法的男性，否则凭其爆烂的口才是半个顾客也打动不了的。商场经理一咬牙，把她分配在男装部，让她发挥"小女人"特长，专门负责虏获怜香惜玉的中产男，只要可怜巴巴地向他们推荐一下，装模作样为他们试衣的时候比划比划，有些暧昧的身体接触，再留个手机号码什么的，一笔好几千的买卖就能做成。她也是用这种方法一面钓金龟婿，一面完成商场的销售任务。

由于汤玲人呆嘴笨，不懂得如何推销，当时男装部的组长只给她提出了一个要求——多解开一颗衬衫纽扣，适当露出一点乳沟，理由是："沟通沟通，有沟才能通嘛！"

姚瑶的未婚夫就是这么上钩的。

然而，薛诚出于种种考虑，最后选择了娶姚瑶，还一本正经跟汤玲商量要她做小三的事宜，汤玲居然也很严肃地考虑起来，足见她就是个缺心眼儿的"猪头"。

当"神一般的蜜"（以下简称"神蜜"）与"猪一般的蜜"（以下简称"猪蜜"）走到一起的时候，多半都是汤玲的外形占上风，姚瑶只能吸引城乡接合部气质的中老年男子，这由她的肉感决定；而汤玲则能勾搭上很潮很耍帅的年轻人以及自以为很有品位的熟男，因为没有哪个男人能抗拒大小通吃的刘若英款，这是由汤玲的"仙味"决定的。

于是，环肥燕瘦的两个人能一路从情敌变成闺蜜，也算是人间奇迹。所幸汤玲一贯低调，刻意用她的柔弱来衬托姚瑶的强势，她清楚这样的自己在异性中比较占便宜。姚瑶天性好强，口才又好，天生具备女性少有的幽默感，所以贵为"暖场皇后"，大家都愿意与她交往。她们尽管强弱有差，但受欢迎程度却是一样的。后来姚瑶先结的婚，嫁给一个搞建筑的男人，叫刘凯。刘凯全身上下只有一个优点——老实，所以姚瑶没那么爱他也嫁了，她是被之前那个死鬼搞怕了，后来择偶标准发生了翻天覆地的变化，当然那次受伤也并不全是狗屎——薛诚的求婚钻戒后来就一直在她的首饰盒里躺着，没人跟她要过。

事情发生在姚瑶婚后第二年，情况非常突然，除了姚瑶之外没第二个人有心理准备。那天她照常下班，表情平静地回到家里，从床头柜抽屉里翻出一把剪刀，然后打开衣橱把刘凯的衣服、裤子、袜子全部翻出来，每一件都对半剖开，剖得极为整齐。干完这些事以后，姚瑶就走进厨房烧了好几个菜，把整个房子打扫干净，坐在饭桌旁边等刘凯回来。

刘凯一进门，便闻见满屋菜香，姚瑶穿着镂空紧身打底衫，晃着一对豪乳迎接他进门。刘凯额头宽厚，鼻尖有肉，是标准的厚道人长相，吃饭的时候都笑得特别憨。

"老公，今天的卫生我都打扫好了耶，你看多干净。"姚瑶操着一口嗲到肉麻的台湾腔说道。

"嗯，老婆今天真好！"刘凯脸上笑得更开了，大抵是隐约预感到接下来要发生更好的事，于是开始努力回忆家里最后一盒保险套放在哪里了，他已经太久没有和她做那个事了。

"老公，菜好吃吗？"姚瑶继续肉麻攻势。

"太好吃了！"他竭力迎合，不敢有半点怠慢。

"老公，那你说，你老婆好不好呀？"

"好！太好了！"

吃完这顿甜蜜的饭，刘凯自告奋勇去洗碗，姚瑶则泡了两杯绿茶，然后坐在饭桌前笑嘻嘻地看着丈夫的背影。待刘凯忙完后回到桌前坐定，她才一脸娇羞地开口道："老公，我想给你看样东西。"

"什么？"刘凯已经满脑子是那件事了，姚瑶的事业线实在非凡，虽然全是托魔术胸罩的福。

"那你要答应我，看了不准生气哟！"姚瑶手心里攒着一件东西。

"绝不生气，快给我看。"

她假装拒绝，把东西往身后藏，刘凯抱住她，强行将她反在背后的那只手捉住，抠出了里边的东西——是一个纸卷。

翻开纸卷，刘凯原本潮红的脸瞬间像刷了石灰一般变得雪白，因为那上面打印的是他最近半年来的开房记录，时间、地点、时长都列得清清楚楚。是的，他和某工程公司的女出纳鬼混已经不是一两天的事了，原本以为可以瞒着老婆一辈子，却完全忘记姚瑶是做酒店行业的，只要是同一个城市的高级酒店，开房记录都有内线能为她提供。

"老公，怎么脸都绿了？"姚瑶端起茶杯啜了一口，又放下。

这个时候，她就像是掌握他生杀大权的女王。

"老婆……"刘凯张了张嘴，像被捞上岸的垂死挣扎的鱼。

可怜他还未能讲出半句完整的话，耳边已炸起"咣"的一声，滚烫的绿茶连同玻璃杯统统砸在他的脑袋上，一道血沿着脸庞蜿蜒流下，他都不敢擦一下。

"我错了……"刘凯满脸血污地站在那里，表情像个死刑犯。

姚瑶给汤玲打电话，开头第一句就是："死女人，我离婚了。"

汤玲则回道："死女人，我找到新男朋友了。"

两人即刻约定在长岛公园的拾年咖啡馆碰头，商议人生大事。

对于姚瑶的不幸，汤玲连同情都不屑于表现。她知道这位神蜜的要强个性，不喜欢哭，不喜欢诉苦，更不喜欢皱眉作忧郁状，她唯一的发泄方式就是骂娘。两人特意选在咖啡馆二楼最僻静的角落，然后听姚瑶飙各种脏话，眉飞色舞地形容拆穿刘凯奸情并协商离婚的华丽场景。汤玲清楚姚瑶如今痛不欲生的感觉，只得垂头默默听着，得知刘凯所有衣物都被对半剖开的时候，还忍不住哈哈大笑了两声，尽显猪蜜本色。

"本来老娘也不会去查丫，你说丫是多老实一人啊？除了出差之外，每天下班都准时准点回家的。谁知道出差都是鬼混。要不是那不要脸的婊子主动打电话跟我摊牌，我他妈现在还被丫哄得一愣一愣的。我姚瑶是什么人？我姚瑶是什么人呐？敢耍我？他做梦！"姚瑶越说越火大，桌子被她敲得嘭嘭响。

汤玲半点都不敢打断，只是默默在一边听着，直等姚瑶勉强冷静下来，方道："世事难料，所以说男人都不是好东西。"

"不是好东西你不也又找新的了？说说，是谁？姓名年龄职业身高长相，统统报来。"

"姓名乔洋，三十四岁，大型连锁电器公司营销部经理，年薪二十万，身高一七二，姿色中等。"

"有过婚史没？"

"没。"

姚瑶盯着汤玲看了半晌，突然说道："下次把货带来给我验验。"

神蜜这时断然想不到，三个月之后她居然用最毒辣的方式，拆散了猪蜜汤玲的这段恋情。

二

汤玲和乔洋是小学同学，当时两人只是知道对方，情窦还未开，所以并没有发生什么故事。二十多年后，两人偶然在一个微信群里发现彼此，于是约出来叙旧，这一约就约出感情来了。汤玲人蠢，乔洋嘴巧，所以她这辈子都栽在口才卓越的男人手里，这次也很快沦陷，被乔洋迷得死去活来。乔洋其实与帅哥还是有一定距离，外形绝对属于路人款，然而一张嘴却是颠倒众生的，时常把汤玲逗得找不着北。

短短一个月时间，汤玲便迅速陷入热恋状态，而且乔洋出手总是特别阔绰，作为扎根本市的外地人，他租的还是别墅，每月租金九千。汤玲就是在那幢装修得相当没品、墙纸贴得春花烂漫的私人别墅里和乔洋忘情云雨。她经常连续好几天不回家，就窝在那儿照顾他的饮食起居。乔洋有麻将瘾，下了班经常忘记去接汤玲，甚至连手机短信都不发便径自去赴牌局了，让她一个人站在路口一等就是两个钟头，等到泪流满面，只好惨兮兮打电话给姚瑶，让她带她去吃饭。

姚瑶每次来接汤玲的时候，汤玲都是缩着脖子的，因为怕被神蜜拎着耳朵教训。姚瑶明知她担心什么，却偏偏不肯放过她，劈头就是一句："你怎么还没跟他分手啊？"

的确，姚瑶第一次见到乔洋的时候就不太喜欢他，尽管两人在插科打诨这方面的技术有得一拼，时常会在人前制造出巅峰对决的相声表演效果，但私底下姚瑶烦透了乔洋。原因是乔洋的腔调太过咸湿，喜欢在姚瑶跟前开黄腔，长得好看的男人开黄腔，在女人眼里是风流兼风趣，长得一般的男人开黄腔，那就是无耻兼猥琐，女人的判断力就是如此功利兼没节操。

所以，某次乔洋带着一脸媚笑对姚瑶说"刚离婚的女人很寂寞吧？要不要夜深人静时唤小生前来相陪"时，她鸡皮疙瘩掉了一地。

这虽然是玩笑话，却触了姚瑶心里最不愿触动的地方。她当下竟怎么也想不出同等风趣下作的话来回敬，只得愣在那里，内心默默把乔洋扣成了零分。

但姚瑶的反对未能阻止汤玲痴迷的脚步，她发现汤玲开始穿一些不适宜自身风格的皮草，脚上居然蹬着一双大红色高跟鞋，完全与她的森女系风格背道而驰，金色低胸紧身衣勒出一片"鸡排"，像吸毒过量的妓女。这浑身上下都是乔洋买给她的行头，可见他从来没关心过她是什么风格气质的。姚瑶遂想起刘凯每次出完差回来给她带的礼物，不是丑得令她窒息的香奈尔包包，就是她完全穿不下的短裙，甚至还有金光闪闪的派对小礼服，快把她勒出胃癌来。一个男人是不是真爱一个女人，从他送的礼物就能看出几分来，乔洋显然是喜欢御姐系的，否则不可能死命把汤玲往"妓女风"打扮。

　　可悲的是，汤玲似乎完全看不到这些弊端，恋爱中的女人心智都是盲的，何况她本来就蠢。姚瑶看在眼里，急在心里，依据之前的革命经验，劝闺蜜和她心爱的男人分手基本上是一件吃力不讨好的事情，搞得不好最后男人没分，闺蜜却先分了。所以她只能半开玩笑半认真地对汤玲采取暗示政策，比如动不动就提点她："你男人有多了解你，才能挖掘出你站街流莺的气场啊？"抑或指着肥皂剧里的某个角色说："你看，油嘴滑舌的男人最要不得，多猥琐啊？恨不得抽他！"

　　尽管姚瑶用心良苦，但以汤玲这样的脑子是绝对悟不过来的，更糟糕的是，她已经开始出现倒贴趋势了。在姚瑶的字典里，恋爱可以乱谈，做爱可以乱做，但钱的事情一定要分清楚。她绝无可能在经济上倒贴男人，她的原则是：如果我找的男人不能养我，那我还要男人干吗？姚瑶的精明路人皆知，和男人出来约会时，她的钱包永远都是装饰品。

　　汤玲借给乔洋钱花，是从替乔洋垫麻将资开始的。起初也不过几百而已，她未放在心上；渐渐的，乔洋需要她垫的钱越来越多，最后说是别墅租金一时周转不过来，让汤玲拿出几万块积蓄先帮他交了。汤玲的愚蠢程度匪夷所思，拿出钱来养一个男人不说，还提供上床服务，完全处于包养小白脸模式，最可悲的是乔洋根本不是小白脸。

当汤玲走火入魔一般把所有棺材本都给了乔洋之后，两人都开始手头拮据，汤玲不愿意跟父母要钱，乔洋的家世背景则倍显神秘，好像根本没有家里人这回事。也是过了半年之后，两人踏上红毯之前，汤玲才知道乔洋就是传说中的凤凰男，父母全在农村，经济方面根本指望不上。汤玲只得硬着头皮去跟姚瑶借钱，被姚瑶一句狠话打了回来："对不起，姐从来不借人钱，也不向人借钱。"之所以她有这个底气，皆因离婚完全是刘凯的过错，所以房子和车子都留给她，作为单身离异女性，她的确完全不用愁生计，无奈小气也是出了名的，说不借钱就不借钱，何况她清楚汤玲借钱要去做什么，于是直接断了她的后路。

万般无奈之下，还是乔洋出了个主意，把当初买给汤玲的那些皮草、高跟鞋和名牌包统统拿到外贸店里去寄售，以解燃眉之急。汤玲自然是积极响应，把从前乔洋送的定情物全部打包整齐，让乔洋拿去卖。就这样，乔洋开始和外贸店的一个风骚老板娘打起了交道，一来二去，寄售店成了另一场恋情的开始，乔洋成功劈腿，汤玲却蒙在鼓里。

乔洋跟汤玲提出分手是在微信上，他那一句"亲，我们分开吧"让她坚决以为是开玩笑，于是傻呵呵地回了句"好呀"。次日，乔洋就不再出现了，既没去接她下班，也无半个电话，她发过去的短信更是不回。这真把汤玲急坏了，在公司门口的吉野家吃了半碗饭之后，就拨通了姚瑶的手机。

"喂，姚瑶啊……"听到电话那头姚瑶的声音，汤玲便忍不住哽咽起来，"乔洋可能是死了！呜呜呜呜……"

姚瑶当下心便揪紧了，难不成汤玲真是命硬克男人？

"啊？怎么死的？"

"不知道……"

"谁告诉你他死了？"

"没……没人告诉我。"

"那你怎么知道他死了？"

"我……我猜的。"

"……"

"他手机不接，也没有回短信，更没来接我下班，当初薛诚死的时候也这样。呜呜呜……"

作为神蜜的姚瑶于是带着死活不肯"看到乔洋横尸公寓场"的汤玲去了乔洋尚未退租的别墅，摁了大半天门铃之后，出来开门的正是外贸店的老板娘，那些皮草和红色高跟鞋与此女无比搭调，不似流莺更像夜总会艳舞女郎。

汤玲这才傻了眼，然后接受了这个残酷事实。

那一天，汤玲把瞠目结舌的表情保持了足足一刻钟，和姚瑶在拾年咖啡馆不停地搅动手中的拿铁，直到搅凉为止。

姚瑶不知道该怎么劝汤玲，她天生缺乏开导人的能力，只会说些屁话，比如"我早就看出他不是东西了"之类的，把汤玲的情绪搞得更为恶劣。

"我想以后咱俩还是少见面吧。"就在姚瑶刚买完单的时候，汤玲突然这样讲。

"为什么？"

"你想想，咱俩是在葬礼上认识的，本来就挺不吉利的。现在你一离婚，我马上就被人甩了，没准就是咱们太要好，才怎么都没法在感情上有个好结果。所以……"

"你就直接说我姚瑶是衰神，带衰你的桃花运得了。"

话毕，姚瑶头也不回地走了，留给汤玲一个外形肉鼓鼓、气势犀利如刀的背影。

三

俗话说"闺蜜哪有隔夜仇"，虽然神蜜与猪蜜也会有掰的时候，然而汤玲请了假在家养伤的那几天，姚瑶心里一点也不轻松，尤其汤玲还是个作女，老爱在微信上发些爱断情伤之类的感慨，拍的全是自己眼袋臃肿、神情涣散如精神病患者的大头照，这样的鬼样子真的很吓人。

姚瑶清楚汤玲这些照片和伤感微博都是发给她看的，最初她假装无视，甚至全情投入工作，让自己变得更加强大，强大到再也没有男人敢约她出来了。可怜这位神蜜还不自觉，拿美食填补自己空虚的情欲，穿着也日渐暴露，但这种性感做过了头就成了嚣张，逐渐造就了生人勿近的气场。原本有汤玲那样小鸟依人型的闺蜜在身边，姚瑶总会控制自己的食欲，希望能把身材维持在一个适当的尺码上，所以汤玲无意中承担起了减肥监督师的义务，如今她不在身边，姚瑶吃饭逛街都是一个人，没有对比物她就放松警惕，肥胖于是乘虚而入，当去年买的裙子套了之后再也拉不上拉链时，姚瑶想死的心都有。

汤玲疗完伤之后，继续回到商场上班，但人永远都处于放空状态，原本楚楚可怜的神情没有了，有的是如假包换的抑郁表现，客人看见她就跟见了鬼似的。倘若此时姚瑶在旁边，必定会让汤玲自觉自愿地把自己调到积极乐观的频道，以免被神蜜的毒舌和火气伤到。所以当那个月汤玲完成的销售指标变成全商场最低时，她拿到工资条的那一刻同样想死的心都有。

两个人如今还处于赌气阶段，谁都不愿意先开口服软。

在这个时候，姚瑶好歹比较大女人，所以是她主动找汤玲求和的。姚瑶之所以这么快认输，也是有关键因素的。就在一周之前，酒店决定为中层管理人员拍一组宣传照，登在酒店内刊上以提升档次。姚瑶是酒店的重点推荐对象，还要给她弄一大篇人物专访，所以特请专业摄影师来给她拍靓照。

受到如此重视，姚瑶自然嘚瑟坏了，酒店推广部的人给她摄影师的电话，让她自己与对方约好时间拍照。她借机向酒店提出要求——所有拍摄用的服装费用都给报销。

不过姚瑶跟摄影师金哲第一次的沟通却并不愉快，她原本是抱着耍大牌的心态居高临下跟对方进行手机通话，内容如下：

"跟你这儿的化妆师讲一下，我适合棕色系。"

"对不起，我这里不配备化妆师。"

"那你要我怎么办？不化妆怎么拍？"姚瑶对摄影的理念还停留在婚纱照阶段。

"要不然让酒店帮你另请一位化妆师？"

"那你们的工作室在哪里？我到时过来。"

"对不起，我没有工作室。"

"那要在哪里拍？"

"我们可以找间大一点的咖啡馆来拍。"

"请问在咖啡馆的话，我还怎么中途换衣服？"

"可以去厕所换。"

"……"

姚瑶强压着火气，跟金哲商定拍摄时间之后，脑中飞速盘算着怎样做才能在这次免费拍照的过程中占到最大的便宜。化妆师酒店是肯定不会给姚瑶请的，反正平常她就爱化妆，只是极不专业，经常配错颜色罢了。另外请人那就得花几百大洋，只维持一个下午，实在不划算。思来想去，还是少不得要找汤玲，汤玲以前在学校学的是公关，受过专业的化妆训练，请她出马最省钱，姚瑶结婚的时候就是直接找她做伴娘兼跟妆师的。

为了说动汤玲，姚瑶特意在网上百度了金哲的资料，资料照片上的男人在阳光笼罩下倍显飘逸俊秀，但姚瑶感觉那是电脑后期P出来的效果，金哲本人应该没那么好看。更令她意外的是，金哲的微博上居然有数十万粉丝，他每条微博底下都有几百上千粉丝留言，俨然是超级偶像待遇，把姚瑶眼睛都看出血来了。

姚瑶急忙将金哲的微博地址发到汤玲的QQ上，跟她说："死女人，酒店要花钱给我拍套宣传写真。你看，请的摄影师多帅！"

汤玲过了一分钟才回复："哦，挺好的。"

冷淡的语气让姚瑶当下心就凉了半截，然而她还是不死心，继续说："那天你来帮我化妆好不好？那边摄影师不配化妆师。"

"可以。"

汤玲的回复虽有些爱理不理，姚瑶却从中嗅出了一点诡异。平常汤玲在QQ上聊天都是琐碎而不着重点的，只有两种情况下会让她的回复变得简洁有力：一、正忙着工作；二、正忙着恋爱。姚瑶与她交谈的时间是在晚上十点，所以工作是不可能的，难道是恋爱？

这么快就有新的男人了？

姚瑶不由得脊背一阵发凉，觉得汤玲不仅仅是恋爱这么简单的，于是强压住好奇心，跟她约了时间地点，到时不见不散，一探究竟。

　　次日的拍照约会，因为堵车的缘故，姚瑶和汤玲双双迟到，两人在堵车路上聊了很多，但主要内容只有一条——乔洋要和汤玲复合。

　　"女人，你智商低我不怪你，但吃过大亏还不长记性就是你的不是了。你是脑残到了什么境界，才能白给人钱外加白给人睡，被人呼之即来、挥之即去？你这辈子难道几天没男人会死呀？"姚瑶已气得五脏俱焚，说话难免恶毒。

　　"那我觉得他还挺有诚意的嘛，何况那套别墅他都退租了，现在住普通单身公寓啦。"汤玲怯生生地辩解。

　　"哦，单身公寓啊？那真是委屈他了。"姚瑶恶狠狠讽道。

　　"是啊，干那事的时候明显施展不开，睡房太小……"汤玲居然没听出姚瑶的本意来，气得姚瑶眼珠子都快爆浆了。

　　两人就在争吵中来到拍照的咖啡馆，那时已经比约定时间整整迟到了一个小时。

　　"你说人家会不会骂死我们啊？都迟到那么长时间了。"汤玲嘟着嘴跟在穿着高跟鞋仍健步如飞的姚瑶身后。

　　"没事儿，老娘就爱让他等。"姚瑶没好气地回了一句。

　　汤玲直觉姚瑶是对那摄影师不满，又不知道具体原因，于是闭上嘴默默地跟着。

四

　　"哎呀！对不起啊，路上车太堵了。让你等了那么久，真的好抱歉哟！为了表达歉意，等会儿一定要让我请吃饭呀！"

看见阿哲的第一秒，姚瑶就知道沦陷了，尽管当时这个男人只是坐在咖啡馆最角落的位置上喝花果茶。

当然，这种沦陷严格来讲是瞬间的痴迷，谁也没办法对一个五官精致得过于夸张的男人无动于衷，何况他还得一直用单反机死死"盯"住你。他的电眼，他360度无死角的完美下颚，他尚未褪去稚气的嘴唇，甚至他因对姚瑶这一款拍摄对象完全没有感觉而流露出来的为难与纠结，全都迷死人了。

不过姚瑶当时并未觉得阿哲跟她会存在所谓命运中的羁绊，因为一看就知道他跟她是两个世界的人，好比金星与火星。意思是说，姚瑶在酒吧买醉时，阿哲可能也在酒吧买醉，只不过前者是跟一群四十岁左右的熟男抑或与她一样一腔怨气无处发泄的熟女，后者可能拉拢的全是小清新；姚瑶在做美容护肤的时候，阿哲应该是在健身；姚瑶在酒店大堂跟工作人员训话的时候，阿哲很可能背着背包手持相机四处巡拍。

而这些事情，不需要两个人之间有任何交谈，一眼便看得出来。

所以姚瑶当天拍照时显得异常紧张，她原本就是个不上相的人，于是更少拍照。阿哲显然看出来了，直言道："你不经常拍照吧？紧张得要死。"

他一说，她便更紧张，手脚不知往哪里放，而汤玲则点了杯咖啡，坐在旁边像看戏。

拍照的时候，阿哲突然问道："你那个朋友长得很像刘若英欸。"

姚瑶当即便心往下沉，她不可能闪电般爱上一个人，但迷恋这种情绪是无法规避的，有迷恋就有激情与失落，就像她知道一个男人不会无缘无故跟你聊起哪个女人，除非那女人是他的菜。

就像现在出现的事实——汤玲是阿哲的菜。

所以费尽千辛万苦拍完一组照片之后，姚瑶做了个重要的决定。

那顿三个人的晚餐，倒是吃得无比愉快。阿哲脱下摄影师的皮囊就是个大男孩，侃功比姚瑶还好，对娱乐圈八卦如数家珍。姚瑶竭力不去看阿哲的脸，怕看太久会失魂，而她是个一直牢牢把握住自己方向的人，凡事爱掌握主动。

但阿哲跟她说："你知道吗？我真的很白痴，走路会直接撞玻璃哦！而且是撞得很响的一声，酒店的人还以为是电梯掉下去了，然后只见我拖着两行鼻血默默走出来。"

两个女人到底没绷住，笑到天昏地暗。

关乎这样自曝糗事的行为，当晚阿哲讲了好几个，讲到她们将对一个美男的所有戒心都放下为止。

忽然，姚瑶突然想起自己今天粘了假睫毛，于是悄悄给汤玲发微信："我的假睫毛有没有脱落？"

因为汤玲之前嘱咐过她："今天最麻烦的事就是得随时看牢你的假睫毛，一点点脱边都得重新粘。"

"没有，很好。"汤玲即刻回复。

姚瑶这才放下心来，继续肆意狂笑，但她一直都清楚，阿哲总是偷偷在看汤玲。

笑到一半，上来一大盆汤，阿哲很殷勤地为她们每人盛一碗，然后端过整盆汤，一饮而尽。

如此剽悍的食欲，与如此标准的身材，居然出现在同一个人身上，那也只能说明阿哲是难得一见的奇葩男。姚瑶和汤玲同时摆出心疼的表情，她们也许曾经爱过不一样的男人，姚瑶总是标榜自己对吴彦祖式的熟男欣赏有加，汤玲在追看韩剧之余曾反复强调自己对吴秀波的爱意。这就好比她们从没说过也从没觉得自己会喜欢《爱情公寓》里的吕子乔，因为觉得这种小清新娘男没有男人味，但真正有吕子乔这样的俊男活生生出现在她们眼前时，并且真人又还爱卖萌耍宝，没一点架子，她们还是一样会抛弃从前引以为傲的审美，为他如痴如狂。

这就是过去人们口中的万人迷，现在这类人则被改唤作男神。

眼前的男神阿哲也许并未表露所谓的内涵，也没有熟女嘴巴上时常推崇的熟男魅力，可就是有一股莫名的吸引力，把她们两个人牢牢擒在手中。无数经验教训告诉姚瑶，千万不要相信女人口头上的择偶标准，那都是屁，一来我们谁也没办法那么巧就在现实生活中碰上梁朝伟，二来没有谁对真正美的东西会排斥，哪怕打着"不符合我理想"的旗号。沦陷就是沦陷，没有理由可讲。

所以汤玲才会在饭桌上边刷阿哲的微博边大呼小叫道："哎哟！阿哲，你粉丝好多呀！姚姐你不是说自己粉丝多嘛，你看都不及阿哲的四分之一耶！哎哟，阿哲，你好红耶，每条微博下都有那么多留言。唉？姚姐，你看你底下就那几条，还是什么酒店明星呢！"汤玲的声音转换到纯正的小清新天然呆频道，就像野牛夹紧了尾巴，猎豹拱起了背，都是向猎物发动攻击前的准备姿势。

姚姐？当"死女人"变成"姚姐"，姚瑶便只有在旁边翻白眼了，夜幕低垂，两个花痴女对一个男人百般献媚，这场景从前只出现于日韩肥皂剧里，然而这类剧集也唯有汤玲看得最多，姚瑶显然在文艺上头缺少情趣。

可不知为什么，一顿饭吃下来，姚瑶和汤玲都觉得内心充满了能量，她们能看见彼此闪闪发亮的眼神、湿润的皮肤，以及蠢蠢欲动的情欲……

回到家，姚瑶才想起要照一照镜子。嗯，汤玲给她化的那一脸精致浓艳的妆还在，只是……左眼怎么看上去那么怪呢？她凑近了仔细观察，才发现眼皮上的假睫毛已经脱开了快一半，整张脸都诡异得像拍鬼片。更让她纠结的是，刚刚那顿饭她就是拿左半边脸一直对着阿哲的。

她即刻把皮包往沙发上一摔，利索地撕掉两片假睫毛，给汤玲打了个电话。

"死女人，你刚才什么意思？"姚瑶的口吻还是相当吓人的。

"什么什么意思啊？"汤玲的奶茶音居然还没调换过来，姚瑶当下心里就骂了她一百遍骚货。

"姐姐呀，我刚回家看才发现睫毛都落到眼皮底下去了，你作为跟妆师居然不提醒我，也没帮我补妆，你这是想干吗？"姚瑶一直把汤玲当成脑残，所以说话从来开门见山，不带半点迂回转折。

"啊？这样吗？我没注意。"汤玲说得轻描淡写。

"姐姐呀，是你自己提醒我要注意睫毛的事，我当时还问你来着！你说你这跟妆师当得靠谱吗？"

"哎呀，我也很久没做化妆师了，难免看走眼嘛。"

姚瑶断想不到汤玲跟她来这一套，她蓦地想起薛诚，当初这死女人是如何操着一腔奶茶音向自己的男人推销高价衬衫，然后顺带把自己推销上床的。她突然意识到了，在男人的问题上，汤玲总是能得到自己想要的那一个，尽管结果往往不尽如人意，但与姚瑶相比，她则永远会赢在起跑线上。

姚瑶即刻意识到形势的严峻程度，她既愤怒又兴奋，回道："少跟我来一套。你是看上人家了吧？"

"怎么可能嘛！阿哲就像个孩子，我把他当弟弟看的啦。"汤玲的声音还是弱弱的。

"我刚才有跟你提阿哲这个人吗？"

汤玲当下语塞。

"死女人！"

姚瑶恶狠狠骂了一声，即刻挂断电话。

然而，她心里已经意识到，真正的战斗要开始了！

五

汤玲想杀掉乔洋是很久以前就有过的恶念。

当初分手的时候，乔洋还欠着她两万块，她伤心欲绝之余银牙一咬，泣道："我们就此一刀两断，这笔钱也不用还了。"

于是乔洋果然没还汤玲的钱，这两人复合也是因为乔洋突然某天在QQ上跟汤玲借钱，说是公司发奖金日期延后，他定的那套高级音响却是货到付款，就这样又向她拿了五千块。这件事汤玲是偷偷去做的，在姚瑶跟前不敢提半个字，反正一提就得挨骂。

后来，汤玲就去找乔洋要债。

再后来，汤玲就和乔洋复合了，当然乔洋还是没有还钱。

尽管整件事看起来汤玲都是心甘情愿的，在金钱方面她永远不如姚瑶认得清楚，完全不明白"金钱就是人品的试金石"这一真理。

但午夜梦回之时，汤玲也会用一只手支起脑袋，看着睡在身边的乔洋，心中默默盘算他的优点。乔洋的优点……谈吐幽默是肯定的，还有呢？就只是谈吐幽默而已！可汤玲每次都栽在谈吐幽默的男人手里，薛诚也是，还有之前那两三个情爱过客都是。以至于姚瑶某一次就指着广告牌上王宝强的照片道："你敢找这种类型的来给我看看吗？"

没办法找，汤玲就是这个品味。她也恨自己对男人糟糕的鉴赏能力，每每看到银行存款见底，身上穿的衣服比姚瑶低两个档次的时候，就有种想把乔洋掐死在床上的冲动。后来考虑到乔洋在床上的表现过于强大，才忍了下来。

但阿哲也是讲话幽默的男人啊，床上的表现也要试过才知道啊！汤玲满脑子都是阿哲那张受神恩宠的面庞，尽管潜意识里有个声音跟她说："你们不合适，你们完全不合适……"

可要论不合适，阿哲和姚瑶才完全不合适吧？！

汤玲这么样一想，便心结顿开，暂时湮灭了对乔洋的杀心。

但目前最让汤玲头痛的依然是婚事，无论她再怎么清纯貌美也已经是奔三的人了，姚瑶虽然感情失败，但好歹也是离过婚的，周围人可以原谅嫁过人渣的少妇，却无法宽容没嫁过人渣的剩女。而如今，合适的结婚对象也只有乔洋一个，阿哲浮在云端上，乔洋才是眼下能每隔半个月给她剪一次脚趾甲的人。

即便如此，她依然没办法彻底忘记阿哲，心里有个唤作理智的小人跟她说："别做白日梦，尽快想办法嫁给乔洋。"但另一个唤作冲动的小人却在劝道："不能在一棵歪脖子树上吊死。"

其实，汤玲自己也不明白为什么会在阿哲面前表现得如此不正常，甚至超越她忽悠大老板买昂贵男装时的劲头，恶毒到眼睁睁看着姚瑶的假睫毛脱落半边却视而不见，变着法儿夸得阿哲心花怒放。她记得这种失控的状态在中学时代才有过，当时是暗恋高班的一个学长，她也是那样天真而恶毒。阿哲让汤玲意识到自己老了，开始把青春这个东西当成一种过往的眷恋，相信姚瑶也是。

她们对阿哲的迷恋，更像是对自己韶华渐逝的不甘愿。

"起来！"想到这一层，汤玲突然出手狠狠拍了乔洋的后脑勺。

乔洋发出含糊的"嗯"一声，便翻过身来，伸出胳膊抱住她，道："亲爱的，怎么啦？"

"我睡不着。"汤玲被他一抱，即刻浑身酥软，她就是这么贱兼没原则，从来学不会对自己的男人进行性制裁。

"那就来吧。"乔洋很自然地压上前，终于咬牙拍了他一个耳光。

"你干什么？"

"我要分手。"汤玲脱口而出。

"神经病。"乔洋不以为然，继续进攻，在她胸上乱摸。

"别碰我！"

汤玲突然跳起来，勇敢地跑进客厅，不到三秒钟又跑回来，用力从乔洋怀里扯下一条毯子，再冲回客厅。

"你干什么呀？我又哪儿得罪你啦？"乔洋光着身子追出来，却见汤玲用毯子把自己从头包到脚蜷在沙发上。

"那你能还钱吗？"汤玲从毯子里发出闷闷的声音。

"神经病！"乔洋突然将声音放低，跑回睡房里去了。

这个时候，汤玲猛地掀开毯子，拿起手机打给姚瑶。

"喂，神经病啊，几点了还打过来？"姚瑶显然还在动气。

"姐，我下周过生日。"

"跟你认得这几年，压根儿没见你过过生日。"

姚瑶也是后来才知道，汤玲的生日正是薛诚的忌日，所以当天他才三更半夜要赶到汤玲那里去为她庆祝，汽车后座上的一套施华洛世奇水晶首饰后来被撞成了齑粉，汤玲就此再没过过生日。

"正因为没过过，才要过一次嘛！"

"啊，然后呢？打算怎么过？"

"想请你唱歌来着。"

"嗯，难道那个跟你复合的二货你不叫？"

姚瑶一直把乔洋唤作二货，可见心里是有多厌恶对方。

"不叫，要不然可怎么跟他分手呢？最多再叫上商场的几个要好的同事呗。"

"哦，知道了，定在几号提前告诉我，到时我会随便包个礼物过来。"姚瑶嘴硬心软，早就盘算好了要送汤玲一只她心仪已久却又狠不下心买的手镯。

"初步打算在十二号。对了，我听说阿哲唱歌很好听……"

"是，他签过唱片公司，后来因为脾气太倔得罪人了，唱片没出成。"姚瑶瞬间懂得汤玲的动机了。

"那……要不要请他也来呢？一定能让气氛热闹起来。"汤玲的奶茶音已经刺痛了姚瑶的耳膜。

"哦！明白了！"姚瑶突然大叫，"破天荒开始办生日趴，原来是为了某人呐！还好你没人家电话，要不恐怕都没想过邀我参加吧？"

"怎么？小气了？"

讲实话，汤玲拥有一把天生好嗓音，每每在KTV展歌喉都能艳惊四座，所以她有自信在这上头让阿哲对她加印象分。

"给你两个字——死心！"姚瑶恶狠狠道，"虽说在追男人这件事上也应该是公平竞争，可鉴于你那天的恶心表现，姐姐我坚决不可能给你做这个冤大头媒人！"

"那天我真的没发现你睫毛掉了嘛！"汤玲的解释很无力，"再说了，让他来可以调动气氛啊，难道你自己不想见他？"

"不想！"

话毕，姚瑶狠狠挂断了手机，在和汤玲电话里吵架的时候，结束谈话的主动权永远在她手里，就像是神蜜的特权。

但是，次日上午，汤玲在上班的时候收到了阿哲加微信的邀请，他跟她说："是姚瑶让我加你微信的。"

事后，姚瑶这样跟汤玲解释："老娘可是费了好大的劲才劝他加的你，都跟他说'你加了她，她的人生就完整了'这样的肉麻话，他才肯的，请珍惜！"

未曾想汤玲好不容易鼓足勇气向阿哲提出生日会邀请时，却立马被他拒绝，理由是"那天我要去外地工作"，于是她硬着头皮找到姚瑶说要换日子，以配合阿哲的档期。姚瑶于是又在电话里发飙道："你说你就这点出息了？他说不来你不会直接问其他档期呀？蠢！"

紧接着，姚瑶便主动在微信上联系阿哲，她是这样跟他说的："因为你不来，汤玲的生日趴取消了。原本我们都想听她唱歌的，她唱的实在出色。真可惜……"

刚发完这条，汤玲的微信来了，上书一行让姚瑶当场吐血的字——"他不来的话，KTV演唱会就不办了，挺好，省钱。"

所幸，阿哲最后还是来了。

六

灯光幽暗的KTV包厢内，尽管还有汤玲的同事们在场，然而阿哲永远都还是焦点，他只要往那里一站，女人便清一色低垂着脑袋，很默契地拿眼角春光偷瞟他，男人们则带着一脸温和的笑意，应付自如，拿阿哲当孩子。阿哲就是这样的人，让女人们拼命说服自己"他看起来太孩子气，不是我的菜"，其实灵魂早在上一秒就被俘虏；而自认为很有男子气概的男人们则对他更为放心，在他们眼里阿哲就是个小屁孩，女人不可能拿他当回事儿。

阿哲就在这样两性心理差异导致的误会中，赢得了所有人的喜爱。

没有谁会觉得"天使"对他们有威胁，大家都只防备看起来很邪恶的人或事，然后最终走向自我毁灭。到那时，天使也只是站在云端对着支离破碎的人们绽放无辜的微笑。

阿哲的天籁嗓音，对经典曲目几近完美的演绎，让姚瑶和汤玲都捏了把汗。姚瑶自觉歌艺不好不坏，她唱歌的时候会有人觉得还算顺耳，没有什么错拍，吐字也够精准，然而缺乏特色，每每只要张口唱上三句，旁边的人就会低下头拿手机刷微博；而汤玲却是有职业歌手的腔调，拥有一把穿云裂帛的好嗓音，是只要张口唱第一句，所有人都会停止手机刷微博、屏息聆听的那一种。

但毫无疑问，当晚HOLD住全场的还是阿哲，他还真像是背上插了翅膀，头顶戴着光环，没有谁关注汤玲和姚瑶唱过什么，所有人的眼光都围在他一个人身上。更糟糕的是，阿哲唱完歌后，还会跟汤玲的女同事们讲冷笑话，讲得眉飞色舞，然后绷着脸看她们笑得性生活不能自理的样子，像是在欣赏自己炮制的某个杰作。

这个时候，姚瑶和汤玲都犯了烟瘾，于是双双跑到厕所里去抽烟，抽到间中，姚瑶突然长叹一声，道："你跟那二货分了没？"

"还没，不过快了。"汤玲讲这话的时候显然没有任何底气。

"要分就赶紧，你年纪不小了，现在换人还来得及。"

"换谁？又不是说换就能换的。"汤玲苦笑。

"是因为还没找好下家，所以暂时没法儿跟乔二货分开是吧？"姚瑶又一针见血点明症结。

汤玲没有回答。

"不过，不管怎么样，阿哲以后肯定是我的人，你不要抢。"姚瑶嘴里冒出这样一句唐突的话，表情却自然地像吐出一块嚼过的口香糖。

"谁敢跟你抢啊！"汤玲翻了个白眼，又低声嘀咕道，"怕是送给你你都要不起。"

"什么？你刚才说什么？"姚瑶双目圆睁，步步紧逼。

"我是说，感情这种事情，都是各凭本事的。我已经有乔洋了，不可能跟你争，祝你跟他白头偕老、永结同心。"

汤玲就是这样，常常从温柔的嘴唇里吐出这样的损话，而大多数人都将她视为弱者，总觉得她是受姚瑶欺负，所以姚瑶从汤玲那里受到的暗伤无人知晓，只有当事人自己清楚。

"既然如此，咱们从今天开始就公平竞争，看谁泡得到他！"

汤玲沉默半响，死死盯着姚瑶那张嚣张的脸，随后把抽了半根的香烟往地上一丢，用奶茶音斩钉截铁回道："尽管放马过来，谁怕谁？"

两人回到包厢的时候，气势已经明显不一样了，汤玲把头发弄得更直，遮住半边脸，唇色粉红；姚瑶的乳沟又深了半寸，裙角明显移高，像是努力往性感尤物的造型去拗。她们一左一右坐在阿哲身边，却都只盯着电视屏幕看，一位汤玲的男同事正用歇斯底里的嗓音唱《死了都要爱》，已经有近一半的人都恨不得扯起纸巾塞住耳朵了，却又因为礼貌起见只得忍住。

好不容易等到那个人把歌唱完，不知谁点了首女生二重唱的《她在睡前哭泣》，点唱者大抵是去上厕所了，没人拿起话筒。

"欸？这个歌我喜欢，谁点的？"阿哲没心没肺地欢呼道。

"我。"

姚瑶和汤玲同时拿起了话筒，站在电视机前。

姚瑶明知飙歌赢不了汤玲，但柯以敏的歌素来都是她的强项，汤玲则是梁静茹派的，声音细软清亮，所以也只有这一首两人从没试着演绎过的歌，是值得在唱功上PK一下的。

主歌部分秀的是中音，她们可说是旗鼓相当，音准与嗓音都各具特色，但真正的高潮是副歌部分。

但在姚瑶唱"谁都明白这道理"的时候，汤玲的合音"道理"插入时，突然拉高了音阶，非常出彩，居然瞬间赢得掌声一片。姚瑶有些急了，两人急着进入高潮的副歌部分。

汤玲唱"她在睡前哭泣，想要借着眼泪洗清心灵……"的时候，虽然高音拉得吃力，却还是彰显清亮特质。

于是姚瑶赌气，又拉高了一个音，接着唱"她在睡前哭泣，想在黎明之前忘记了爱情"。

两人顿时双目喷火，空气里都是电流。

汤玲随着姚瑶的高音再往上飙，姚瑶顺势又爬了一个高度，这个时候她们已经完全脱离和音，只一味赛音高，谁唱破了谁就算输！

其实没有人制定规则，甚至大家都听得正兴起，直到第二次走到副歌部分时，才听出一点异样，那就是两个女人都试图扯破自己的嗓门。

"你不是强吗？不是要在男人跟前秀自己的出色歌艺吗？你不是会勾搭吗？有种别破音！"姚瑶憋得满脸通红，用眼神向汤玲传达了这样的信息。

"你省省吧，本来嗓音就不怎么样，现在看看你自己，唱得胸都打颤儿了！姐飚个高音只是洒洒水啦！"汤玲额头冒着冷汗，以同样犀利的表情回敬神蜜。

当她们停下来的时候，电视机里正放的歌曲早就是《挪威的森林》了，话筒还抓在手里，两人继续《挪威的森林》；《挪威的森林》过后，是《粉红色的回忆》，接下来又是《我的歌声里》，然后是《旅行的意义》，还有不知哪个天杀的点的《青藏高原》……

不选歌，没有冷静这回事，要的只是赢，两人飚了一首又一首，根本没有停下来的意思，直到把"已点曲目"里的部分全部飚完，她们已是双目通红，气喘吁吁，嗓音嘶哑，就像刚刚从大火中逃出来一样，狼狈、愤怒、失控。

KTV包厢里包括阿哲在内的所有人都闭上了嘴，拿一种看病人的眼神盯着她们，待她们清醒过来时，一切都已经晚了，尴尬到死的沉默还在延续。后来好不容易谁说了一句："时间差不多了，我们散了吧。"于是大伙儿如释重负，纷纷收拾东西起身离开，其中走得最快的是阿哲，据说他还要赶下一个场子。

姚瑶原本应该开车带汤玲回去，无奈火气难消，便没有等汤玲，径自去车库开车走了。

车子刚刚开出街面，姚瑶便有些后悔，虽然汤玲可以打车回家，但她这种行为明显太小家子气了。

正想着，却见汤玲在路口等车，于是姚瑶叹了口气，把车子停在她身边，汤玲愣了一下，然后上了车，二人一路无话。

"年轻不能太依赖了回忆，谁都明白这道理，但是感情往往难由自己，不小心就淹没了你……"姚瑶张口一哼歌，才发现嗓子已经像锯木头一般喑哑了。

汤玲哈哈一笑的时候，亦暴露了铁皮拉过水泥地的恐怖音质。

她们都哧哧笑起来，然后继续沉默，快要到家的时候，汤玲突然说："其实我还想唱歌。"

"唱什么？"

"唱阿哲。"

到家之前，两人都在哼唱同一首歌，是姚瑶车上正播着的。

姚瑶："朋友要我放开一点，看自己有多少本钱，想不开千万不要钻牛角尖。"

汤玲："不到最后不认输，虽然在心里有数，一个万人迷，风靡千千万万颗心，我却乐在其中，想逃出谈何容易？"

这时她们才发现自己是如此适宜演绎林志炫的曲目，哪怕嗓子眼儿早已千疮百孔。

就这样，哑着嗓子的姚瑶打开原本属于夫妻同居室、现在变成单身公寓的房子，灯亮之后，发现所有东西都整理过了，地毯上纤尘不染，空气中弥漫着冷菜香。姚瑶翻着白眼跑到阳台打开洗衣机筒门，果然一件脏衣服都没有了，回到卧室，却见床铺上整整齐齐码着一叠洗得光亮如新的衣裳。

她终于仰天怒吼一声，拨通前夫刘凯的电话，要他"死过来"。

刘凯"死过来"的时候，还挂着两个厚重的大眼袋，头发大抵是用茶水之类的东西往后梳过，露出又大又光亮的脑门，一派退休后受尽委屈的老干部模样。姚瑶心里想着阿哲，怒气便又无端添了几分。

"什么意思？啊？什么意思你？"她指着餐桌上凉掉的饭菜，气势汹汹瞪着刘凯，"每天趁我不在就进来搞这个，你当你是谁？人家是田螺姑娘呀，你还想做海螺大爷不成？都什么年代了，就算你想复婚，也麻烦找点新鲜玩意儿逗逗我成不成？别整这些个怀旧特色成不成？！"

刘凯低着头，半天才嘀咕了一句："其实我也没想复合什么的，我我我，我是说我不敢想，不是不想……这不是怕你工作忙，没时间干这个，想帮你一把……"

"少废话！拿来！"姚瑶冲刘凯右手一摊。

"什么？"

"这房子的钥匙呀！你还有脸留着？小心我报警！"

"没……没带身上……"刘凯下意识地往后退了一步。

姚瑶大吼一声，抓住刘凯开始全身乱摸，刘凯当下一动不敢动，任凭她将他的房门钥匙、钱包、钢笔等零物一件件搜出来摆到饭桌上，与那些爱心菜放在一起。

半天之后，她终于放弃，打开他的钱包，发现里边只有几张十块零钞，皱眉道："钱呢？都养那小三去了？"

"早分了。"刘凯脸色一沉，默默将桌上的东西收回到衣袋里，以最沉重的姿态离开了曾经属于他们两个人的寓所。

七

姚瑶被阿哲伤到纯属自找。

事情是这样的，为了和汤玲竞争，姚瑶发挥了自己的主顾优势，无论阿哲有多忙，他替她拍的写真照总是要给的。借着如此机会，姚瑶又约了阿哲在拾年咖啡馆聊天，她点的拿铁，阿哲还是花果茶。可能是出于虚荣心，姚瑶事先还跟汤玲炫耀了一下，结果得到的答复是："我也来，跟你一起看照片。"

姚瑶很想打自己的嘴，可又不得不硬着头皮答应。

由于路上堵车，汤玲迟迟未到，姚瑶和阿哲两个人在拾年看照片。这些照片每一张都精美绝伦，把姚瑶脸上身上的肥肉全"处理"掉了，但她怎么看都觉得别扭，只因照片上的那个人完全不是她自己，像是另一个她熟悉可又报不上名号的人。

姚瑶虽然表面上对阿哲的作品赞不绝口，心里却堵堵的。但美男当前，照片又的确充满完全不真实的美感，她也只得妥协。

"不错，没把我拍得像富婆，倒是有些小清新。"姚瑶道，"你看我都不敢跟你坐一块儿，否则就像富婆包养小白脸。"

原本只是自嘲一下，可大抵是阿哲觉得和姚瑶太熟了，当天又有些心不在焉，只顾低头翻弄手机，所以完全没有顾忌，脱口道："没错啊，完全不敢跟你一起走。我们的气场本来就不搭，我第一次看到你的时候，完全找不到状态。"

尽管这是事实，但姚瑶还是心里被刺了一下，只得强作笑颜道："是啊，所以让你拍这么为难的照片，还真是对不起了。"

"其实你还好啦。"阿哲右耳戴了一只极其炫目的钻石耳钉，妖异而阳光，再次与清一色深V造型的姚瑶拉开了距离，"有些老女人看你的时候，就像要吃了你一样！吓死人了！早上在早餐店喝粥的时候就碰上一个，我粥没喝完就直接跑了。"

这话听起来虽然稚气，但从阿哲嘴里讲出来却有百分百的说服力，同时令姚瑶产生了强烈的自卑感，自打结识这位男神之后，她才感受到张抗抗小说《情爱画廊》中的万人迷女主人公水虹的魅力，确实有些美人应该扮丑再出门，否则就会引来麻烦无数，让所有一度标榜各花入各眼的人都陷入单恋一枝花的尴尬处境。

所以，她和那个早上想吃了阿哲的人一样，只是个老女人，相对他而言只是不太讨厌的老女人而已。

想到这一层，姚瑶泄气了，消沉之余又有一点不甘心，于是道："等会儿一起吃饭吧，汤玲要来。"

"好啊。"

也许是错觉，但总觉得阿哲的眼睛亮了一下。

姚瑶进一步试探道："我觉得汤玲是你的菜欸。"

阿哲忙道："没有啦，只是我摄影的菜。她的气质干净，长相舒服，很漂亮，拍照片应该会好看。"

可能是阿哲的反应过分了，犯了在一个女人跟前猛夸另一个女人的错误，导致姚瑶鬼使神差地说："是啊，她老公也一直很迷恋她的。"

"原来她结婚了？"阿哲语气里略带惊讶，让姚瑶不由看低了这位男神，难不成在他眼里，所有已婚女人都得像大妈？

"还没，不过快了，跟男朋友同居那么长时间，也差不多了。"

"哦，这样啊。"

也许又是姚瑶的错觉，她看到阿哲的眼神又黯淡了一下。

汤玲过来之后，第一件事便是飞快地瞪了姚瑶一眼，嗔道："不好意思啊，阿哲。本来我不想来的，姚姐硬拉我来，真没办法。"

姚瑶并未争辩，只是在心里冷笑道："小样儿，现在跟姐玩这一套，晚啦！"

那天尽管有阿哲这样养眼的尤物在场，然而姚瑶还是很失落，老女人三个字像鹰爪一般紧紧擒住了她，她脑子里胡乱闪着一个输字，再抬眼看正在阿哲面前摆出清纯淑女模样的汤玲，从外表看她确是与老女人有一定距离，如果被人误会和阿哲是情人关系，大抵也没什么稀奇。

如此说来，这儿已经没我什么事了？

不知为什么，姚瑶脑中浮现的是薛诚的样子，然后又变成了乔洋，于是她甩了甩头，将这个念头抛掉，继续加入聊天阵营。

"其实你跟我走在一起应该还挺般配的。"阿哲突然说。

汤玲愣了一下，然后笑了。

但很快她就笑不出来了，因为阿哲紧接着又说："你跟你老公拍婚纱照的话可以找我，我会给你们拍很不一样的照片。"

"可惜了，当初姚姐和老公的结婚照就该让你来拍，你看你拍得她多美！不过下次还有机会的啦，姚姐很快就会找到新的老公。"这是汤玲最恶毒的回应。

与阿哲分开之后，姚瑶和汤玲在停车场吵了一架，主要内容如下：

"为什么把我跟乔洋的事告诉他？"

"为什么把我离婚的事告诉他？"

"是你不义在前，说好了公平竞争的，那就不能使阴招。"

"但你要是真和阿哲好了，难道对他就公平了？乔洋那解决了？"

"姚瑶我告诉你，虽然我这个人脑子笨，但男人的事我可比你懂！不管阿哲还是乔洋，我都能用自己的魅力去摆平。知道为什么吗？因为我天生就是能吸引男人！你呢？还是想想怎么让男人对你有兴趣！自打离婚之后，你没发现自己越来越像个男人了？谁还敢要你？"

姚瑶像被一支冷箭射中，钉在原地动弹不得。

八

对姚瑶来说，汤玲脱口而出的那句"越来越像个男人"，显然比阿哲的老女人更为恶毒，从情场战绩来看，姚瑶已经差汤玲太多太多了，汤玲虽然未婚，却是桃花运不断，姚瑶离婚之后却一直处于空窗期，她甚至有时候都不敢跟汤玲一道出门，因为这世上毕竟还是爱刘若英的男人占多数。

由此可见，她这个神蜜已俨然有发展为猪蜜的趋势，而汤玲则凭借在阿哲心目中的地位逐渐高升而有了发展为神蜜的趋势。

要保住神蜜的地位，就必须挽回败局，重振声威。

于是姚瑶想到要请教一个人，那便是像圣人的一样的闺蜜（简称"圣蜜"）——鱼姐。

鱼姐可以说是姚瑶心目中"情场第一奇人"，两人的交往始于五年前，也就是薛诚刚过世不久，姚瑶突然迷恋上了茶艺，于是天天往鱼姐的茶室跑。那茶室最多三十平左右，只有两个饮茶间，主人可以说是极任性的，只接待合眼缘的以客人，姚瑶有幸就在鱼姐的有缘客名单上，于是每周都要去两次，那儿的岩茶里仿佛是投了鸦片的，让她上瘾。

作为一个五十二岁的老女人，鱼姐的外形确实与美女扯不上多大关系，而且天生跛着一条腿，步履吃力迟缓，肩膀倾斜。这位圣蜜还从来不化妆，穿着素雅，备有各色端庄文艺范儿的披肩，平素动不动在微博上发些看得人眼球抽搐的精美文字。

这是一个活在自己世界里的女人，更是真正做到如鱼得水的女人。因为姚瑶与之交往的五年来，亲眼见证了鱼姐身边如过江之鲫的情人们——重点是每一个都不超过二十九岁。

所以向鱼姐讨教役男之道是无比正确的选择。

"嗯，你跑到我这里来喝过两次闷茶，一次是第一次进我店的时候，那个时候，你可真是个美人。二次是你离婚之后，明显样子很难看。知道为什么吗？"鱼姐将青瓷杯装的肉桂茶放到姚瑶跟前，姚瑶啜了一口，通身温暖。

"为什么？"

"因为薛诚这个男人虽说人品差，但是特别有女人缘，这种男人能让女人变美。而你后来的老公呢，你大概是完全没爱过他，所以变胖变丑了，也变得更凶了。你要知道，凶和强是两回事，变强也许能让你抵挡一些风雨，但强的时候变凶了，就没人会再爱你。越凶的女人越容易变成老女人，年轻的男人都会觉得和你有差距。你见识过怨妇吗？怨妇就是整天都气鼓鼓的，哪怕她心情好，也看起来像在生气，而且怨妇多半都气质很大妈，没有人会喜欢。你不妨现在仔细看看你自己……"鱼姐顺手捧起香桌上的一个红漆木花棱镜盒，打开后递给姚瑶，姚瑶接过，在花棱镜里看到自己那张已然横向发展的面孔，双下巴鼓鼓的。

"不过呢，你这次来倒是比之前好看一些，可见那个人是你真心喜欢的。所以呢，从今天开始，你要做的只有两件事。"鱼姐眼底掠过一丝神秘之光，她的情人——名叫彼得的年轻画家，默默走过来，坐到鱼姐旁边，拿起一块茶点放进她嘴里，鱼姐嚼食的时候都没拿正眼看他。

"哪两件？"在姚瑶眼里，鱼姐此刻堪比浑身散发着圣洁光辉的上帝。

"减肥和示弱。"

说到减肥，姚瑶蓦地想起薛诚出车祸之前，她和他在吵闹与甜蜜交替的境况下交往，时常茶饭不思，待他死的时候，她已经瘦得跟排骨精一样，所以葬礼那天汤玲会忍不住夸她的腿长得好看。后来薛诚的死始终是她心上的一个结，为了忽视这个结，她嫁给刘凯，那时刘凯总是跟她说："女人胖一点更健康，我要把你喂胖。"然后她就真的信了，开始放纵自己的食欲，所以后来她看到刘凯那腰身纤细的姘头之后，都有想在镜子前抽自己耳光的冲动。

没错，女人一定要苗条才更有异性缘。

至于示弱这一项，鱼姐私下里悄悄跟姚瑶解释过："你知道我为什么一直都有人照顾吗？其实男人都是自以为是的傻瓜，尤其是中国男人，都喜欢在保护女人这方面彰显优越感，所以我这条跛腿为我带来了太多太多不能说的好处。你以前瘦的时候漂亮，强势一些也没关系，但现在优势没了，就要学会示弱。男人往往自尊心很强，抗压能力却很差，所以千万要表现得比他们更白痴，学会向他们讨教问题，在他们面前犯些小错误，体现自己的无能，他们才更重视你。男人都贱，你懂的。知道你和你那闺蜜之间的差距在哪里？如果你俩同时遭遇地震被埋在地下，男人们一定会集体冲进来救你闺蜜而不是你，他们会觉得你是怎么受伤都能自动痊愈的人，而你那猪蜜却很容易死。你知道自己吃亏在什么地方了吧？从来都是能装傻的女人最聪明，逞强的女人却死得既快且冤。别去相信独立的女人最美丽，那是狗屁！真正独立的女人都是能控制男人的，只有没能力操控男人的女人才只好靠自己解决一切问题。"

这一番醍醐灌顶之后，姚瑶彻底刷新了她日常生活的内容。

她不再碰一切碳水化合物食品，因为只要继续吃米饭就永远不可能达到瘦脸功效，身边一切劝她说"不过是碳水化合物而已，吃了不会胖的，这不科学"的白痴人士统统都绝交；更重要的是，她开始购置一些界于性感与文艺之间的服饰，比如旗袍、希腊风长裙、色泽淡雅又清新的淑女装，以及一堆飘逸的丝质围巾……QQ签名也变成了"我要瘦成一道闪电"。

魔鬼减肥期间，接到汤玲的电话，对方劈头就问："你减肥啦？瘦了没？"

"当然！姐要瘦成一道闪电，然后成功泡到吴彦祖。"

"成啊，出来一起吃饭，让我看看成效。"

姚瑶一听就知道汤玲打什么算盘，趁她减肥期间请她吃饭，其用心之险恶真是天地可鉴。所幸她不是遇事就怕的人，去就去，怕什么！

到了那家法式餐馆，姚瑶才发现自己着道了——汤玲在，同时阿哲居然也在。

姚瑶这才紧张起来，不过她今天穿的是暗底织金花月牙袖丝锦旗袍，用束身衣勾勒出的腰身并没有想象中臃肿，她的熟龄气场和那一点点肉感的风尘气倒是与行头异常搭调，再配上嫩黄丝巾做披肩，真是当复古得紧。最谢天谢地的是因为减肥有效，她的双下巴已经完全收掉了，脸型开始变得清秀，这才是真正给姚瑶瘦成一道闪电之动力的源泉。更重要的是，姚瑶终于把之前一直束起的头发放下烫卷，让风情终于可以万种。

"哟，你们俩这是……"

"哦，我也想请大摄影师为我拍组照片啦。"

"哇，真是超美。"阿哲脱口而出，让汤玲当场有些脸上肉紧，她还是惯用的小清新奶茶风，白衬衫外配灰色对襟毛衣，清汤挂面头。

"谢谢。"姚瑶刻意坐到汤玲身边，她自认终于可以和她一起也感觉不到威胁了。

"听说你在减肥，不过也没瘦嘛。"汤玲的语调都是冷飕飕的，却让姚瑶得意洋洋。

"所以人家决定不减了，反正也减不掉的。"姚瑶嘟着嘴，做出一个跟自己赌气的表情。

这让汤玲又备感新奇，因为姚瑶从来都是嘴上不饶人的，这次却如此自然地接受她的调侃，难不成是减肥能改变一个人的性格？她瞬间回想起从前姚瑶对她的种种奚落，什么蠢女人，什么脑残，什么天然型白痴，因慑于对方的强大气场，她都不敢还半句嘴。现在趁姚瑶意乱情迷，智商降低之时，不趁机吐槽回来真是愧对天地。

于是这次汤玲化身复仇女神，开始在阿哲跟前不遗余力地掰碎姚瑶的神蜜形象，说道："你啊，还是别减肥了。还记得上回去西班牙旅行吗？你完全就大字形一个人交给我了，从办签证、订机票、换登机牌，到那边跟人家用英语交流，全都是我一个人包的。你就一句'我英语不好'直接把什么事都甩给我，也太懒了。而且阿哲啊你不知道姚姐是有多弱，她真心在国外连点个饮料都成问题好吗？"

"并没有吧？那晚在露天咖啡馆，明明是我自己点的金汤力酒。"姚瑶的声线放低了几个层次，沙哑中带一点甜美，有拿铁的味道。

"你还有脸说这个呀？哪次出门，不是我为你拿包拿行李？我都比你瘦那么多欸，你又不是鱼姐，也没瘸腿断手嘛！"这话明显是汤玲夸张了，但她觉得这样很解气，总算有冤报冤了。

"没想到你那么弱啊！"阿哲笑得很开心，像是对汤玲这样犀利的吐槽很受用。

那顿饭吃下来，姚瑶竭尽示弱之能事，无论汤玲污蔑她什么都不争辩，坐在那里皱着眉忍受猪蜜的疯狂进攻。阿哲更是头一次没有用冷笑话暖场，像看戏一般开心。

最后起身结账走人的时候，阿哲突然对姚瑶伸出手。

"干什么？"姚瑶一脸不解。

"把你的包给我。"阿哲露出天使般的微笑。

就这样，阿哲为姚瑶拎着包，一直送她们到停车场。

道别之后，姚瑶即刻转头，用杀人一般的眼神瞪着汤玲，说："死女人，刚才想搞我是吧？看看结果！你就这点智商了，还真不能高看！"

汤玲如梦初醒，知道着了姚瑶的道，于是赌气道："这也没什么啊，看起来还是像富婆包养小白脸！"

"是啊，就你奶茶风老少通吃，还敢把当年在西班牙的事抖出来。"姚瑶冲她翻了个白眼。

"说西班牙怎么啦？"汤玲回以白眼，道，"你号称是老外的菜，结果在那儿那老帅哥还不是都愿意跟我好。"

所谓"西班牙的老帅哥"是指姚瑶离婚之后，汤玲陪她去马德里度假的时候邂逅的一段奇缘。当时，姚瑶听说在这样遍地艳遇的国度，女人不需要带打火机，随处都能借火。在烟瘾上来时，她便随便找了个看着顺眼的男人借火，那个男人就是皮特。所以她也并不是完全不擅长英文，只是习惯了去操控汤玲为她办事，彰显她的领导病。

姚瑶操着生硬的英语跟皮特攀谈，知道他也是过来度假的美国人，拥有一间大律师行，后来他和她们在马德里度过了愉快的八天，他的深褐色眼珠与金发、温柔的腔调和丰富的幽默感，一度蛊惑住了她们。当时适逢搞狂欢节，他们喝了大量烈酒，姚瑶后来还和皮特在巷子里疯狂接吻。

回国之后，某天汤玲神秘兮兮地跑来找姚瑶，跟她说："知道吗？其实在西班牙的时候，皮特提出过要跟我过夜，我没答应。我可不是随便的女人，恶心巴巴的玩一夜情。"

姚瑶当时什么也没说，只是在心里冷笑。

今天汤玲提到皮特的事，姚瑶才彻底爆发了，吼道："没什么了不起的！皮特当初也跟我提过玩一夜情，只是这种事在姐心里从来不当回事儿，所以才不告诉你。只有整天指着男人的赞美讨好过活的蠢贱人，才会屁颠儿颠儿四处宣扬自己怎么被男人泡。这种死老外就是集邮男，只要身上有个洞他都想钻。你还真当自己是万人迷啊？说你像奶茶你就以为自己真是刘若英啊？也不看看自己没文化没能力那样。不信你去问问乔洋，他当初为什么会劈腿？你天仙美女有本事一辈子拴着他裤……"

姚瑶话未讲完，已挨了汤玲一巴掌，声音又脆又响。

"姚瑶我告诉你，做人不要太嚣张！"

汤玲的眼泪划过脸庞，也划破了姚瑶的愤怒，她突然觉得汤玲和自己越来越像了，自尊、要强，拼命绷着一张光鲜的皮。

"嚣张怎么啦？"姚瑶想也不想便回敬给汤玲一记耳光，同样脆响。

"你他妈是神蜜就了不起呀？还不是离婚了？"汤玲破天荒地没有被那记耳光抽垮，居然抽了回来。

姚瑶不甘示弱，再抬起手开打，口中回道："有种你也做神蜜呀？你神得起来吗你？就只会死在吃软饭的手里！"

"那也比你现在孤身一人强！你现在就是败犬！一点也不神！"汤

玲再回抽，而且力道愈来愈重，姚瑶只觉两眼冒金星。

"我他妈孤身一人也能活，你能吗？"姚瑶强忍晕厥，坚持用已经抽到腕酸的手以牙还牙。

"就因为我不能，你才没必要学我！"汤玲已是泪眼婆娑，然而嘴上还是硬气的。姚瑶条件反射一般抬起手，却怎么也打不下去。

两人就这样红肿着面颊愤而分手。

走到路边打车的时候，汤玲想起昨天鱼姐对她的告诫："想结婚的女人太多了，男人之所以想娶一个女人，不是因为她蠢，而是因为她有前途。现在的男人多现实？还当停留在以前呀？看你天生丽质他就为你捧上金山银山？如果对方没什么经济实力，那你就一定要变强，给他信心，让他看到你收入稳定，前途一片光明。结婚和初恋其实是两回事，自古婚姻都是生意，要经营好这门生意，你得自己先做个生意人。在这方面，你那个闺蜜倒是挺适合结婚的，她也许这辈子不见得能和自己喜欢的男人在一起，但总会让男人想娶她，你向她看齐，准没错。"

九

关于停车场互抽耳光事件，作为"红颜祸水"的阿哲是一点都不知道的，那天和两个老女人道别之后，他照例在微信上给女神发信息。这个所谓的女神是阿哲给对方设置的备注，年轻人有年轻人的憧憬及神秘感，那大抵是神蜜与猪蜜都进不到的地方。

"最近好吗？在干吗？"阿哲问候他的女神。

"还好，呵呵。"女神回复。

"今天是我生日，有空陪我吃饭吗？"

"对不起，我今天有事。"

阿哲一脸沮丧，拿下原本在听音乐的耳机，垂头往自己的寓所走去。

"我很难过，看来今晚又将是失眠之夜。"

"到家了吗？"

"快到了。"

阿哲正好走到家门口，看到门边放着一个巨大的淡蓝色礼盒，用深蓝色丝带扎出一个精细的绳结。他拿起礼盒进门，拆开，从里头拎起一条湖水般明丽柔滑的丝绸睡袍，暗蓝色，闪着幽魅之光，胸口还绣着一枝绯红的虞美人草。

这时微信又有提示，女神上书："生日快乐，这件礼物会让你彻底治愈失眠的，像睡在一片湛蓝色海洋里。希望你喜欢。"

"谢谢！我很喜欢！我能去你那里吗？"他锲而不舍，眼睛里俱是兴奋，流露出初恋般的清泉。

女神过了良久，方才回复道："对不起，我和情人在一起，不太方便。"

他的眼神骤然黯淡下来，盯着手中那一捧暗蓝色的海洋，宛若捧住一个无望的美梦。

接到阿哲邀请短信的时候，汤玲正把刚拿到手的工资数出一半来给乔洋还麻将债，心里呕得快要吐了。阿哲说想请她来陪他过生日，她即刻将之前的阴郁情绪一扫而空，花足半个钟头化妆挑衣服之后，便带着小清新范儿出门了。结果，她没能在十年咖啡馆内找到他，却在咖啡馆后面的暗巷里见着他，他当时喝的明显不是花果茶，却是高度烈酒螺丝起子。

更要命的是，与阿哲一起半倚在墙根上的还有一个人——神蜜姚瑶。

尽管目前两个人勉强也算是仇人见面，然而美男一脸落难的苦相，也让她们没办法当场"眼红"。

"过来帮忙。"姚瑶一派大女人派头，将头一偏，道，"把他抬车上去，我一个人抬不动他。"

"哦！"汤玲迅速调回到猪蜜模式，帮着姚瑶架起站都站不住的阿哲，一左一右夹着他上了车。

"我不要回家！"阿哲的面颊在酒精的作用下微红，依然是个好看的男人。

"放心，我们也不知道你家在哪儿。"姚瑶边发动车子边说。

三个人于是开始漫无目的地在这座夜间城市游荡，车子开过一个又一个红绿灯，在灯火辉煌处与消沉处经过。

汤玲坐在阿哲身边，皱眉道："那……那要怎么弄他呀？"

"弄他？"姚瑶忍住笑道，"那还不简单？把他带宾馆去，衣服一脱就弄。"

"我不是这个意思！"汤玲红着脸申辩道。

"哦，想3P呀？也成，就是乱点。"姚瑶继续抬杠。

"我懒得理你。"汤玲冲着后视镜翻了个白眼，姚瑶笑了。

她们就在这样古怪且自然的气氛里和解。

夜风伸出冰凉的指，抚平了神蜜与猪蜜内心的怨气，同时亦拂去了阿哲体内的酒精，他逐渐清醒，然后要求去一个地方。

那是城市边郊一座废弃的仓库，陈旧到弥漫着浓厚的铁锈味，内部更是灰尘与蜘蛛网的聚集地，却意外地通着电，可以看清楚铁皮房内部的空旷与凄凉，铁皮墙上还有一大幅喷漆描绘的涂鸦，是一个巨大的虎头。尽管因年月太久导致色彩黯淡，但依然可辨识出当年浓墨重彩的模样。

"有人跟我说，如果你有什么心愿，只要一直想一直想一直想，坚信能实现，它就一定会实现。因为每个人都有一个磁场，会散发出一些特殊能量，如果你往好的方向不停去想，那种能量就会随你的意志而决定事情的发展与结果，于是梦想就会成真。这个虎头，是我读大学的时候组建的乐队标志，这儿就是乐队排练的秘密基地。我当时也坚信我们的乐队会成功，只要不停想不停想不停想，就会成功。可是……就在我们完成第一场高校表演之后，我生了一场病，右耳再也听不见声音了，梦想突然就破了。原来一直想一直想，很多东西也未必能成真。爱情也是一样。"

话毕，阿哲突然狠狠砸了一下铁皮墙，墙面回以金属质感十足的惨叫。

"你们等着，千万等着！"姚瑶突然飞奔出仓库，开着车绝尘而去。半个小时之后，带着一塑料袋喷漆罐回来了。

她将喷漆罐分发给阿哲和汤玲，道："其实啊，自打薛诚劈腿的事让我知道以后，我当时就一直想一直想他早点死，结果，嘿嘿，他就真死了。所以，这个一直想一直想就会实现梦想的事，反正不管你们信不信，姐姐我是信了。来！既然旧梦已醒，那咱们就在这儿喷上新的梦，然后一直想一直想一直想，想到成真为止！哎！汤玲，不许想我死啊！要不然做鬼都不放过你。"

于是，铁皮墙上又多了三个"鬼画符"，姚瑶画的是一道闪电，汤玲画的是一个皇冠，阿哲画的是一株虞美人草。

"什么意思啊？"姚瑶指着汤玲画的皇冠道。

"秘密。"汤玲笑呵呵地回。

"德行。"姚瑶白了她一眼，转头指着虞美人草问阿哲，"哎！你这是什么意思？"

"秘密。"阿哲亦一脸神秘。

"德行。"姚瑶一脸愠怒地指着自己画的闪电道，"那姐的图案是什么意思也不告诉你们！"

结果汤玲和阿哲齐声解开谜底："瘦成一道闪电。"

把姚瑶气得一愣一愣的。

"好吧，从今往后，我们继续一直想一直想一直想，想到梦想成真！耶！"阿哲瞬间又恢复了活力。

就在约定要"一直想"的那个夜晚，姚瑶是先送阿哲回的家，再送汤玲，结果却是半途把汤玲赶下车了。

事情是这样的，神蜜与猪蜜冰释前嫌之后一路聊得非常愉快，直到两人绕到"阿哲是先邀请谁来陪他一起过生日"这件事上，事态才开始走向另一个极端。于是，她们同时掏出手机来看短信收到时间，然后发现阿哲根本就是开启的群发模式。

"哎！真不知道他是怎么想到要叫你这个猪蜜来安抚他受伤的小心灵的，你嘴这么笨！"姚瑶习惯性地调侃汤玲。

汤玲当时得意忘形地回了这样一句："你天生克夫命，他怕被克着了，所以让我来挡着点呗。"

姚瑶一听，当下脸色一变，将车停在路边，直接"请"汤玲下去了。薛诚的事始终是姚瑶的心病，她和汤玲一样从来没走出来过，甚至于最初两个人交往做闺蜜都是假惺惺的，只想通过这样的友情来刺探对方的生活，结果假戏真做到如今。

然而，汤玲一直视姚瑶为不祥之物这件事，令她一直很纠结。作为神蜜，她姚瑶不祥，难不成汤玲自己就肯定旺夫？若是找乔洋这样的贱人，能旺夫旺家庭才见了鬼了！

于是，第二天一早，姚瑶便趁汤玲去上班的时候，敲开了她租住寓所的门，当然是乔洋开的门。

"哟，是姚娘娘呀？姚娘娘吉祥，小的给您请安。"乔洋还是油嘴滑舌的样子，他知道姚瑶讨厌她，所以有点破罐子破摔的腔调。

姚瑶没拿正眼瞧他，径自走进屋子，环视一圈后叹道："啧啧……太可惜了！这么好的房子，这房租听说才一千八一个月？"

"怎么啦？"这下乔洋开始一头雾水了。

"什么怎么啦？房子要退租了呗！"姚瑶瞪大眼睛对乔洋道。

"退……退租？这我跟汤玲都住得好好的……"

"啧啧啧，塞得够满的。"姚瑶亦不解释，只是打开冰箱门，对着里边的食物又一通狠叹，"汤玲可真够贤惠持家的呀。"

"到底什么意思啊？"乔洋终于开始不耐烦了。

"什么意思你比我更清楚。"姚瑶猛一转身，将一张脸狠狠贴到乔洋眼皮底下，把他吓一哆嗦，"汤玲也三十多了，再不结婚上对不起父母，下对不起一众孤苦终老的老剩女，所以她最近一直在相亲你知道不？我只是来告诉你，哥们儿，很快这碗软饭你就没得吃了！"

这一下，乔洋的脸色彻底变成惨白。

十

汤玲想到要去组长这个位置的时候，所有人都在心里默默朝她翻了个白眼。虽说商场男装柜不算太大，只有二十个品牌，四十来个人，然而组长辞职后移民去澳洲的事情还是刺激到了整个男装部。大家都在猜测下一任组长人选，副组长则认为自己胜券在握。女人们一面羡慕递交了辞职报告的组长要去过天堂般的生活，一面都在议论副组长即将提任的事。

在每周四小组开完工作协调会之后，汤玲找到即将离任的组长，跟她说："我想试试看竞争上岗，做组长。"

对方看了汤玲半天，以为自己听错了，半晌才回道："这个当然可以，我去跟经理说说看，反正最后还得看上面的意思。"

但在更衣室内，汤玲换衣服的时候却听到那即将成为澳洲人的组长和副组长这样说："跟你讲个笑话，汤玲居然跟我说想做组长。"

"真的啊？看不出来啊！"副组长的尖细嗓音刺痛了汤玲的耳膜，"她除了长得好看点之外，可真是一无是处。她要能做上组长，男装部将来非变相亲部不可。"

两人遂一阵狂笑。

组长道："也不能这么说，其实咱们这儿有条不成文的规定，没结婚的女人不可能当上组长的，你也知道我做得有多累，哪还有时间再十月怀胎生个孩子？再说汤玲年纪都那么大了。"

"那你为什么不告诉她？"

"我又为什么要告诉她？有些事得让她自己慢慢觉悟，工作和勾搭男人毕竟是两回事。再说了，大家都知道她找了个吃软饭的，虽然那是私事，但在上级眼里头总归……"

汤玲瞬间浑身冰凉，一点挪动身体的力气都没有，她甚至都不敢从衣柜后面走出来跟那两个长舌妇打个招呼。

那天乔洋过来接汤玲，她坐在车子后座一言不发，乔洋问了三遍"去哪里吃饭"，她方才用滞涩的嗓音回说"随便"。

大抵是看出汤玲情绪恶劣，于是乔洋选在一家情调普通，但菜品极佳的西餐厅，点了她最爱吃的东西。汤玲一动不动看着菜品，突然哈哈大笑起来，唬得乔洋张口结舌。

汤玲好不容易止住笑，然后抹去眼角的两星泪珠，道："乔洋，说说你当初为什么要追我？"

"因为你是个好女孩。"

"你怎么知道我是个好女孩？"

"一看就知道。"

"那后来为什么要劈腿？"

"……我们能不谈这个事吗？都过去了。"

"好，咱不谈这个，谈别的。比如你为什么要跟我借钱？"

"只是暂时周转嘛，等有了钱……"

"有了钱？什么时候？连现在租的公寓都是我付的钱，你那一个月的工资都放在麻将桌上了，你失忆啊？还有，我们当初分手的时候，你还真有脸不把钱还我啊？作为一个男人，不是应该供养自己的女人才对？"

乔洋看了她数秒，表情异常严肃，随后从衣袋里掏出一个东西，重重拍在桌上——是一个小首饰盒。

"欠你的钱没还，是为了买这个。"

盒子打开，里头嵌着一枚流光溢彩的钻戒，汤玲还来不及分辨颗粒大小，就已经流下眼泪了。

凌晨三点半，汤玲喝掉了整整一瓶干白，然后喷着酒气、手上套着钻戒给跟姚瑶打电话。

"喂，在吗？"

"嗯，在。"姚瑶还是一如既往地硬冷回复。

"今天，乔二货把欠我的钱都还上了，那个钻戒的发票我看了，四万五！哈哈！哈哈哈！死女人你知道吗？我那天打你，是因为嫉妒你。我一直就他妈的嫉妒你，薛诚葬礼那天，我第一眼看到你，就知道自己输了，我什么都不如你。我在商场卖衣服的时候，你已经是酒店领班了，后来你做到经理，我他妈还是个卖衣服的！你就是什么都比我强，口才比我好，人比我聪明，还总是能认识许多我这辈子都不可能高攀的人。后来你发胖了，成了肥婆，你都不知道我有多开心。因为你终于可以降低一点层次，和我汤玲这样的人平等一些了。你连离婚都能离得那么潇洒，然后彻底有车有房，我却还是个卖衣服的。我有多不服，你知道吗？"

电话那头保持沉默。

"后来，我们一起认识的阿哲，我自卑到连主动跟他要个电话都不敢，可你就是能要到他的电话。但是，我觉得只要跟你争他，也许这辈子还能第一次赢过你，让你也做一次猪蜜，我做一次神蜜。可是，你减肥了，还他妈居然减得那么瘦。跟我第一次见你的时候一样瘦。我连最后一点儿优势都没了，我能不急吗？你他妈算什么？为什么我汤玲的生命里要有你出现？你就是魔鬼！魔鬼！死女人！死女人！死女人！"

在汤玲骂了一百遍"死女人"，筋疲力尽地倒在阳台上之后，姚瑶才缓缓开了口。

"其实，阿哲真正喜欢的人是你，他第一次看见你的时候就喜欢上你了，跟我说你长得像奶茶。每次我们见面，他都在偷偷看你……看过他给我拍的照片吗？我总觉得别扭，照片上的女人都不像我，后来我才看明白了，那里头的人其实是你。哼！居然把我当成你来拍，你说这种男人是有多可恶？对了，你什么时候让阿哲给你拍照？"

"约在后天，你陪我去好不好？"汤玲擦干眼泪，从阳台上坐起来，才发现自己两条腿都麻了，一瘸一拐走进睡房。

"我可能没空，反正他对你有感觉，一定会拍得超美。"姚瑶突然酸劲又上来了。

"其实，我想拍全裸写真。"

姚瑶嘴里的半口茶水全都喷在了地板上。

像是要为过往岁月做一个完美总结，汤玲全裸在镜前站了足足有半个小时，才决定拍套大尺度写真。她跟阿哲提出这个拍摄要求时，对方愣了几秒钟才点头。乔洋的突然求婚，让汤玲彻底陷入了混乱，她想要的似乎已经全盘掌握，可一想到接下来要做的事，比如买房、还房贷、操持婚礼、去山沟沟里见乔洋的父母，她便有窒息的感觉。

这种窒息感需要某种邪恶的方式进行释放，比如把身体展示给另一个男人看，她蓦地想起阿哲给姚瑶拍照的时候，他用单反的大镜头直冲到姚瑶脸上，然后跟她说："看我，不要怕！"

汤玲深吸一口气，摁了阿哲私人住所的门铃。

拍裸照不可能在咖啡馆里，阿哲只能邀请她到自己住的地方来拍，那儿所有高于半米的家具都是靠墙摆的，腾出客厅中央大片空间，铺着米色长毛地毯。

"就躺在这里拍。"阿哲摆弄着相机，跟汤玲说。

"其实我想在麦田里拍的。"汤玲苦笑，这个房间的陌生味道令她莫名觉得紧张。

"麦田里效果会更好，但是也许你会更放不开。"阿哲耸了耸肩，指着一扇小门道，"这是卫生间，里边有浴袍，你收拾好了出来。"

汤玲于是走进去，脱衣服的时候听见门铃响，外头传来阿哲去开门的声音，然后有个女人的声音传入。听得出来，他们在说笑，她遂心脏微微抽搐了一下，然而还是把衣服全褪掉了，但又不想这样赤裸裸走出去。抬眼看见乳白色木架上披着一件湖蓝睡袍，胸前绣有精致的虞美人草，不知为什么，她看到这个图案竟无端地感到亲切，于是伸手拎起了它。

穿着睡袍走出来的时候，汤玲看到阿哲正和一个二十出头的女孩聊得正欢，说的都是她听不懂的话，讲出的全是陌生的名字。女孩是标准的巴掌脸，眼睛又圆又大，通身散发水蜜桃气息，和阿哲站在一起堪称绝配，同样尖细精巧的下颚让他们受尽镜头下的宠爱。

"因为这套写真比较特殊，怕你不自在，所以请我的朋友来跟你做伴。"阿哲这样跟汤玲解释。

女孩遂大大方方站在沙发上，脱下外套、小吊带衫、胸罩，露出的纤背上印满拔罐造成的深紫色圆点，她边向阿哲和汤玲展示自己那张布满图腾的妖艳背脊边道："看看，拔罐减肥法好恐怖吧？"

"真的好恐怖！怪兽退散！"阿哲捂住嘴作惊恐状。

从汤玲的角度，还能看到女孩坚挺的乳蕾，略略有些凸起的小腹，以及拉成优美弧度的猫般的腰肢，体毛也刮得相当干净，一双美腿散发着乳液的气息，那是汤玲十六岁的时候才拥有过的姿色，已经远远抛进记忆角落里了。

在这样鲜美的记忆里，她还怎么敢剥开这件睡袍，把现在的身体展示给别人看？

"好了，我们开始吧。"

阿哲摆出一个"请"的动作，示意汤玲褪去浴袍，孰料她却将睡袍抓得更紧，突然说了句"抱歉"，闪电般冲入卫生间，胡乱抱起几件衣服，然后夺门而出。

汤玲穿着阿哲的睡袍狂奔到街口，然后站住不停地喘气，她突然发现自己可以完全不在乎路人诡异的目光，只想找到姚瑶。

十一

至今回想起来，姚瑶和汤玲都会不由得吓出一身冷汗。的确，那天汤玲穿着阿哲家里的浴袍上演末路狂奔的时候，完全没发现阿哲一直追在后边，手里还拿着她款式华丽的淡粉色绣花胸罩和白色帆布包。最后，汤玲在十字路口停下，相当冷静地向阿哲要过包包，拿出手机给姚瑶打电话。

"要不然你先找个地方换衣服？"在阿哲眼里，汤玲现在就是个疯子，所以他语气都是小心翼翼的。

汤玲什么都没说，只是拨通了姚瑶的手机，以出人意料的冷静口吻道："喂，我现在在西山路路口红绿灯那里，身上没穿衣服，你来接我。"

随后，她怔怔地看着阿哲，他依然是金玉外貌，即便已经面红耳赤。

一刻钟以后，姚瑶到了，也不问情况，只是一把将汤玲拉进车子里，然后拿过阿哲手中的胸罩，正欲走人，阿哲却一屁股坐进车子里，道："我想拿回她身上的睡袍。"

"现在都什么情况了？你还只想着睡袍？"姚瑶有些生气。

"那是我的睡袍，凭什么我不能想？"阿哲当场回敬。

姚瑶愣了一下，只得带着阿哲汤玲回到自己家，孰料一进家门便觉得异样，虽然从沙发到地板都是乱糟糟的，但好像有什么东西的位置都不对。姚瑶最初觉得也许是自己想太多了，便把衣服往汤玲怀里一塞，将她推进自己专放衣服鞋子的小房间里去，然后转头看着阿哲，他正在摆弄自己的手机，可能是与那十万浮云般的脑残粉搞互动。

"她怎么了？"为了打破沉默，姚瑶勉强开口问道。

阿哲摇了摇头，一脸无辜。

不一会儿，汤玲从衣帽间出来了，后边还跟着一个满头乱发、穿着脏兮兮的黑色衬衫的年轻男子，正用匕首狠狠顶住她的腰。

"救……救我啊……"汤玲带着哭腔道，身上还穿着那件该死的浴袍。

"别……别动！动一动……她她她她她就没命了！不许……许许许报警！"那年轻男子神情也很紧张，嘴巴咧得很狰狞。

阿哲和姚瑶一时反应不过来，老半天才发现姚瑶的房子进了歹徒，可能他原本是想趁姚瑶上班的时候入室行窃，未曾想中途杀回来三个人，情急之下只得拿汤玲当了人质。

"有话好说……"姚瑶头皮瞬间就炸开了。

"没……没什么……好好好好说的！"歹徒显然还是个恼人的结巴。

"你小心！刀尖别指着那睡袍！"阿哲也是第一次碰上跟犯罪分子正面交锋的事，表现得不知所措也是正常，但作为这里除歹徒外唯一的男人，他基本上得硬着头皮做一回"护花使者"。

"不不不不……不怎么样！我……我……我要你们把……把自己绑了！"

"把自己绑了"当然是不可能的，所以最后还是结巴歹徒把三个人都各绑在一张椅子上，然后自己翻出厨房的泡面，吃得稀里哗啦。

原本他们以为等歹徒吃饱喝足，拿了钱就会走人，但姚瑶也担心万一这家伙中途起了邪念，对她们来个先奸后杀怎么办？再万一他性取向扭曲，阿哲不是也很危险？何况汤玲现在还是全裸罩着浴袍呢！

"现金都放在梳妆台的柜子里，最底下一层，钥匙在我包里，你翻出来就是。首饰也全在那儿了，你都拿走吧。"姚瑶只得尝试跟结巴歹徒谈判。

歹徒倒也不急着走，慢条斯理地吃完面，按姚瑶说的地方翻出现金和首饰放在桌上，然后突然摆出一脸可怜巴巴的表情，道："我……我能在这儿再待一会儿么？"

姚瑶即刻万念俱灰，猜想是碰上了一个精神病患者。

"其……其实……我……我也是……第……第一次干这事。本……本……来我在……超市打工……做得好好的……结果……老婆跟……跟人跑了！我……我把……把那奸夫头上……砸……砸了那么一下，其实也就一下，人……人死没死还……还不知道呢！我……我是怕……怕被抓了，只……只好跑……跑了……"

结巴歹徒唠叨了足有半个钟头，他们才弄清楚那人的来路。原来他是把妻子的妍头脑袋砸破了，惊慌之下便选择逃亡，天天睡天桥底下，没钱了就潜伏在一些保安设施不太先进的住宅区内，观察是否有单身女性居住的房间，以便趁对方上班时入室行窃。因为姚瑶的阳台上永远只晾女式服装，久而久之便成为歹徒的目标。据结巴歹徒自己讲，因为他逃亡途中都很寂寞，虽然有些结巴却又是个特别喜欢唠叨的人，只苦于特殊时期只能三缄其口，已经憋坏了，于是趁着如今有三个听众的当口，将满腹牢骚一气都发泄出来。

　　"所……所以说……女人都他妈不是好东西！"说到激动处，歹徒又将刀子指向汤玲。

　　"要指指她脸，别指她睡袍！"阿哲突然怒吼。

　　"你放屁！"当结巴歹徒以豪迈的口吻为女性做了一个偏执的总结时，汤玲突然爆发了。

　　"你……你说什么？"

　　"我说你放屁！"汤玲面无惧色，"女人不是好东西，还不是被男人逼出来的？你要是能明明白白说话，不会几十年如一日只窝在超市给人打工，但凡有出人头地的一天，哪怕不出人头地，有点志向也好，你老婆还会在外边偷人？"

　　结巴歹徒显然气极了，冲上前将明晃晃的刀刃冲着汤玲高高扬起。姚瑶只得赔笑道："这位大哥息怒！息怒啊！她心情不好！今天心情不好！"

　　"心……心情不好？那我……我心情就好？"结巴歹徒一脸委屈地指着自己道。

　　这时姚瑶也看出来了，歹徒尽管凶狠，可同时还有点老实，于是道："大哥你别计较啊，她最近……失恋，失恋。你懂的！"

"我才没失恋，我还被求婚了呢！"汤玲依然处在莫名的愤怒状态，"我就不明白了，咱们女人怎么老围着男人转啊？为他们打扮，为他们花钱，为他们开心，为他们吃醋，为他们减肥，还有为他们送死的。哈！今儿我心情不好，你就跟人家解释我失恋，又是为了男人！"

"死女人，别疯了！"姚瑶虽然被绑在凳子上动弹不得，但嘴还勉强可以动。

"我今儿还就想死了得了！"汤玲已经完全沉浸于作女的世界里了，继续道，"回头想想，我活了三十多年，就没一天有过做人的成就感，想得的得不到，不想得到的来一堆，今儿好不容易想拍个臭美点的照片，还来了一嫩模提醒我人老珠黄不要脸。你说我这又是何苦？"

"你误会了，那是……"

阿哲想用苍白的解释安抚汤玲，却被她拦腰截断，说："那就是告诉我别再做梦了！姚姐你也是，你就是打心底里看不起我吧？啊？"

说到这里，汤玲猛一抬头，对住歹徒目露凶光，唬得对方不由倒退两步。

"唉，你给评评，我跟她两个人，你觉得哪一个更漂亮？如果给你做老婆，你想把哪一个娶回家？"

"这……"歹徒为难地看看姚瑶，又看看汤玲。

"你真疯了呀？这都什么时候了，你说什么蠢话呢你？"姚瑶急得额上青筋直跳。

"你看你刚刚都劫完财了，顺便劫个色也是应该的吧？就说说如果要劫色，你会劫我们两人中哪一个？或者你两个都要劫，那会先劫谁的？"汤玲的眼神都变得疯狂了。

"什么劫财劫色的？你当咱们在演《天下无贼》呀？"姚瑶激动地直踢凳腿。

"我……我我我……只劫财，不劫色！我这这这这……这辈子都伤……伤在色上头了。"歹徒表现得相当有骨气。

"那成，大哥快给评评。我要客观评价！我跟她，你更喜欢谁？咱俩一起追那男的，就他，对，小白脸。你觉得谁更能成功？"

结巴歹徒红着脸，想了半天，喃喃道："你们……都……都……都不是我我我……我的菜。"

"我擦！"姚瑶突然破口大骂，"你当你是谁呀？居然还看不上我们？你长没长眼啊？你配得上我们吗？"

"别挣扎！小心我的睡袍！"阿哲一头冷汗地告诫汤玲。

"就是！你不就一入室抢劫的吗？有什么了不起？还有你！"汤玲突然将矛头指向阿哲，"是这破睡袍重要还是我重要呀？你就一自私鬼加自恋狂！我就弄坏，就弄坏！"

汤玲边讲边不停扭动身子，急得阿哲青筋直冒。

于是，神蜜与歹徒理论，猪蜜与阿哲赌气，四个人迅速吵成一团，就在这个时候，突然房门大开，从外头冲进一个男人，他大吼一声，迅速扑向歹徒，奋力将其压倒在地，然后两手反剪，顺利制服，这一系列动作从发生到结束只用了三十秒。

"我从前在部队受过训练。"姚瑶打电话报警的时候，他的前夫刘凯跟汤玲这样说。

就在刚刚刘凯解去绑缚姚瑶的绳索后，姚瑶却以相当自然且顺手的姿势扇他一耳光，骂道："不长记性是吧？变态是吧？让你别再骚扰我，你怎么还来？非要我报警呀？"

"我已经报警了……"刘凯突然一改先前擒拿歹徒的威武，一秒钟被打回妻管严的原型。

"那是想让我再上法院告你跟踪狂是吧？"

"我……我是来交这个的。"刘凯将公寓钥匙交到姚瑶手里，垂着头走到一边，坐等警察上门。

四个人在派出所录完口供之后，阿哲向两个女人道"再见"，姚瑶突然回道："不必了，我们今后应该是再也不用见了。"

"也是。"阿哲小心翼翼地捧着那件湖蓝睡袍，笑道，"但是，别忘记要一直想一直想一直想哦！"

"怎么想都没用。"面对阿哲的热血，汤玲报以一脸无奈。

那天之后，姚瑶与汤玲果然很默契地断绝了与阿哲的联系，这位一百分的男神就这样从她们生命中被悄然抹杀了。

十二

姚瑶不止一次参加过这样的婚宴，热闹、浓郁、无聊。原以为汤玲的会有些不一样，却发现情况其实更糟，因为一大早就得陪着汤玲去化妆，而作为新娘子的汤玲穿着开衫，整张脸都是木的，上妆之后，仍旧绷着皮肤，全无幸福的娇羞表情。

"麻烦你笑一个成不？"姚瑶提醒。

"不敢笑，怕妆掉了。"

在酒店特为安排的新人休息室内，汤玲穿着白婚纱的样子美若天仙，头上戴的那顶水晶头冠是姚瑶送给她的。

"这可是你自己结婚的时候戴过的？"拿到头冠的时候汤玲便瞧出

端倪了。

"怎么？怕不吉利？"姚瑶冷冷回敬。

"才不怕！"汤玲把头冠戴上，对着镜子道，"让我也做一回神蜜！谢谢你，我以为你不知道我那个画的意思。"

汤玲口中的"画"是指那晚在废仓库墙上画的皇冠，在她心里那本是专属于神蜜的皇冠。

可惜，今天这位化身神蜜的猪蜜却没有一点神蜜气场，她依然是柔弱的、呆滞的、迷茫的，对着落地穿衣镜不停摆弄自己的耳环。

"哼！我不懂你，还有谁懂你？"姚瑶站在后边为汤玲整理头纱，"我说女人啊，今天是你的婚礼，不是葬礼。我刚刚才收到三个开门包都没哭，你倒还耷拉个脸。"想起乔洋迎亲时的抠门手笔，姚瑶就忍不住要吐槽。

"我没当上组长……"汤玲嘀咕了一句。

"什么？"姚瑶显然没听清楚。

"我说，我没当上组长！"汤玲提高声音，望着镜子里的自己，以及背后那位明显瘦了好几圈的神蜜。

"啊……"姚瑶对汤玲这样突如其来的剧本无所适从，原想张嘴刻薄猪蜜，然而不知为什么又闭了嘴。

"昨天我去找了鱼姐，问她我现在嫁人对不对。鱼姐说嫁人太对了，靠男人过日子是我这辈子的宿命。你也说过我是没男人活不下去的主，是吧？所以今儿我也算是如愿以偿了。这一次，我有赢你了吧？"

"嗯，你赢了，虽然嫁了个二货。"姚瑶神情严肃地点点头，"本官今天正式把'神蜜'宝座让给你，好好珍惜。"

"可是……"汤玲突然流露一脸的凄苦，"我没当上组长。如果换了你，应该很容易当上吧？"

姚瑶笑着说："你还没泡到白马王子呢，你说你是有多没出息？"

"是啊，你说咱们俩是不是疯了？"汤玲这个时候脸上才有了一点光芒。

"现在回头想想，咱们在男人面前全都是猪蜜，为他们要死要活，被耍得团团转，被卖了还数钱呢。"姚瑶的语气还是酸的。

"其实也未必都是咱们一厢情愿。"汤玲回复了一脸纯真。

"咦？咱们每次跟阿哲在咖啡馆见面，他有没有买过单？"姚瑶突然想起了什么，问道。

汤玲努力回忆一番之后，摇了摇头。

"那就还真当是咱们一厢情愿了。"姚瑶做了饱含悲情的总结，两人相视而笑。

作为相当不吉利的离婚妇女，汤玲依旧坚持要让姚瑶做伴娘，所以姚瑶亦穿着粉紫色的纱裙小礼服，虽然完全不适合她的气质，但为了衬托新娘子的美貌亦只得忍了。不过最不能忍的是上厕所，这大蓬蓬纱实在是伤不起，蹲马桶的时候极度遭罪。姚瑶是边在心里骂骂咧咧边走进卫生间，却见一个女人在洗手间门口用烘干机烘手，穿着黑色燕尾服的乔洋正从洗手间里出来，抬眼看见姚瑶的时候笑了一下，那笑容极为勉强，反正他俩从来没看对眼过。

那烘干手的女人突然走到乔洋背后，一只手很自然地插入他曲起的臂弯，乔洋瞬间面孔通红，火速躲开那女人，道："这位小姐，你认错人了。"

女人这才看到姚瑶，急道："对不起啊，认错了，呵呵，认错了。"遂经过姚瑶身边，走到过道里去了。

虽然姚瑶不认得那女人，却认得出她身上那件汤玲穿起来像站街妓女的皮草。

中国人的婚礼都是华丽而俗套的，现在还要加上个不中不西的特色，穿的是白婚纱，吃的是中国菜，婚庆司仪还安排了新郎新娘交换婚戒之类的娱兴节目，为了制造浪漫气氛，且需要伴娘姚瑶配合，将点了烟火的蛋糕推到一对新人跟前，再把婚戒交到他们手中，以便他们作秀。

姚瑶推蛋糕的时候，表情与心情一样纠结，尤其烟花溅在手背上的刺痛感，让她有把蛋糕砸到乔洋脸上的冲动。

可是，这是婚礼，她要做的只是推动，不停地推动……就像当初推动了薛诚的死亡，推动了刘凯的出轨，推动了神蜜与猪蜜的竞争，推动了汤玲嫁给乔洋……

"现在，由新郎新娘为彼此戴上婚戒，执子之手，与子偕老。"婚庆司仪高亢的嗓音让姚瑶从迷思中惊醒。

接下来的一分钟，姚瑶做了一件惊天动地的事情——她抢过一对婚戒，拉起完全没在结婚状态的汤玲，然后夺路而逃。

关乎这样刺激的场景，大抵我们只在电影《毕业生》之类的电影里头看到过，男人为了挽回幸福，以力敌千钧之势杀入教堂，在做了一番声情并茂的表白之后拖起新娘子就跑。

可这一回，把新娘子的人生逆转却是伴娘。

但是，姚瑶没有停下，她减肥了，她身轻如燕，已经成功尝到盆骨与床板碰撞到刺痛的滋味，更能稍稍吸气就可一把抓住半侧肋骨，所以她跑得很快。

被姚瑶死死拽住的汤玲因为高跟鞋的缘故，未能完全跟上节奏，她气喘吁吁，然而也竭力配合，嘴里喊道："你干什么？！疯啦？"

身后是乔洋和他的亲友团死命追近的动静，她们能听见乔洋恶毒的咒骂。

最后两人终于挤进一间观光电梯，电梯顺着酒店楼层的外沿下滑，倘若有路人抬头，便可看到雪白粉紫的两个女人正在里头瞪爆眼睛吵架。

"你干什么啊？今天我结婚啊！"汤玲的尖叫有些歇斯底里，"你害得我还不够惨啊？薛诚让你抢走了，现在还破坏我跟乔洋的好事儿，你跟我前世有仇呀？这么看不得我好？你自己离婚自己死未婚夫你别把我带衰呀！"

这一次，轮到姚瑶抽汤玲的耳光了，声音依然又脆又响。电梯还在不停往下降。

"你要真不乐意我搅黄你的事，还会这样？"姚瑶指着汤玲的手，她手中正提着自己的高跟鞋，分明是想让自己跑得更快，以便跟上神蜜的速度。

"那接下来怎么办？"汤玲终于弱了声气，回复到猪蜜状态。

"去机场。"

"啊？"

"去西班牙躲一阵子，等风声过了再说。"

"不可能吧？签证都还没办……"

"早半个月前我就偷了你的身份证和护照去办妥了。"

"机票呢？"

"明天早上八点的飞机。"

"乔洋的钱还没还我呢，婚宴的费用都是我垫付的。"

"没事儿，装份子钱的红包都在我这儿收着，钻戒我也替你抢了，就当他还你的债。"

"咱俩这么干会不会被怀疑在搞蕾丝呀？"

"呸！姐还要瘦成一道闪电，成功泡到吴彦祖呢！"

"……"

事后才知道，整场抢婚事件中，除鱼姐之外的所有到场嘉宾都参与了对神蜜与猪蜜的围追堵截，她仍镇定从容地坐在空荡荡的宴席厅内啜饮茶水，且边啜边道："爱情也好，友情也罢，还真都是好东西呀……"

此时，久违的阿哲手机微信上收到了女神的消息，上书："你最近好吗？"

尾声

西班牙，被阳光浸泡得快要眩晕的马德里，姚瑶拿着一支未点燃的香烟在广场等着，不过等来的不是主动要借火的洋帅哥，却是拿着打火机紧赶慢赶跑来的汤玲，点着了火端在姚瑶唇边，讨好道："火来了。"

姚瑶瞪了猪蜜一眼，还是点着火，陷入一种完全不受束缚的自由境界里。

神蜜与猪蜜深深明白，这个时候唯有在另一个国度才能躲过一劫，结婚也好，工作也罢，所有她们该负与不该负的责任，都暂时烟消云散了，她们需要在这个无论走到哪儿都不停有男人或女人上前搭讪的国度里找回一些特殊的东西，比如自信，比如韧性，再比如勇气。

在马德里的一条小巷内，她们意外地碰上了阿哲，他也跟当初的姚瑶一样正贴在墙角上忘情接吻——和鱼姐。

"我没看错吧？"汤玲瞠目结舌地盯住姚瑶，这才想起阿哲睡袍上的虞美人草，那分明与鱼姐的专用茶杯上描绘的图案一样。原来阿哲的女神正是她们两人共同的圣蜜。神蜜与猪蜜输给圣蜜，属情理之中。

"没，这的确就是真相。"姚瑶的语气虽然沉重，但不知为何两个人都有如释重负之感。

"怎……怎么会这样？"猪蜜永远只习惯摆出困惑。

"所以说人生永远充满新的惊喜，"神蜜永远负责提供答案，"而咱们呢，也一定能找到新的人肉打火机，只要一直想一直想一直想！"

正说着，果然一个男人举着打火机递到姚瑶跟前，她欣喜若狂地摆出一个装腔姿势，偏过头时却发现对方居然是刘凯，带着一脸的献媚表情。

"不愧是神蜜啊，永远不缺人肉打火机，不过可惜是国产货，还是二手的。"汤玲笑道。

"呸！你懂个屁！现在流行怀旧！"姚瑶恶狠狠地回敬汤玲之后，下巴高抬犹豫了很久，像是突然投降了，终于垂下头颅，将香烟伸到刘凯打火机上那根蠢蠢欲动的蓝色火苗上。

神蜜与猪蜜的这种相处模式，将会延续很长很长一段时间。

Part 4

楼 上 的 三 小 姐 > > >

楔子

　　每天早晨八点半，阿宝都会去楼下拿报纸，然后走几步路穿过另一幢楼的过道直接抵达路边摊，买上十个生煎，心情大好的时候买十二个，然后再折入小超市拿一包艾喜香烟。这样的生活习惯日复一日，直到那个烫了满头绵羊卷的收银员大妈跟她说绿色艾喜卖完了，很快蓝色的也要没有了，阿宝才改选中南海。偶尔断货断得久了，阿宝也会忍住火气，跟收银员大妈聊个没完，顺便把手里那一大把生煎吃掉。

　　收银员大妈告诉阿宝，星雅公寓区里还有一个女人跟她一样抽这种韩国牌子的香烟，不知道叫什么名字，长得又高又瘦，一脸刻薄相，不像阿宝的皮相那么圆柔。超市里打工的女人们都爱把最后一条薄荷味的绿艾喜藏起来留给阿宝，不给那个刻薄脸女人。

　　三十年如一日，阿宝就是这么受中老年妇女的欢迎，长得不是特别漂亮，下巴浑圆，穿着土气，举止温良的女人总是比较容易被大妈们接受。所以阿宝成为社区唯一一家小超市的尊贵客户，哪怕半个月里都只是买够十五包艾喜烟，之所以选择薄荷味的，兼因它卖九块，加上十个生煎用掉五块钱，那就是十四块，多半情况下还能从大妈们手里拿回一块硬币的找零，这样就正好能投进她床头柜上的特大号日式桃花招财猫储蓄罐里。

阿宝有时候也会对那个跟她买同牌子香烟的女人产生好奇，可她在这儿住了三年都没见过对方的真身，很长一段时间里那女人都只是收银员大妈嘴里的传说。直到某一天，她和一个睫毛涂得卷翘无比的浓妆女人一块儿挤到收银台前，齐声道："拿一包艾喜，绿色的。"

结果收银员大妈说："只剩最后一包了，你们换抽蓝色的呢？"

阿宝和那女人互看了一眼，面上都带着客气的微笑，最后还是阿宝拿了蓝色的，薄荷味的被那女人买走了。女人付钱的时候，伸出的右手有一截无名指没了，断口皱缩成一个茧，看起来很硬。

那时，阿宝的储蓄罐已经有足足两百零七块菊花图案的钢镚儿了，象征她和谭小磊分手的时间。

上篇：楼下的阿宝

一

从梦见自己荡秋千开始，阿宝就很喜欢装病，因为不装就得回公司上班，每天对着电脑里同一个操作系统昏天黑地地干活，她不喜欢。

事实上，没有人喜欢工作，但像阿宝那样因为突然在办公室晕倒被送进医院，从此就请起病假的员工还是非常少见。她不在乎收入，也没想过只拿基本底薪的生活要怎么过，反正每天消费控制在三十大洋以内，她就还能维持好一阵子，结果就这样等来了"开除通知书"。阿宝挣扎好几天，才做贼一般遛到公司办理了离职手续。办公桌上的一切都不要了，只是和另一个人做了一个简单的交接。跟阿宝交接的人是个四十五岁的中年男人，也就是她的顶头上司。她觉得和男上司交接会比较省力，他懒得打听她跟谭小磊掰了的事情，这让她觉得轻松。

失业对于阿宝来讲也算得上个秘密了，阿宝远在郊外的父母都不知道，还以为女儿在安稳上班和即将结婚中度日，过不多久他们就可以翻两床丝绵被，等着参加阿宝的喜宴。所以阿宝基本上不敢去父母那吃饭，宁愿在自己的单身公寓里啃面包。她很空虚，靠硬盘里的几百部电影打发时间，于是在三个月里长了五斤肥肉，把自己变成了一只小母猪。

在超市争一包艾喜烟的经历，让阿宝见识到了大妈口中黑了几百次的"那个女人"，那天阿宝揣着蓝艾喜，那女人揣着绿艾喜，双双走回小区，踏进同一幢楼，甚至进到同一个电梯里。阿宝这才发现原来绿艾喜住的是六楼，阿宝是住五楼的，两人只隔了一层天花板，却整整两年不知道彼此的存在，这让阿宝略微有些不安。可是，想起小学时那几个同学现在都混出头了，阿宝就有种无颜见乡亲父老的愧疚感，她天真地希望能给自己宅出一个光明的未来。遥想当年，她可是这帮人里混得最好的，大家都唤她老大，尽管那时她还只是小学四年级的孩子。想到这一层，阿宝就沮丧得像条狗。

"你也抽这个呀？"阿宝觉得应该和那女人套个近乎，毕竟她把绿艾喜让给她了，至少对方也应该表示感谢，如果没有的话，她就会很贱地反过来向对方示好。

"嗯，谁让我也叫这名呢？"那女人一直站在阿宝前头，拿背戳着阿宝的脸。

"啊？你叫阿绿？"

"你才叫阿绿呢！我叫艾喜。"

"什么艾喜？我看这种人不是小三就是小姐！"后来超市收银员大妈这样评价道。

　　于是，阿宝从此在心里默默称艾喜为"三小姐"。

　　自打认识了三小姐，阿宝就开始注意到一些电梯里的细节：比如每周一、三、五，她下楼倒垃圾的时候总能在电梯里碰见一个满头蓝发的文艺愤青，戴着无指皮手套，指节上文着"FK"，布包右侧别着一只映有格瓦拉头像的徽章；二、四、六则碰上的是西装革履的精英范儿绅士，某一次阿宝提着一袋垃圾刚走到电梯口，却见电梯门已缓缓合起，她隐约从门缝里望见一条艳蓝色领带，于是大吼一声，电梯门复又开启，正是那位西装绅士按开的。那绅士，嘴角有一粒痣，大眼薄唇的颇有卖相，就是没正眼瞧过阿宝。

　　这种偶遇对阿宝来说不算啥，但后来她有那么几回外出找朋友蹭饭，回来的时候也与他们各自狭路相逢，都是晚上八九点的时候，他们清一色都按的六楼。阿宝猜到，她每次躺在床上看安吉拉·卡特小说的时候隔着一张天花板听到细碎的叫床声是属于谁的，一、三、五叫床叫得像吵架，二、四、六则像良家妇女在手术台上接受剖腹产，"嗯嗯啊啊"的。阿宝卫生间外头装的空调外机上，一、三、五都会出现几个软利群的烟头；二、四、六则是某种荷兰牌子的深咖啡色烟蒂。每天早上清理烟头的时候，她就能知晓前一晚待在三小姐闺房里的是哪位。

　　再后来，阿宝就琢磨出了真相，文艺愤青和西装绅士都是奔着三小姐去的。她得出结论，这两个男人虽然风格迥异，却有几个共同点：一、都和三小姐有着神秘的牵扯；二、眼睛里都没有阿宝；三、他们早晚伤在三小姐手里。

　　这些男人在三小姐那里进进出出，不亦乐乎。虽然光顾阿宝家的男人也很多，但清一色都是快递员，送货，签单，道再见。

所以三小姐很讨人厌，事实上漂亮的女人永远不受平庸的女人欢迎。因此阿宝总是为谭小磊感到遗憾，她是多么正派的女人，在小区住了那么多年都安静到跟死了似的，以至于某天一位老太太在电梯里碰到她，还跟她说："注意到510室没有？几乎没人住。"

搞得好像在510室住的阿宝是鬼魂。

夜深人静时，阿宝就坐在房间里默默检查她仅有的积蓄——两千三百八十一元人民币，她认为以每天二十块的用度衡量，这些钱能够她挨到明年三月份。三月是跳槽和招聘的旺季，她深信那时候她能找到新工作。于是阿宝开始躲在家里不出来，无论收物业费的工作人员把她家的门敲得多响，她都只是装死，八百六的物业费可是巨款，不能轻易流失。

直到某一天深夜，阿宝听到天花板上传来的吵架声变得震天响，她琢磨着是不是文艺愤青干得有点忒狠，把三小姐弄上天了。就在这个时候，天花板出现硬物碎裂的乒乓声，接着传来急促的足音。阿宝手里捧着书，眼睛却怔怔地盯着天花板，恨不得那里装了个透视镜，能让她一窥究竟。阿宝想起和谭小磊交往的时候，这男人没钱没房没车，除了会讲笑话之外几乎一无是处，但阿宝自觉不能太挑，男人嘛，凑合就成，于是跟谭小磊上了床，她在他身上叫得像只懒猫，寡淡的体会几乎能让她睡着。后来，两个人都对做爱兴致锐减，只约出来喝茶吃饭，然后谭小磊就打车送她回家，挥手道再见。

阿宝猜想，如此麻木的恋爱状态永远不会出现在三小姐身上。如果她是小三，那么危险的恋情就令其容光焕发，如果她是小姐，那么在男人堆里打转的人生又该是多么牛？

"不要脸！婊子！"想到这里，阿宝忍不住对着天花板大骂。

刚骂完，阿宝家的门铃响了，阿宝内心霎时波动起来。这么晚了会是谁？强盗？反正她有猫眼，看到陌生人在这个点来敲门肯定不会开。谭小磊？那就最好，这家伙肯定是对她思念成疾，终于来道歉了。事实上，阿宝已经忘记当初是怎么跟谭小磊分手的了，好像也没有具体原因，自然而然就淡下来了。但是，阿宝心里始终坚信，他们分手绝对是男人的问题。

阿宝咬着牙套上睡裤，抱着暖水袋走到客厅，对着猫眼看了一下，猫眼上映着一只变了形的女人脸，睫毛特别夸张，双腮刷成了桃色，表情像是要吃人。

阿宝开门，看着三小姐问："什么事？"

三小姐说："物业来过好几次了，你都不在家，他们委托我半夜敲你家门，替他们收个物业费。"

二

原本阿宝完全可以大吼一声"关你屁事"然后关上大门，可她到底心虚，就这样怔住了，半天才憋出一句："你还欠我一包绿艾喜呢。"

三小姐倒也不怕生，虽然厚着脸皮往客厅里走，还换了双鞋架上的灰色男式棉拖鞋。那是阿宝给谭小磊准备的，现在分手了，鞋子就一直空着。三小姐就这样穿着谭小磊的拖鞋登堂入室，一屁股坐在沙发上，拿起阿宝的半盒蓝艾喜，抽出一根点着，吸了一口，皱眉道："真没味道。"

"没味道回家抽去！"阿宝心里这样想着，嘴上却没说出来，还很贱地把烟灰缸推到三小姐跟前，说："你是不是跟人吵架了？"

三小姐勉强笑笑，说："受不了他，男人到后来都这个德行。"

"什么德行？"

"臭德行呗！"

三小姐穿着一身粉樱图案的内衬绵丝绸睡袍，两条腿盘在沙发上，露出贴肤的肉色弹力打底裤。她的头发被一根黑色塑料圈绑在脑后，露出平滑的额头，皮肤很白，断指上的硬茧在奶黄色的灯光下散发出幽冥的气息。

关乎男人的德行，阿宝似乎和三小姐很有共同话题。

接下来的两个小时里，阿宝就一个劲儿吐槽谭小磊，他怎么个穷法，臭袜子三天不换，整天只会窝在她那儿打游戏，占用她珍贵的淘宝时间，就算出去吃饭，也会选在小区附近的一家肯德基，那些炸鸡块吃得她满脸爆痘痘等等。

三小姐就这么听着，一声不响吐着细软的烟圈，偶尔微笑点头。

事实上，阿宝已经在所有闺蜜那里都以同样的内容吐槽了谭小磊几百遍，直到闺蜜都听到吐，纷纷避瘟神似的避着她。但阿宝完全不自知，以为是闺蜜对她不够仗义，气到跟她们绝交。阿宝这个人，有问题从来不在自己身上找原因。

如今三小姐大驾光临，仿佛是上帝派来的天使，终于能让阿宝把已经吐槽了几百遍的郁闷再次得以释放。在她的心坎里，谭小磊永远都过不去，至少暂时还远远不能过去，直到她找到新的恋情。所以，三小姐耳朵里老回荡着"谭小磊"和"肯德基"。

阿宝唠叨了两个钟头之后，才想起来要关心一下三小姐的事，于是问她说："物业不会派你来帮他们收费的吧，你到底碰上什么事了？跟男朋友闹分手？"

"我没那么无聊。"三小姐摁灭烟头，环视阿宝的蜗居，喃喃道，"挺好，挺好的。"

好什么呀？又破又小！阿宝心里这样想着。

就在这个时候，阿宝家的门铃又响了，阿宝装出满脸诧异，兴冲冲跑到门前对着猫眼看了一番，果然是文艺愤青找上门了。阿宝回头，发现三小姐就站在她身后，竖起食指放在自己嘴上，示意她别出声，然后蹑手蹑脚地又缩回到沙发上去了。

阿宝想了几秒，还是打开门，只见文艺愤青一脸愧疚地站在那里，阿宝这才将此人长相看了个过瘾——长得不是很帅，鼻子特别大，几乎占据整张脸的四分之一，眼皮一只单一只双，身材细瘦修长，使整个人看起来英气十足。这种小青年，应该在摇滚乐队里做个鼓手，或者直接去尼泊尔做个独旅者。总之，格调如此别扭的男人不适宜出现在三小姐身边，要命的是文艺愤青偏偏跟阿宝说："不好意思啊，请问艾喜有没有在你这里？"

"艾喜是谁？"

"呃……是一个女的……"

"哦，原来是女的啊？还以为是条狗。"阿宝顿觉文艺愤青智商趋于负数，老实得比较奇葩。

"你怎么会想到她在我这儿？你又不认识我。"

"我不知道，我是打算挨个儿把六楼以下的门都敲一遍，碰巧敲到你这儿……"

"哦，原来如此……"阿宝表情严肃地点点头，"那你怎么就能肯定那女人在楼下某一户居民那儿遁着呢？"

"她穿了睡衣下去的，又没带手机，不可能走出这个小区。"

"那万一她去的是另一幢楼呢？"

"那就只有继续找……"

"好样的。"阿宝拍了拍他的肩，郑重道，"那就继续找吧！"

然后，她把门关上了。

沙发上的三小姐，已经笑得险些晕厥过去。

　　阿宝和三小姐就这样有了来往，当然，阿宝还是赖着物业费不交，三小姐来串门的时候摁铃总是三长两短，好让阿宝有个辨别。于是，阿宝也有了周末的意识，因为三小姐总是在周六、周日两天过来找她聊天，天南海北地吹一些不着边际的事情，比如三小姐说自己以前是个游泳运动员，后来因为伤了脚筋，就退出了游泳队，去到一家做水处理的公司上班。三小姐说到这个的时候总是抬起一条匀称的大腿，还稍稍用力挤出一块肌肉，以证明她讲的是实话。但阿宝不相信，抑或说阿宝根本没把三小姐的运动生涯放在心上，她还沉浸在失恋的阴郁之中，所以她基本上更关心自己。通常都是三小姐说上一两句，阿宝的回复更为简短，接下来的时间就成了阿宝的个人脱口秀，还没有任何幽默风趣的切口混杂，纯属蹩脚叙事外加自我感觉良好。

　　大抵三小姐也觉出阿宝的无趣来，所以她很多时候都在放空，偶尔接一句"哦？这样啊？然后呢"，阿宝就又开始滔滔不绝起来。这期间，三小姐始终不提文艺愤青的事，但她略微讲了一些西装绅士的情况，比如西装绅士和她是在去日本北海道的飞机上认识的，三小姐那时刚刚从游泳队退役，打算旅行散心，等飞机的时候在吸烟室吸烟，吸到一半突然眼泪就下来了，烟雾缭绕的吸烟室里只有她一个女人，还在哭，自然备受瞩目。西装绅士在登机口那儿递给三小姐一张纸巾，那姿态跟递上一枝玫瑰似的。至于吸烟室邂逅以后的事情，三小姐只字未提，全是阿宝一个人在往下编。

"你们肯定后来就好上了吧？他也是去北海道的吗？那地方挺冷的，正好相互取暖耶！用得着！用得着！现在你们还好着吧？这男的挺不错，可以结婚呀。你们什么时候结婚呀？他在哪儿上班？一个月拿多少？哦不，这样的男人，得按年薪来算的吧？真羡慕你能找到这样的年薪男，我告诉你，谭小磊这货啊，每个月工资才拿三千二。三千二欸！要是我跟他结婚，每个月还还房贷就够呛了，我这辈子就甭想用上宝缇嘉的包包了。唉！不过谭小磊对我倒是挺舍得花钱的，经常带我去日本料理自助，团一次每人要两百，他也用我身上了，你说这男人……"

三小姐抽着艾喜，再不说话。以至于告别之后，阿宝关上门，才想起来怎么就没问问三小姐关于文艺愤青的事呢？算了，阿宝骨子里其实并没有关心过三小姐那两个男人的来龙去脉，她只想找个人说说话。

次日下午，阿宝下楼去买泡面，在电梯间偶遇三小姐，对方盛装出行，眉毛画得又高又尖，口红油亮亮的，像是故意要刺激阿宝，三小姐当天夹在腋下的是粉红色绞绳背带的宝提嘉古董款包包，看得阿宝直撇嘴。

"包包真漂亮。"阿宝心里在滴血，脸上还是保持客气的微笑，甚至有点要讨好三小姐的意思。也难怪，要是三小姐都得罪了，她还找谁倾诉自己的失恋情伤呢？

"啊！"三小姐甩一甩飘逸的长发，笑着说："昨天听你说到宝缇嘉，就想起来这个包包很久没用了，都忘了，就带它出来见见天日。"

口气还真不小嘛！

阿宝更生气了，鼓着腮帮子默默诅咒三小姐的奢侈。总有一天，阿宝会想办法让三小姐再也笑不出来，起码不能笑得那么让人讨厌。

　　两人在楼道口分了手，各奔东西。三小姐大概是去约会哪个人的，阿宝买好泡面回房间翻了一下日历——哦，今天是周五，三小姐应该是去跟文艺愤青快活了，不会也是去吃日本自助料理吧？想到这里，阿宝气不打一处来，决定出门散心。

　　她换上最穿得出去的一件宝蓝色短款羊绒大衣，本来想套个兔毛外套，鉴于听说最近小区附近有个神经病看见穿皮草的女人就上前喷油漆，她决定还是不冒这个险，哪怕只是兔毛不是貂皮。她还化了个淡妆，用樱桃色唇彩，让自己的皮肤看起来娇嫩一些，然后拎出了生平买的最贵的一个包包——姬龙雪的，下三线品牌，两千块，是第一次跟谭小磊约会时为了显摆身价才咬了个痛指头去大商场买的，由于保养不利，包包早就被压皱了，皮面呈现便秘的表情。

　　但阿宝还是决定用这身行头装备出出风头，宅得太久，她其实根本意识不到这个世界已经不一样了。

三

　　脱下了珊瑚棉睡衣的阿宝，就这样自信十足地走在街上，她还去自动取款机上拿了两百大洋，决定慰劳自己这些日子以来的寂寞和辛苦。那一天，太阳特别大，照得人心醉神驰，由于气温依然很低，阿宝的膀胱在温差中猛烈收缩，终于有了尿意。起初她并没有在意，觉得可以忍。

　　大商场里上了许多冬装，都价值不菲，阿宝买不起，只能看，还一脸身价过亿的表情，与她的廉价穿戴严重不符。倘若她能随便瞅一眼售货员看她的表情，就会有自卑感，无奈她头仰得太高，肯定没发现。

空气里，浮动着阿宝廉薄的自尊心。

"请问厕所在哪儿？"阿宝问一个长得很有奶茶风的女售货员，她的胸很大，表情很清纯，看胸牌上印的名字是"汤玲"。

"那边，转个弯就到了。"售货员随便指了一下前方。

"左转还是右转？"

"左转。"

那售货员已经瞧出来阿宝不是这里的老顾客，所以挺了挺胸脯，面无表情。

阿宝觉得自己受到了污辱，但只能憋着尿迷茫地朝那个方向走去，她怎么也没发现那个厕所标志，眉头越皱越紧，柜窗里那些图纹斑斓的靓衫逐渐变得可恶，它们都在胸口咧开一个口子，嘲笑阿宝的笨拙。

后来，阿宝想起从前在楼上男装部给谭小磊挑西装的时候上过一次厕所，于是她银牙紧咬就上了楼，膀胱此时已鼓得像个气球了，但她觉得还能再忍个两分钟，足够她冲进厕所了。

结果，在厕所旁边的一个品牌展台上，阿宝碰上了形象极度陌生的谭小磊。

谭小磊起初是背对着阿宝的，之所以阿宝没有很快认出来，兼因这位前男友的头皮像灯光一样闪闪发亮，那个光头圆滚滚的，后脑勺皱起清晰而粗糙的纹路，那纹路还发出了声音——"这件不错，就这件了，我去上个厕所，等一下哈。"

是谭小磊的声音，在阿宝耳边粗声粗气地抱怨一档台湾综艺节目的时候，他也是用这样的腔调，一听就是俗人在讲话，而且是贫穷的俗人，典型的财小气粗。

阿宝下意识地缩了一下脖子，打算与前男友擦肩而过，然而已经来不及了，谭小磊回过身，与阿宝同往厕所的方向走去，他和阿宝撞了个正着，在厕所门口。

几个月不见，谭小磊除了发型之外，身材和面孔都有些走样，他比从前减了五公斤体重，下巴又尖又薄，眼睛却神采奕奕，面颊还有两坨诡异的红晕。不得不承认，他比和阿宝谈恋爱的时候帅多了，尤其那颗光头配上深色套头毛衣与皮夹克，居然接近到潮人的地步。毫无疑问，这是个走在大街上能创造大数值回头率的男人，从前那种因缺钱而畏畏缩缩的气场不见了，取而代之的是某种轻松的率性。

"你好吗？"谭小磊在洗手台问阿宝。

"嗯，待会儿再讲。"阿宝急着上厕所，何况谭小磊现在的帅度让她浑身不舒服，所以她只想尽快把这桩偶遇从脑子里抹掉。

"呃……"谭小磊抓了抓光溜溜的头皮，一脸为难地说："还好见到你了，有个事跟你讲一下。"

"什么事？"阿宝的膀胱快要爆炸了。

谭小磊像是没阿宝那么急，他吞了一口唾沫，顺便转过头照了照镜子，像是对目前的模样很满意，笑着说："那个钱什么时候还我？"

"什么钱？"阿宝已经憋得头脑都在抽搐。

"分手的前一个月，你跟我借过两千块，说是过两天还给我，但是……你后来一直没还。"

"还有这事儿？"

阿宝竭力装出一脸茫然，其实心里比谁都清楚，她的确跟谭小磊拿过两千块，那时候她正生着病，觉得应该让男友正儿八经照顾他一下，于是苦着脸跟谭小磊借钱，她以为这个数目应该不用还了，所以分手的时候已经假装完全忘记了。

两千块，算个鸟？只够买两瓶迪奥香水，香型还是基本款。

然而，这辈子都没用过迪奥香水的阿宝还是觉得很窘迫，她希望上完厕所再跟谭小磊好好说说这个事，事实上，她更希望上完厕所的时候谭小磊已经消失不见了，就跟她借的两千块大洋一样。

"反正这钱你得还给我，要不然……"

"要不然怎么样？当时咱们在谈恋爱，我又病得不轻，难道男朋友花钱安抚一下女朋友不应该吗？"阿宝气得脸都红了，更要命的是——她真的很想上厕所。

"恋爱是一回事，钱的事咱们还得算清楚。一码归一码。"

面对谭小磊的冷酷无情，阿宝恨不能一把抓住他的头发把他往洗手台的瓷砖上猛撞三百六十下，但谭小磊现在已经没有头发了。

"谭小磊，做人不要太过分，咱俩谈了大半年，你说你给过我什么了？啊？不过就是吃了几顿饭，咱俩都没坚持到情人节，所以你连送情人节礼物的钱都省了。那两千块你现在还抓着不放？你是不是男人？"

"钱是钱，礼物是礼物，还是要分开算的。"

"真不知道我当初怎么看上你的！呸！"

"你咋不问问我当初怎么看上你的？"

"愿闻其详！"

"因为……感觉泡你的花销会比较省……"

"你……"

阿宝只觉一股热流疾速从膀胱倾泻而出，牛仔裤开始收缩，紧紧贴附在大腿内侧上，恍惚中有一只看不见的手解开了她的束缚，身体刹那放松，头脑也不再打颤了。但是，尿液流到脚踝的时候，阿宝还是直愣愣地瞪着谭小磊，她不敢低头看自己的裤子，更不希望谭小磊知道她失禁了。

"咱们上完厕所再说吧。"这时，谭小磊讲了一句晚到的话。

"神经病！"阿宝终于开骂，她已经顾不得被尿液浸湿的牛仔裤，尤其是尿液变凉的时候皮肤特别难受，她已经预感到如果不及时换条干净且干燥的裤子是无法走出商场了。可是，哪个柜台的长裤价格能低于两百块呢？

阿宝就躲在厕所里不敢出来，她也想过用厕所的烘干机把裤子烤得勉强能见人，然后溜出商场。电影里的女主角们无论胸前被泼了多浓的咖啡，转个身进到厕所以后，出来都仍然保持亮丽光鲜。但是，要阿宝只穿一条三角裤站在烘干机前把裤子上的尿迹吹干，那她还不如直接去精神病院自首得了。

所以阿宝很挣扎，她坐在马桶盖上迟迟不敢起身，只等周边所有的冲水声都结束了，确定厕所内空无一人的时候，她才探出身子，光着两条腿蹑手蹑脚走到洗脸台前，偷偷烘起裤子来。

就在阿宝手上的牛仔裤刚刚有了一点暖意，厕所门开了，进来的是个女人，手里拎着今年的新款寇驰包，指甲上贴满了亮晶晶的水钻。

"你看起来像个胖子，腿倒是长得挺苗条。"三小姐居然还吹了一记口哨，这让阿宝更加确信她不是小三就是小姐！

四

因为不肯碰尿，更不想弄坏指甲上的水钻，三小姐为阿宝买了一条价值八百多块的牛仔裤，裤子很紧，比阿宝原来穿的要小一个尺码，但是很合身，把她的双腿绷得又细又性感。阿宝赶紧把尿湿的裤子丢进了垃圾桶，踩着招摇的步子和三小姐一道走出了厕所，结果很快风光就不见了，阿宝发现谭小磊居然就站在厕所出口处的过道上等她。

"那个……"光头的谭小磊看了一眼三小姐，目光瞬间变得柔和了，这是所有男人偶遇美女时的统一表情。

"你好，请问还有什么事呢？"阿宝心里在打鼓，但仗着有三小姐在，她谅谭小磊也不敢当着美女的面跟她要债，那也太自贬身价了，才两千块欸！

"钱的事……"

"下次再说！"

阿宝顿时气得满面通红，拉着三小姐就往电梯走去，谭小磊下意识地在后头跟了两步，然而还是停下了，阿宝忍不住回头看他，发现有个剪短发的女人走到他身边，挽住了他的胳膊。

"那个人是谁？"三小姐问。

"姓浑，名蛋。"阿宝恶狠狠地回答。

"哦！谭小磊就是他啊！"三小姐笑了。

回家之后，阿宝即刻上网银查了自己的账户，只剩一千四了，还真是个要死的数目。如果把八百六还给三小姐，她都挨不到这个月底，何况过年回家还得给爹妈买点东西，否则根本无法掩盖她是无业游民的秘密。如此说来，三小姐的钱还暂时不能还，谭小磊那两千块呢？当意识到自己成为香港人口中的负家产时，阿宝彻底绝望了，她老实到当年连信用卡都不办一张，没有尝过刷爆快感的女人，如今还债务缠身，阿宝一下子就想到了港片里那些门上被刷了血红大字的高利贷欠债者。怎么办？阿宝眼前一片黑暗，她开始体会到什么叫绝境，就算把下个月要交的房租当空气，她也接近真正的"一无所有"了。

找工作！阿宝又满头大汗地投出了几十份求职简历，虽然她一直不认为一个年届三十又未婚的女人能在这种招聘游戏中占到什么便宜，但好歹也是个自我安慰。她清楚这种懒人宅居的情形已经快走到头了，再不改变现状就得上街要饭，穿着满是尿迹的破裤子。

但是，当第二天空调外机上又出现几个深褐色荷兰牌子的烟头时，阿宝依然缩在被窝里看《步步惊心》，宫斗波云诡谲，宅女黯自神伤。阿宝很想穿越到另一个时代，在那儿没有三小姐，没有谭小磊，她也不会欠任何人的钱。极度的焦虑令她盯着小荧屏的时候手心都在不停出汗，身上却冷冰冰的……

就这样暗无天日地混到了礼拜天，三小姐来敲阿宝家的门了，她披着一头湿漉漉的发，把一包绿艾喜递到阿宝手里。

"怎么不吹干？不怕感冒呀？"倒不是真的关心三小姐的健康，而是三小姐湿发的样子尤其妖艳，皮肤被黑亮的发色称得格外娇媚，让阿宝有些受不了。

"吹风机坏了，来借你的用。"

"今天不出去呀？"

"嗯，休息。"

阿宝想起来，今天是三小姐的休息日。

三小姐在卫生间吹头发的时候，阿宝在外面如坐针毡，看三小姐这架势，虽然不像是来催她还钱的，可到底还是会气短三分，才八百多块，又不是巨款，正常人早就还了；抑或阿宝也可以装傻糊弄过去，但这样恐怕会更让三小姐看不起。

三小姐就这样堂而皇之地走进阿宝的屋，用了阿宝的吹风机，然后将微卷的长发轻柔甩动，坐上阿宝的沙发，喝掉阿宝放在茶几上的最后一盒牛奶。

　　因为那八百六的债务，阿宝屁都不敢放一个，就眼睁睁看着三小姐登堂入室，她还得赔笑为她递上打火机。

　　"那牛仔裤的钱要给你的。"

　　挣扎了很久，阿宝才红着脸去掏包里的皮夹，她已经打算好了，假装翻一翻皮夹里的三张十块钱纸币，然后满面尴尬地小声惊叫："呀！现金没那么多，下次我送上来吧。"估计三小姐也肯定会非常礼貌地回一句："小钱而已，不急的。"

　　但是，偏偏阿宝刚刚把现编的台词念完，三小姐回的那一句却是——"超市旁边就有个自动取款机啊，我在这儿等你。"

　　这下，阿宝身上每个细胞都僵硬了，她只得怔怔地看着自己的钱包，然后怀着万分悲壮的心情抽出那张薄薄的储蓄卡，打算把最后一笔钱取出来。颜面很重要，阿宝不想失去，尤其在三小姐跟前。她是良家妇女，在节操上不能输给任何一位小姐抑或小三。

　　阿宝就这样拿着卡下楼取钱，当机器吐出九张红彤彤的纸币时，她都不敢按回去查看一下账户余额，因那可怜的数字是她不愿面对的。

　　拿着九百块，阿宝回到五楼，敲了半天门不见有开，她意识到三小姐已经离开了，还好心替她锁了门，但好心也往往办坏事——阿宝没带钥匙。

　　"这是钱。还有，能不能把手机借我用用？"阿宝把钱递给三小姐的时候手都在发抖，更要命的是她不知道要找谁开门。打110来撬锁？这个月她已经报了三次110了，再这样下去，110的警员都要跟她收开锁费了。让老爸来开门？两老远居郊外，根本不可能。阿宝想到能替她开门的，就只有谭小磊，分手的时候这家伙没有把备用钥匙还她，抑或讲是忘记还她了，所以谭小磊是她最狼狈的一线生机。

就这样，阿宝借三小姐的手机给谭小磊打了电话，然后坐在三小姐家里，手掌心攒着她找她的四十块零钱，陷入了沉默。

三小姐的客厅贴着淡金色墙纸，餐桌旁边的墙壁上嵌了一个鱼缸，两尾热带鱼在里头游得有气无力；鲜红的真皮沙发上堆着两个白底绣明黄色雏菊的靠垫，碧青的实木地板泛出幽冷的光；阳台上摆着一株半开苞的牡丹，还有摇钱树之类的盆栽，比阿宝阳台上的多肉植物气派多了。阿宝偷偷瞟了一眼三小姐的卧室，里面只有一张床和一个红木梳妆台，像是用婴儿油擦过一般闪亮，胭脂色床单弥漫罂粟的气息。这是个肉欲满满的房子，阿宝可以想象西装绅士和文艺愤青走进这里的样子——他们站在玄关处急吼吼地脱掉鞋，将三小姐压在鱼缸上狠狠亲吻，然后将她抱起来大步流星走向那张床，将三小姐丢在那堆胭脂里，三小姐身上的睡衣带子顺势脱散，露出一堆颤动的白肉，那是让所有男人都会勃起的白肉，他们从她的白肉深处汲取酡红的汁液，事后再拉开窗帘，打开窗子，靠在那儿抽根烟，把烟头丢到阿宝的空调外机上……

装修真是太俗了！

幻想到这里，阿宝便强行关闭掉了。她垂下头盯着手里的两张二十元纸币，纸币上的汗渍里充满了对三小姐的恨意。

半个钟头以后，三小姐的手机响了，是站在楼下阿宝公寓门口的谭小磊要找阿宝。

"啊，阿宝在610，你上来吧。"三小姐说完便挂了手机。

阿宝心里更恨三小姐了，她为什么不能跟阿宝说一声，让她自己直接下楼去呢？现在倒好了，谭小磊还得上来参观三小姐的满堂金玉，那算什么意思呢？

　　然而，谭小磊已经来了，他一脸尴尬地站在三小姐的门前，光溜溜的脑袋上压着一顶牛皮鸭舌帽，眼睛上的阴影把他衬得很好看，这种好看是阿宝从前没见过的。看到美女，每个男人都会不由自主地帅三分，就跟女人碰见帅哥的反应是一样的。

　　阿宝急急地将谭小磊推进电梯。

　　在电梯里，谭小磊说："这女的是谁啊？房子搞得跟人一样不正经。"

　　"不关你事！"

　　男人只有对哪个女人产生兴趣了，才会有意无意地提起她。阿宝虽然脑子不灵光，但这点分辨能力还是有的。尤其她特别了解谭小磊，这个男人总是不停抱怨苏菲·玛索的乳房上长的痣很难看，却把她主演的情色片看了好几遍。

　　有谭小磊在，阿宝恍惚觉得自己又回到了过去，那时她还有没辞职，和谭小磊的恋情也很稳定，每次他送她下班回家，就会埋进沙发里掏出手机翻看微信朋友圈，然后把所有人转发的笑话和心灵鸡汤都读给阿宝听。现在，谭小磊又坐在沙发上了，只是他没有再念那些"女人应该如何爱一个男人"之类的狗屁文章，却跟她聊起了一个残酷的话题——还钱。

　　"不就两千块么？没有它你还不活了？"想到刚刚付给三小姐的九张纸币，阿宝就一阵肉痛。

　　"最近手头紧。"

　　手头紧？阿宝瞪了一眼谭小磊头上的帽子，恨不能把它扯下来抽他的脸。

"过几天吧，等我找到工作……"

"阿宝啊……"谭小磊抬起头，用一种看绝症病人的目光审视她，"都到这个年纪了，你还没长大啊？"

"不关你事！"

谭小磊点头道："没错，你现在什么都不关我事了，先不说那两千块。你说你混到现在这个地步……"

"我他妈混到什么地步了？我他妈混得再差，起码还有吃有住。你谭小磊有什么？连个车都买不起，现在还骑小电瓶呢！你有什么资格说我？不就是两千么？我他妈砸锅卖铁都还你！算个屁啊？"

阿宝把手里那四十块钱往谭小磊脸上砸去，皱成两团的纸币在他帽檐上弹了一下，又落到地板上。

谭小磊张了张嘴，什么也没说，只是环顾四周，像是要在空气里找条缝撑开，再钻进去。阿宝已气得脚底都在燃烧，她感觉心脏快要爆炸了，呼吸里都渗透着暴烈的火花。阿宝很久没有这样发泄过了，和谭小磊分手的时候都是憋着情绪的，怕自己失态，怕让人看笑话，甚至怕会被谭小磊看不起。她的自尊与自卑轮番上阵，活生生把她逼进死角。

就在阿宝快要崩溃的瞬间，外头奇迹般地响起了敲门声，阿宝像是没听见，此刻她只想用眼睛里的怒火把谭小磊烧死在这里。谭小磊却像是捞到了救命稻草，疾步走到玄关，打开门，然后看到了救星三小姐，以及三小姐手里的一叠纸币。

"两千是吧？你点个数。"

五

三小姐成为阿宝的准债主后，阿宝感觉轻松多了，欠三小姐的钱总比欠前男友略微光荣一些，尽管早晚得还。但吃不上饭的问题似乎更为紧迫，阿宝变得更宅了，因为出门就得花钱。突然之间，阿宝发现爱情与事业都是如此虚幻的东西，像三小姐唇边的口红，说着话就褪色了。她的生活也在逐渐褪色，无非一场不是病的病，把她的懒虫勾出来，就一蹶不振，仿佛被人一个过肩摔之后倒地，就再也爬不起来。阿宝把一日三餐改成一天一顿，经常装一肚子的防腐剂食品，她看过一个日本电影，里面的女主角专吃防腐剂食品，希望用一肚子防腐剂把自己防腐，以为这样就可以不老。五天以后，阿宝的手机欠费了，她没有去续费，而是拿最后的一百块买了两箱速食面和一包薯片，顺便打开邮箱看是否有招聘单位回信让她去面试。连艾喜烟都已经买不起了，被淡薄的烟瘾困扰，阿宝变得抑郁了，灵魂像堵塞的抽水马桶，怎么也通不了。

经常的，阿宝上完厕所后就盯住卫生间外面的空调外机发呆，那里的利群烟头和荷兰烟头堆在一起，她一次都没有清理过，烟头里除了尼古丁，还有三小姐的情欲在尖叫。

若非三小姐跑来请她上楼去吃家常火锅，阿宝都已经忘了她还欠着她两千块的事。虽然只是用电火锅煮起来的一堆青菜豆腐加贡丸，阿宝还是吃得很满足，她想不起有多久没补充过维生素了，生菜的脆感与食物的温度终于让她感觉到自己尚存人间。

三小姐吃得很少，眼前的盘子里几乎没什么油渍。阿宝极讨厌食量小的女人，在她的眼里，那种女人都特别有心机，像在嘲笑受欲望控制的自己。

"我说，那两千块……"

终于来了！阿宝嘴里的包心贡丸险些噎在喉咙口下不去了。

"我会还的，等找到工作以后，要不然我先把手机……"

"那两千块不用还了。"

啊？阿宝以为自己听错了，同时咽下了那粒丸子。

"有条件的。"三小姐的迪奥香水气味透过火锅的烟雾直逼阿宝鼻腔，"我们交换一下住处吧。"

三小姐的免债条件很奇葩，要求和阿宝交换生活。这种所谓的交换体现在交换住处上头，也就是说，从明天开始，阿宝住610，三小姐住510，两个女人除了把各自钱包和化妆品搬移以外，其余一切都留在原处。依然是楼上楼下，只不过换了女主人。

这个时候，阿宝才开始认真检查三小姐的房子，打扫得不太干净，但也不脏，地板上那些深深浅浅的脚印也没怎么擦过，阳台却给人一种眼明清亮的感觉。三小姐的衣柜里有满满一排皮草，下面垫着香软的薰衣草图案的抽屉纸，混合有樟脑味令人作呕的强烈气味。鞋柜里都是十公分左右的高跟鞋，鞋头多数镶着假珠宝，怎么看都是在夜场混过的迹象。梳妆台上的兰蔻护肤品瓶子里装着高低不一的乳液，阿宝拿起一瓶来擦，觉得皮肤恢复了一些生机，深色床单看不出脏来，但能闻到可疑的气味，保险起见，阿宝还是换了新的——奶黄色条纹图案，她躲在里面，自觉像个新生的婴儿。

虽然三小姐连牙刷牙膏都带到楼下去了，却偏偏把一堆施华洛世奇的首饰兼一个金挂坠项圈留在梳妆台底层的红盒子里，阿宝翻出来戴了又戴，又放回去了。她依然打心眼里看不起三小姐，那女人完全不懂什么叫时尚，或许是把时尚和奢侈混为一谈了。更让阿宝心惊眼热的是，书架上那一排列得整整齐齐的《世界通史》，她抽出一本翻了翻，居然最前边的部分还有许多连页没有被裁开，显然那只是一种摆设。三小姐的电脑也很没用，除了D盘里的一堆A片，基本上就没剩下什么了。不像阿宝自己的电脑里，起码还有《爱在黎明破晓前》和《雪落青松》这样的片子。阿宝撇着嘴，在心里鄙视那个女人，她除了囤有一堆金粉之外，几乎一无所有，却能同时享受两个不同风格类型的男人的呵护。现在的男人都怎么了？清一色的视觉系动物，品位还都那么差。

阿宝埋进床单里，顿感一阵暖意袭来，三小姐的床垫很厚，比阿宝自己家里的床温暖多了。她还是能在缝隙里闻到迪奥香水的气味，还在枕头上发现了一根三小姐的头发，就紧贴在枕头面上，她将头发捻起来，丢进了垃圾桶。

次日，阿宝洗干净昨天吃过的电火锅和所有盘子，把它们擦得亮亮的，然后拖掉了地板上的脚印，连拖鞋底都擦得一尘不染，她希望这里有一点属于她自己的气息，整洁而规律，睡衣都码成一堆，放在沙发角落里，因为不确定它们是不是都被穿过了，反正她坚决不想为三小姐洗衣服。

周一晚上七点半，三小姐家的门铃响了，阿宝开了门，看见文艺愤青头上绑着一根蜜糖色发带，身上的皮夹克闻起来像一堆干草。

"呃……"文艺愤青即刻把门合上，三秒钟之后又打开了，抓着头皮喃喃自语，"没走错呀。"

"是，没走错。"

阿宝嘴里含着一口酸奶，含糊不清地向文艺愤青解释道："艾喜有事出去了，让我替她看房子呢。"

"哦，那我能进来吗？"

原以为文艺愤青会说"那我下次再来"，未曾想他居然要求进屋。鉴于阿宝对这位脑残青年产生了莫名的好感，所以她不介意跟他聊聊。

结果文艺愤青进来就开始翻箱倒柜，把梳妆台每个抽屉都打开撸了一遍，动作又急又快，有些丧心病狂，阿宝站在客厅，不敢踏入卧室一步，反正此人翻的是三小姐的东西，与她无关。

当文艺愤青拉开衣橱一件件往外扔皮草的时候，阿宝终于忍不住了，她大吼一声："住手！否则我就报警了！"

文艺愤青怔了一下，果然停了手，抓着一件紫色狐狸毛披肩走回客厅，道："艾喜就派你来应付我呀？"

"艾喜只是出门了，让我看着房子，不是来应付你的！你想干吗？抢劫？抢劫的话就抢个彻底，连财带色一起劫！"

阿宝已经太久没有做过爱了，性压抑的女人说话通常都不经大脑。

文艺愤青当下果然被阿宝的气场镇住，他长叹一声，从屁股后袋里掏挖出一张纸，拍在阿宝额头上。阿宝从额头上拿下纸片，发现那是一张借条，大致内容是"胡艾喜于二零一三年一月三十日向陶立借现金二十万元整，承诺在半年内还清"，如此算来，还款期限早就过了，"胡艾喜"的名字上那枚褪色的紫红指印轮廓清晰，煞是庄严，跟她本人那摇摆不定的腔调完全联系不起来。

"这……这么说……"

"再不还，我就活不下去了。"陶立气鼓鼓地道。

"所以你每周一、三、五都来找艾喜要钱？"

"对！"

原来那吵架似的叫床声不是叫床呀！不知为什么，阿宝心里默默松了一口气，遂浮生幸灾乐祸的快感来。

"艾喜不在，她的东西不能乱动，否则她回来后让我赔怎么办？"

"这个……"陶立很认真地考虑了一会儿，然后默默转身，把地上的皮草一一捡起，开始往衣橱里放。阿宝由此断定，这愚蠢青年永远也不可能要回那二十万了。

那一晚，阿宝过得很爽，她翻出艾喜食品柜里最后一瓶黑方，和陶立对饮。陶立酒量不好，一小杯下去便红了脸，眼睛却异常明亮，那种文艺青年身上很普遍的孩子气泄露无遗。酒总是能剥皮的，陶立的话也开始变多了，他絮絮叨叨讲了许多事情，都是关于欠债人艾喜的。

也许在陶立看来，跟阿宝这样的陌生人聊天更为放松，所以他什么都说：三年前他开了一间陶艺坊，艾喜是他第一个客人。不知道是不是断了一截指头的缘故，艾喜做拉胚的手劲特别猛，经常毁型，但只要做出来就是意想不到的艺术品，有只绿色的陶壶罐甚至还被人买走当茶器了。那时的艾喜没有现在那么浓艳风尘，她经常不化妆，光着眉宇，穿条皱巴巴的塔夫绸连衣裙就过来了，头发胡乱地盘在脑后，细碎的发丝在陶车的震动中一缕缕松散下来，遮住她的眼睛；艾喜那时好像很穷，斜背着一个表面满是划痕的粗猪皮包，付学费的时候能瞅见皮夹里的纸币永远不会超过三张。但陶立需要这样的客人，她让他想起自己在印度流浪的那段炎热时光，街道上充斥着浓郁的廉价咖喱味，每个人脸上都刻满阳光的纹路，一颦一笑之间生存的苦难便滴漏出来。艾喜就是有这样的表情，这样柔弱中凝聚倔强的风骨，像陶立店里的一株兰花，她一来，那里便有了幽香。但是有一天，艾喜突然走到摆放学生作品的展示架前，把她做的那些瓶瓶罐罐拿出来，一个一个掷在地上，碎片在陈木地板上发出愉悦的声响，周边客人的讶异神色随着艾喜的手势也一一跌碎了。就是那一天，陶立决定和艾喜做朋友，大学刚毕业时，他缩在公交车站台的长椅上，也有摔碎一切的冲动，从那以后他才认识到这个世界根本不需要艺术家，他们的归宿最多是做个室内装修设计师，甚至替人家做做广告横幅。

在一起清扫地板上的碎片时，艾喜跟陶立说："我要结婚了。"

"结婚是好事啊，为什么要砸东西？碎碎平安吗？"

"因为我想尝尝把幸福摔个粉碎的滋味。"

陶立即刻感觉艾喜很酷，他不敢想象婚后的艾喜是否会幸福，但有一点可以肯定，那些彩色碎片已经刺痛了他的心。

"我没有爱上她，一点也没有！我就是欣赏！欣赏你懂吗？"陶立急急地跟阿宝解释，然后又灌了一大口黑方。

"嗯嗯，继续继续。"阿宝抽着艾喜烟，没有要打断陶立的意思，她还等着看这部肥皂剧接下来的狗血情节。

艾喜后来很长一段时间都没有去陶立的店里做陶，就在那时他财运渐通，热爱做陶的小资在这个城市亦愈来愈多，他甚至已经打算和大学时代就在交往的女友谈婚论嫁了，沉浸在幸福里的陶立，理所当然地把艾喜忘记了。他过得很滋润，也觉得自己特别高端，一个开陶艺店的男人，实在太文艺太拉风了。就在陶立打算向女朋友求婚的前一晚，艾喜来了，她变得陌生而精致，手里的鳄鱼纹包包上挂满金灿灿的金属环，化了妆，口红颜色很深，那棕色有点骇人。虽然两人面对面寒暄了好一阵，陶立还是不太确认眼前的女人就是当初云淡风轻的艾喜，她气质变得尖锐了，周身透着霸道和仇恨。仔细观察，才发现她整了容，下巴垫长、鼻子也拔高了，两道眉毛又尖又细，简直能扎死人。

毫无疑问，当时的艾喜应该很有钱了，陶立这样在心里下了判断。

孰料艾喜却跟他说："能借我点钱吗？"

"这女人是什么情况？借钱的理由是什么？"阿宝努力掩饰喜悦之情，继续盘问陶立。

被酒精全面入侵的陶立像是被呼啸的冷风刮过，突然表情变得沮丧起来，缓缓说道："理由是怀孕。"

陶立永远记得艾喜解开羊绒大衣扣子、露出半个西瓜大小的肚皮的那一瞬间，先前犀利的气势顿时矮了半截。毫无疑问，艾喜怀的是她丈夫的骨肉，但陶立完全不明白这跟借钱有什么关系。

"我离婚了，净身出户，需要钱，要不然没地方养孩子。"

这一番简洁明了的说辞彻底打动了陶立，尽管艾喜已经不是从前的艾喜，但陶立还是一成不变，经营陶艺店保持住了他纯真的品格。所以陶立把要还之前押土地证贷来的二十万，全数交到了艾喜手里。

"等等！"阿宝强咽下一口酒，竖起一根手指道，"艾喜有小孩儿？她不是一个人住么？"

"对！我他妈的被一个靠垫给忽悠了！因为她不还那二十万，土地证拿不出来，店被收走了，女朋友也掰了！女人真他妈都是势利眼！"陶立恶狠狠地将杯子甩落，地上瞬时绽放水晶之花，碎落一地的样子不知可否让他忆起当初自己店里那一地陶片。

阿宝无法想象当年的艾喜素着脸，站在一家阳光下灰尘曼舞的店铺中高举陶罐的情景，那时的艾喜究竟是什么样的女人？她当年得清新到什么地步才能用猪油脂蒙住了一位文艺愤青的心眼？

陶立离开的时候，阿宝把三小姐的所有皮草都拿出来，装了满满三大环保袋，连同一个沉甸甸的金挂坠递到他手里，然后说："小小利息，不成敬意。另外，不准再在我家空调外机上扔烟头了！哥！"

六

西装绅士这种人在阿宝心里的男人等级排行榜中大概放在倒数第二位，谁会喜欢一个穿得人模狗样背地里却喜欢到处乱扔烟头的"绅士"呢？对方如果是古惑仔或者摇滚歌星也就罢了。所以到了周二，阿宝就决定戴上耳塞做十字绣，坚决不给西装绅士开门。然而，到了晚上六点，响铃五下之后，门对面那个人却说了声"有快递"，阿宝只得拔下没用的耳塞，光着脚跑出来开门，于是和手里抱着一个快递包裹的西装绅士来了个正面对决。这位西装绅士架着秀气如GAY的无边眼镜，五官非常端正，鼻头尖细得像女人，还有一点点可爱的双下巴，可那不并代表他胖，身材还是匀称的，胸前口袋里还插了一支Visconti钢笔，蓝色树脂浇筑的笔身露出半颗奢华的小脑袋。阿宝猜想，如果现在此人正在哭泣，估计会掏出一块高端大气上档次的名贵手帕拭泪罢。

"呃……"西装绅士看到开门的阿宝时，脸上的表情跟陶立一模一样，但他显然智商要高一些，很快就搞清楚了状况，"这位女士，你好。我找艾喜，请问她在吗？"

"艾喜出门了。"

"什么时候回来？你是她的朋友？"

"不知道她几时能回来。"

阿宝刻意忽略了西装绅士的后一个问题，她根本不敢承认自己跟那女骗子是朋友。

"我……能进来一下吗？"西装绅士显得有些尴尬，说这句话就跟吐铁钉一般艰难。

"她欠你钱吗？"阿宝主动拿过西装绅士手里的快递包裹，掂了一下分量，还挺轻的，肯定又是围巾之类没用的东西。

"没。"

"那就别进了，改日再来，来之前先打个电话给她。"

西装绅士终于急了，红着脸道："能让我上个厕所么？"

事后回想起来，阿宝至今都觉得把西装绅士放进来解决内急是个天大的错误，但当时她只当自己是动了恻隐之心。所以西装绅士在排尿的时候，阿宝就对着关闭的厕所门唠叨道："我说这位先生啊，你知道什么叫素质吗？能不能别再把烟头从窗口往楼下丢呀？搞得人家空调外机上全是！你猜我在这儿找到几个烟灰缸么？五个！整整五个欸！你说你们这些男人是有多……"

西装绅士从厕所出来的时候，阿宝正穿着淘宝爆款的珊瑚棉两件套睡衣，唾沫横飞地给他上课，也不管对方是不是在听。

"我打过她手机，她……不接……"西装绅士的声音很轻很轻，像是说给他自己听的。

"那过几天你再来吧。"

"她真没告诉你她要去多久？真没告诉你她去哪儿了？"西装绅士显然对阿宝充满了不信任。

"她没告诉我这个，就像你都进来这么久了，还没告诉我你是她什么人。"

"我是她什么人不重要，总之我知道这里的房主叫胡艾喜，至于你就有点可疑了，刚才一直在叨唠外机上被人丢烟头的事吧？说明你就住在五楼，你跟艾喜什么时候认识的？她为什么让你给她看房子？要是这儿少了什么东西找谁算呀？她这人头脑简单，保不齐什么时候被人骗了也……"

"呸！呸呸呸！"阿宝终于爆发了，"先生，麻烦你搞搞清楚到底谁是骗子呀？要不是艾喜哭着喊着求我给她看房子，我他妈愿意整天楼上楼下瞎跑呀？再说了，你见过穿着睡衣入室行窃的小偷么？看你西装笔挺跟模仿《金装律师》男主角似的，整天脑子里就是男盗女娼，什么玩意！"

即便在盛怒之下，阿宝还是拥有女性最基本的说谎能力。但是，很快她就绷不住了，因为西装绅士正直冲卧室，并迅速拉开梳妆台上的每一个抽屉，翻开里边的每一个首饰盒，看得出来，此人对这座房子里的每一个边角都很熟悉，也清楚艾喜把值钱的东西塞在哪儿；翻完首饰盒之后，西装绅士又利索地拉开了衣橱大门，一对镜片背后的眼睛跟超市扫码枪似的；搜查艾喜的卧室，他只用了两分钟时间，阿宝不明白怎么这两个男人都习惯在同一个女人的睡房翻箱倒柜，究竟谁是小偷？

"拿出来。"西装绅士的面孔已变得铁青，一边向阿宝伸手，一边掏出自己的手机，"要不然我报警了！"

"什……什么意思？"阿宝亦不由紧张起来。

"艾喜的一件金首饰不见了，衣橱里一排皮草不翼而飞。这位女士，麻烦你尊重别人拥有的东西，不要随意掠夺！"

阿宝顿时头顶心扫过一阵凉风，没错，她确是动过艾喜的东西，非常慷慨地送给了一位喝得烂醉的文艺愤青，甚至都没来得及跟对方扫个微信好友。

"这位先生，麻烦您也别随意污蔑他人的品行好吗？你怎么知道金首饰和皮草不是艾喜出门的时候带走的呢？再说了，您见识过偷了东西还一直待在失主房子里等着被某个神经病发现然后报警的盗贼没有？"

阿宝只能硬着头皮把戏演下去。

"这位女士，如果艾喜要带走那么多皮草，必须得拎上她的大旅行箱，那箱子还好好地放在衣橱底下，说明她不会出远门，更不可能穿着一堆皮草出门。我虽然没见识过偷了东西还留在原地等着被抓的盗贼，但这个世界上还有一种生物叫变态，入室行窃、杀人，以满足自己扭曲的欲望，他们中很多人甚至全身赤裸在被害人的房子里待上好几天，所以有些罪犯穿睡衣行凶也不是不可能。再说了，艾喜的手机从来没有联系不上的时候，除非……"如果没有那两个镜片，可能西装绅士眼里的寒光能让阿宝冻死当场，他一字一顿地吐出了带血的三个字，"她——死——了！"

倘若换了平常，阿宝一定会拎起西装绅士的一只耳朵，抽他两巴掌，然后把他拎到五楼，敲开自己家的门，把他交给艾喜，再补上一句："姑娘，你自己跟这个神经病玩吧，老娘不干了！"

但是，一想到成堆的皮草、沉重的金坠子，以及拖欠至今的两千大洋，阿宝即刻气短十分，她长叹一声，道："不瞒你说，我知道皮草和首饰的去向。但是，请相信我绝对没有杀人！"

"我相信，这里没有一点杀人现场的血腥味。"

"你闻得出来？"

"当然，职业习惯罢了。"

"你什么职业？"

"资深律师，处理各色经济案件和刑事案件。"西装绅士掏出一张铂金镶边的名片，双手微托，递给阿宝，阿宝接过名片看了一眼，上面印着"宋世锋"三个字。

于是乎，西装绅士卓越的口才、低调的奢华形象，以及敏锐犀利的做派瞬间有了一个重要依据。阿宝其实知道这个人，八年前网上传得沸沸扬扬的一宗亲生女弑母案让此人一举成名，原本那案子很简单，母亲赌博成瘾，把家里能输的东西都输光了，为了翻本，她提出要刚刚大学毕业的女儿去卖淫，女儿不从，与母亲起了争执，最终酿成血案。虽然是情节严重的杀人案，但舆论纷纷倒向了凶手一边，大多数人都认为那恶母活该被剪刀捅死，所以辩护律师如何让凶手摆脱死刑变得万众瞩目；正是宋世锋接了这个案子，并用华丽而煽情的堂辩让那可怜的女孩免于一死，只判了十年有期徒刑。当时阿宝还年轻，亦是激进的网友，在论坛里不停为那女孩喊冤，与众网友团结一心，誓要给凶手一个公平的判决。所以当庭审结果出来的时候，阿宝还跟几个朋友找了家小饭馆大醉一场以示庆祝，搞得好像这场胜利是全靠她争取来的。与此同时，她也不停跟人家说："什么歌星影星韩星日星，全是狗屁！宋世锋才是我的偶像！"

的确，虽然媒体一直未公开宋世锋的照片，但阿宝还是凭着一腔热血收集到了这位偶像的一些人生点滴。比如知道他平素行动低调，然而口才卓越，喜欢亲自到案发现场勘察，甚至好几次在法庭上揭露了真相，为被告沉冤昭雪。这才是真正的男人，有智慧、有魄力、有成就。

如今，这位偶像就站在阿宝跟前，仿佛在嘲笑那个唤作缘分的玩意儿。

"好吧，宋大律师，我承认，首饰和皮草都是我拿走的。但是，我没有收起来，那些东西都是替艾喜还借用掉了。"

面对声名显赫的宋大律师，阿宝只能一五一十把之前与陶立之间发生的事情交代出来了，但还是坚决没有出卖艾喜，只说她是出远门了，死活要隐瞒这桩真相，是因为她生怕艾喜知道她擅自动了她的东西情况会更麻烦。宋世锋听完，神色不再那么凝重了，他看着阿宝就像看一个坚决要求放弃治疗的白痴。

"这位女士，请问你如何确定那个陶立说的是真话？我又如何确定你刚刚跟我讲的是真话？"

阿宝哑口无言，她的确不能确定陶立是个老实人，完全是直觉作祟才相信了他；她也无法证明那些东西没有占为己有，因为宋大律师会列出一百种理由将她定罪。阿宝彻底绝望了，她以为没工作没男人还负债已经是人生跌到谷底的状态，未曾想现在还得面临牢狱之灾，想着想着，她便往地上一蹲，哇哇大哭起来。

"我的命真苦啊啊啊……我咋这么倒霉啊啊啊……您现在给我根绳子让我吊死得了啊啊啊……"要命的是，即便是这种时候，阿宝还会不由自主地想到谭小磊，如果他还在她身边，也许这一切都不会发生，她跟三小姐也永远不会有牵连。都怪谭小磊，都怪他！

"好了好了，这位女士，请您冷静！"

显然宋世锋没有被阿宝的失控表现吓倒，这场犯人上演痛哭流涕的戏码他见得太多了。这位大律师干脆坐在沙发上点了根荷兰烟，坐等阿宝哭完。女人跟孩子一样，一旦发现眼泪不能换来安抚，就只能偃旗息鼓。

待阿宝擦干了眼泪，宋世锋方才缓缓道："这位女士，请问您尊姓大名？"

"刘……刘丽宝，大家都叫我阿宝。"

"这位女士，您知道我是谁吗？"

阿宝条件反射一般摇了摇头，又急忙点头道："知道，知道，您是宋大律师。"

"这位女士，我的意思是，您知道我是胡艾喜的什么人吗？"

"不知道……情人？"

"可以这么说吧。"宋世锋点头笑道，"我还有一个身份——胡艾喜的前夫。"

这一下，阿宝再也哭不出来了。

下篇：楼上的艾喜

一

艾喜数了数阿宝那只招财猫储蓄罐里的硬币——整整两百零七块。

她想起自己床头柜上也摆着一只储蓄罐，粗陶制作的一只葫芦，上面手绘了一枝兰花，背后的那个条形洞眼是陶立帮她抠的。遂想起当初在人家店里摔东西以后，她跟他一起打扫地板，间中陶立拿了那只葫芦过来，笑眯眯地在她眼前晃动："奇迹！这个居然没碎！"后来，那葫芦就一直跟着她，她只在最初的一个月里投硬币进去，时间一长便也忘了，基本没有喂过它。所以艾喜欣赏自律的人——把兴趣都能当成工作，每天坚持，积少成多。

不得不承认，艾喜很喜欢阿宝的房子，虽然是租来的，却打扫得一尘不染，书桌上摆放着白瓷做的人偶，一个泥雕的镇宅娃娃，还有一玻璃瓶拗成梅花鹿形状的回形针。衣橱里堆满廉价的衬衫和牛仔裤，还有一堆毛里毛糙的围巾，它们码放整齐，中间抽屉里的胸罩倒是价值不菲，而且层层堆叠。阿宝的阳台上郁郁葱葱，同样是一个被前边一幢公寓楼遮住了半个太阳的阳台，却是从薄荷到铜钱草都长得异常繁盛，不像艾喜的阳台，每隔三个月就得进一批新的植物，换掉之前被她养死的那一批，现在正值冬季，她那儿又是一片凋零了，而且阿宝那些盆栽都不值钱，只有那盆紫色蝴蝶兰显得鹤立鸡群一点。艾喜有些嫉妒起来，这几天每天清早就扯下两片薄荷叶生嚼，希望能弄死掉一盆，让它们的主人难过一下。

虽然房子很干净，但艾喜也发现了一些诡异的事情，比如阿宝家门口的边墙上有两个模糊的红色字迹，她起初没在意，后来闲着没事就仔细看了一下，竟发现写的是"凶宅"，而且像是被人努力擦拭过，笔画都抹化了，可只要多看半分钟，依然能辨认出它的原型。

周一那天，艾喜在阿宝的房子里也听见了敲门声，开门就见一个染了一头火焰色卷发的中年妇女双手交叉站在那儿，眼底的光很冷，嘴角带一抹强硬的微笑。

"阿宝出去了，你改天再来找她吧。"

"你是谁？"那女人用下巴尖儿对着艾喜。

"我是她的朋友。"

"为什么在刘丽宝这儿？是住下了？"

"只是暂住几天，替她看看房子，帮花草浇浇水什么的。"

"你自己的家呢？在哪儿？外地？"

面对咄咄逼人的审问，艾喜心底终于涌出了反感，她不耐烦地指指天花板，道："我家在上面。"

女人似乎松了一口气，目光越过艾喜的肩膀扫视室内一圈，然后道："麻烦你转告刘丽宝，这个月底再不交房租，就麻烦她搬出去吧。本来嘛，都快过年了，我也不想这么绝情，但这姑娘也太过分了。"

"欠了几个月？"

"两个月了，八百一个月，一共一千六。我这儿的规矩是半年一交房租，所以她得支付六千四才能继续住，否则就算还清了那两个月的，她还得搬出去。"

"哈哈！"艾喜忍不住尖笑起来，"原来在这儿租房还挺便宜的，换别的地儿没有两千一月根本下不来。"

"是啊，我就是拿吃亏当便宜的人，就这么样，还有人不肯付钱呢！"红发女人狠狠地翻了个白眼，语气倒是柔和下来了。

"人家为什么不肯付钱？因为这里是凶宅？"

"凶宅"二字像一把机关枪，把红发女人扫得当场面色发白，四肢僵硬，她动了动左边嘴角，又动了右边的，就差把手按在自己血流如注的胸口上。

"你……你别瞎说哈！这……这里风水那么好，背山面河，不……不要听那些人背后乱嚼舌根……"

"啧啧啧……"艾喜探头往墙上那两个触目惊心的模糊字眼看了好一会儿，然后直愣愣盯住红发女人道，"怪不得我这两天躺在床上都感觉半夜有个鬼在拿报纸捅我，嘴里不停哼哼。我跟阿宝讲过这事，她说她八字特硬，所以从来不受那些脏东西影响，要说一般人还真挨不住。您说您这房子是要换个住户呢？还是先从我这儿走一千六，过几天再跟刘丽宝拿剩下的半年房租？"

红发女人咬了咬下嘴唇，正欲接过艾喜递来的十六张红色大钞，艾喜却又把拿钱的手猛地抽高了，像所有电影里演的那样，她一脸正色，吐字清晰："说，这屋子里发生过什么破事儿？"

"姑娘啊……"红发女人叹了一口气，道："谣言真经不得瞎传，不要多问。"

随后，她抢去艾喜手里的钱，转身离去，电梯到五楼的时候，那女人几乎用蛮力掰开电梯门，逃了进去。

于是，艾喜换上鞋，"噔噔噔"跑下楼，去到超市买烟，接过绿艾喜的时候顺手给了收银员一把巧克力，笑道："单位里分了太多这个，吃不掉的。"

这把巧克力终于让收银员把真相全盘向艾喜托出了。

"你说那个整天穿着睡衣瞎晃的女人啊？她怎么就住进了510呢？啧啧……"

接下来的五分钟里，艾喜觉得背后一直有只凉手搭在她后颈上，只因那超市收银员讲了一个让所有人都没办法淡定的故事。

据说，这房子曾经租给一个体重达一百公斤的单身女人居住，那女人是个没什么名气的网络恐怖小说作家，专写一些让人绞断肠子的骇人故事。女人经常闭门不出，关在家里码字，电脑桌上永远堆满了饼干和巧克力派的包装纸，她越写越多，也越写越胖。由于女作家深居简出，且没有哪位邻居会关心一个从来不化妆的胖女人的私生活，所以她哪怕两个月未跨出家门，每天叫两次麻辣烫和香肠芝士比萨也没有谁觉得有什么不对。直到某一天，女作家所居房子的楼下住户发现露台上出现一只摔得半死的老鼠……最后，在女作家公寓的门缝里嗅到了浓烈的尸臭。这个故事最恐怖的部分还不是肥胖女作家横尸公寓，而是后续的发展。当时原房东将现场清扫了不下一百遍，喷了十罐消毒液，还给周边邻居每家打点了一盒礼品蛋糕作为封口费，最后把房子卖给了下一个人——就是红发女房东。很奇怪的，虽然这房子住两个人都绰绰有余，但看上房子并决定租下来的永远都是性格孤僻的单身女性，她们体型各有千秋，但只要住上半年就会变得丑陋浮肿，并且无一例外地遭遇爱情事业双失意的悲惨下场。当那些女人挪着肥墩墩的屁股一个个搬出公寓的时候，大家都深觉此宅已中了"凶咒"，谁住谁倒霉。所以女房东定的租金越来越低，直到里面搬进了阿宝。可以说，阿宝是个奇葩，抑或真的"八字过硬"，她搬进510之前体重58公斤，住了两年之后体重仍在那个数值上下小幅度浮动，几乎可称得上奇迹。

"凶宅？哈！哈哈！"艾喜忍着恐惧与笑意回到阿宝的凶宅，然后又仔细检查了一遍房子，搜索了每只抽屉，连垫纸都掀起来看过，除了一张被撕成两半的合影之外，几乎一无所获。也就是说，阿宝应该是个没有秘密的女人，撕裂的合影里，属于男人的那一半上是个相面老实的男人，跟所有她在"放心早餐"摊点上碰到的骑电瓶车的男人一样，气质平庸，表情温良，眉头微蹙，是那种可以让平凡女人托付终身的类型。

"你看那个叫阿宝的，别看平常吊儿郎当，倒是有些'菩萨相'，难得什么鬼鬼神神的都近不了她的身，也就她能住510了。"想到超市收银员对阿宝的评价，艾喜对阿宝的厌恶又深了一层，这个蠢女人都快上街要饭了，还什么狗屁"菩萨相"呀？鬼扯！

二

谭小磊来拜访阿宝的那天，雨下得很大，他的皮夹克上落满密密的水珠。艾喜打开门，见到光头就笑了，然后递给他一块抹布，让他站在脚垫上擦干净了再进来。谭小磊在阿宝的房子里显得很熟门熟路，径自进到厨房拿了个无印良品的米瓷马克杯，再打开一扇橱门取出一玻璃罐蜂蜜柚子茶，舀了一点，用热水冲泡，然后搅动着杯子里的热饮就出来往沙发上一靠，道："阿宝呢？"

"她去世了。"

谭小磊嘴里的一口茶全数喷在了地板上，然后瞪大眼睛问道："什……什么时候的事？"

"开玩笑的，她交不起房租，搬出来回乡下老家去了。她把房子转给我了，现在我是新房主。"

谭小磊环视了一圈房子，然后坚定地注视着艾喜信口开河的嘴巴，一字一顿道："你——撒——谎——"

"你怎么看出来的？"

他指了指阳台上那几盆植物，道："阿宝搬走的话，不会留下她那些宝贝的。"

"她都跟你清了债了，你还来干什么？要是想跟她复合，我立马叫她出来。"艾喜盯着谭小磊那颗光秃秃的脑袋，突然想起《绝命毒师》的男主角，于是生出了一些亲切感。

"不用了。"谭小磊起身，将杯子放在茶几上，从厨房里拿出抹布擦干净地板上的水迹，边擦边喃喃道，"阿宝最要干净了，被她知道是要杀人的。"

这一下，艾喜彻底看清楚谭小磊的头形了，后脑勺那里有一点崎岖，头顶已经长出了一些发茬，根根竖起，摸上去大概会觉得扎手。艾喜蓦地想起早餐店上将馒头豆浆一拎而过的那些辛劳的男人们，于是忍不住道："既然放不下她，当初又何必分手？"

"不分手也没办法呀，你会要一个鬼上身的女人吗？"

"鬼上身"三个字把艾喜牢牢钉在了原地，她脑中又啪啪闪过墙上那两个心惊肉跳的红晕，难道阿宝圆滚滚的肉体已经被那个重达三百斤的女幽灵占领了？

　　"你别看阿宝现在总是一副懒洋洋的宅女相，刚认识她的时候可不是这样的。她每天都准时上下班，笑起来特别好看，爱穿带流氓兔图案的衣服，时不时跟你卖个萌什么的，虽然长得不漂亮吧，但也挺可爱的。第一次遇见她是在一个朋友组织的饭局上，大家都在高谈阔论瞎吹牛，几个女的在攀比谁的指甲做得好看，只有她坐在角落里一个人对着手机傻笑。我正好坐在她旁边，她顺手就把手机举到我眼皮底下，硬让我看微博上那条老掉牙的冷笑话。当时我就想，跟这样的女人在一起也挺不错的，所以我们好上了。当时，大家都挺开心的，阿宝不怎么会做饭，除了炖个鸡味道还成，其他东西弄出来都有一股烧煳了橡皮筋的怪味……"

　　由此，艾喜终于明白阿宝和谭小磊为什么能走到一起，眼前这个光头男人眼底漾着血丝，精神头十足地讲了足足一个钟头，他的话痨气势丝毫不亚于自己的前女友。可谭小磊的谈吐明显比阿宝要有档次，他很小心地避开那些已经讲过的话题，说故事很会挑重点，虽然包含了不少废话，听上去却让人觉得都有内涵。

　　"交往了半年之后，我觉得阿宝变了，可能也不是她变了，是我变了。我有点烦她，脾气也越来越暴躁，甚至有时候我下了班急匆匆赶去接她吃饭，可两人处不了半个钟头就会吵架。有一次吵得太凶，她把我推了出去，还用力关上门，我实在没忍住，就隔着门冲她大喊：'他妈你到底想怎么样？有种分手啊？'那以后，我们就真的分手了，分得还挺干净的，她从来没找过我，连个短信都不发。我怎么都想不明白原因，去找过她的几个闺蜜，想让她们去劝劝阿宝，可她们都说阿宝住的房子不对，所以没法劝。再后来，就听说阿宝装病辞职了，整天待在家里，总之，她似乎脑筋有些不大对了……"

"嗯，我也听说这是凶宅。"不知为什么，艾喜裸露的皮肤上感觉有一阵阴风抚过。

但谭小磊似乎没注意到艾喜的感受，他仍沉浸在被抛弃的怨恨之中，说："我到现在还记得她是怎么开始变作的！那天我好端端坐沙发上看电视，她要跟我亲热，扑到我身边，结果一屁股坐在我手背上，这缺心眼的女人牛仔裤上的一圈铆钉正扎进我皮肉里，当场就流血了。我手上裹了两层纱布都没抱怨，她倒好，第二天就说头痛不去上班了。你说现在你们女人都怎么了？不是女神都拽成这样，让我流血流泪还伤财。我怀疑啊，她是见了血才鬼上身的，整个人就……对了，怎么墙上那两个破字还没擦干净呀？"

"是啊，幸亏不仔细看还不大看得出来。"

"姐姐呀，那你眼神得有多不济呀？那字清楚得跟昨天才涂上去似的……"

还未待谭小磊讲完，艾喜已经箭一般冲出去，然后就看见当初那两团红晕已经凝聚成刺目的红线，令"凶宅"原形毕露。

一定有鬼，或者说一定有什么人把这两个字重新涂上去了。虽然用的是红色马克笔，笔画又尖又细，但那些横竖撇捺里明显有一股逼人的怨气，向艾喜张牙舞爪地扑来。

"如果你心里还有阿宝，就麻烦帮我个忙……哦，不，是帮两个忙。"

艾喜对一脸呆滞的谭小磊发号施令了，这是所有美女的权力，所以他想都没想就点头答应。

谭小磊在黑暗中抱着肩膀，楼道里的冷风伸出绵柔的手轻拍他的头顶，又很快移开了，像在跟他玩惊吓游戏。裹在身上的皮夹克拉链已拉到下巴底下，他依然觉得寒气由内而外地发出来。为了分散注意力，他只能紧紧盯住楼梯对面的那两扇电梯门，那儿的感应灯时亮时灭，每一次闪烁都让他的心脏爆炸一次，上下电梯时的提示音也不再亲切，"叮"得有些鬼祟，左侧电梯门旁边的"凶宅"二字已经被白石灰涂掉了，像墙壁上无故长出了一片僵硬的鱼鳞。谭小磊看看那鱼鳞，再看看阿宝公寓的那个门，适应了明暗不定的光线的双眼逐渐变得模糊了，直到一声"叮"灌入耳膜，惊醒了他的瞌睡。

一个披头散发的女人从电梯里走出来，身着金绿色睡袍，下摆印满了棕黄的玫瑰图案，和她素面朝天的形象极不匹配，她站在那片"鱼鳞"跟前，在黄暗的感应灯下怔了数秒，整个人就像被精美的塑料布包裹起来的一根枯木。那枯木现在伸出了一截鼓鼓的分枝，往鱼鳞上一笔一画地涂抹起来，感应灯把睡袍照得流光溢彩，因为石灰粉还未干，往上面写字有些费力，每一笔都断断续续的，但那根华丽的枯木非常坚决地加重了力道……

谭小磊自觉紧张得喉咙都干了，但他还是毅然掏出手机，给艾喜发了一条微信。

于是，阿宝家的门"嘣"一声开了，艾喜像训练有素的FBI一样冲出来，一把抓住枯木拿着马克笔的手腕，就差没掏出一个黑皮牌照告诉对方说："我是警察。"

在艾喜的掌控中，阿宝露出了史上最狼狈表情。

"要不是我跟超市的八卦收银员放料说这屋子有鬼，要不是我在墙上写那些字，房租能便宜成那样？你们都是有钱人，不在乎每个月多出那几百块，我可是无业游民欸！无业游民你们懂不懂？就是每天都没收入，连狗都不如。”

被逮个正着的阿宝，就样理直气壮地跟三小姐和前男友解释。

“怎么想到这一招的？”

“彭浩翔的《维多利亚壹号》总是给我无数灵感啊！”

看着前男友和死不正经的三小姐站在一起，阿宝恍惚以为在看一部关于黑帮马仔与高级应召女郎天崩地裂的虐爱大戏，她内心瞬间有了想一头撞死在凶宅上的冲动。

“亏你想得出来！穷鬼果然办法多。”艾喜忍着笑，冲阿宝翻了个白眼。

“您别谦虚，您比我穷多了，欠人二十万还天天在这儿装富婆。”阿宝当下反唇相讥。

艾喜蓦地将整张脸压向阿宝的鼻尖，竖起那根半残的无名指，拿硬茧指着她，道：“哼！咱们这叫旗鼓相当。”

三

坐在秋千上的阿宝努力想摆脱上下晃荡的局面，记忆里，她坐秋千的爱好在小学四年级的时候就自行删除了，可身上那只秋千还在不停地动，铁环与栏杆摩擦出单调的噪音宛若倒嗓的戏子，在台下看客的一片嘘声中坚决要将这出戏唱完。她下意识地动了动腰肢，发现腰部以下都是僵硬的，但秋千还在不停晃，让她怎么也不敢从上头跳下来。她努力扭转脑袋，恍惚看到一个女孩正在用力推动秋千吊绳，嘴里还数着：“三百一十五、三百一十六、三百一十七……”

"好啦！好啦！让我下来！"阿宝大叫了好几次，那女孩却像没听见，阿宝的声音从她耳边滑过，空气一样地透明。

"三百一十九、三百二、三百二十一、三百二十二……"

周围变得热闹起来，有几个眼睛射着冷光的孩子拍着手，在秋千旁边发出嗤笑，他们仿佛坚信阿宝很热衷于参与这个游戏，甚至连拍手都拍得很整齐有节奏，配合推动秋千的女孩数数的拍子。

"三百三十一、三百三十二……"

"够啦！够啦！"

阿宝试图强行跳下秋千，可屁股就像粘在木板上一样，怎么都无法与秋千分离，只能眼睁睁望着地面忽远忽近，前边那根粗壮的香樟树上刻着七扭八歪的三个字，至于是什么字，阿宝看不清楚，秋千每次抛高的时候她都感觉整张脸疾速向香樟树斑驳的树皮飞去，就在快要辨认出三个字的笔画时距离又蓦地远了，地心引力反复跟她开这样的玩笑，风在耳边发出欢快的声音，又像是心脏快要被割裂时产生的效果，疼痛而爽快。

"停！停下！"阿宝吓得流出了眼泪。

"三百三十七、三百三十八、三百三十九……"几个孩子都把小手拍得更响了。

这时，阿宝从规律的拍手声中辨出了一记泣音，那哭泣起初很轻很轻，随着推秋千的女孩嘴里报出的数字越来越快，泣音亦随之加重，让她想起五月里楼下花丛中那只野猫叫春的情景，也是如此声嘶力竭。

开始阿宝以为是自己在哭，后来发现不对，她奋力观察每个孩子的表情，他们都在笑。三个，三个孩子都在笑，嘴巴咧成一只黑洞。

谁？谁在哭？

阿宝恨不得拿个刀把屁股割离那只秋千。

谁？谁又唱"没有一点点防备，也没有一丝顾虑"？谁？谁他妈在唱《我的歌声里》？

阿宝猛地睁眼，茶几上的手机正热力四射地演绎着曲婉婷的名曲，她这才想起昨天咬紧牙关往手机里充了五十块话费，要不然怎么接听通知面试的电话？

阿宝拿过手机，松了一口气，把梦里的不愉快亦释放掉了。她接起电话，手机里传来张萌浓重的奶音，说："喂，阿宝呀，好久不见。"

"嗯，好久不见了。"

不见最好，这种小学就是同桌的虚荣女人最讨厌了。一想到张萌养尊处优的白净脸蛋和大得吓人的鳄鱼皮钱包，阿宝就很想吐。

"是呀是呀，我这不是一直在澳洲嘛，待了两年，差点连中国话都讲不好了，张嘴就是讲英文，好讨厌哟！哦呵呵呵呵呵……"

"那怎么又回来了？"

张萌出国以后，几乎每天都在同学微信群里发送各色自拍照，合影里不是跟牛马就是跟男人，嘴唇涂得跟吸血鬼似的；群里聊不到三句，她必定强调："我是肯定不回来了，为了这片蓝天，更为了热情似火的澳洲绅士，只要来到这片美丽的土地，整个人都会变得好性感哟！"

后来，只要张萌一出现在群里，基本上所有老同学都不会开口讲话，只看她一个人自嗨。如果要排"最讨厌的小学同学排行榜"，阿宝会毫不犹豫地和其他几个同学一样将张萌放在第一位。

"哎呀，澳洲虽然好，可就是没年味嘛，所以过年人家就回来过啦，还能吃到正宗的中国美食，好很开心的啦。"

"哦哦。"

"我说啊，后天晚上六点的同学会，你去吗？"

"什么同学会？没听说啊！"

阿宝当然听说了，已经在微信群里嚷嚷两天了，她只是视而不见罢了。这种每隔五年就聚在一起显摆各自过得有多幸福的无聊派对，让土豪们去劳心好了，她刘丽宝不适宜出现在那个场合。

"哎呀！五年一次嘛，你怎么搞得跟失忆一样。现在还好吗？有没有结婚了啦？你现在住哪儿呀？下次我到你别墅来转转，给你带了瓶羊胎素，澳洲货，纯得很哦！"

张萌问的每一句话都像在阿宝脸上抽了一鞭，唯有"羊胎素"三个字勾起了她的兴趣，她看了一眼艾喜的梳妆台，那儿有雅诗兰黛和兰蔻，就是没有澳洲产的羊胎素。

"唉，一言难尽，反正后天我没空了啦，我……我约了那天去做水疗。"这借口找得阿宝自己都不敢相信，她这辈子都没做过水疗。

"哎呀！"张萌的奶音突然拔高了，"水疗就换一天去做啦，你是我们的老大，必须来。"

"呃……还是算了……"

"随你啦。"隔了个手机阿宝都能看见张萌那张笑得很开的大白脸，"把你住的地方告诉我，我迟一天把羊胎素给你带来。"

"不用了！"阿宝急得声音都大了两倍，然后又突然小下去了，"我还是来吧，到时见了面你把东西给我就成了。"

就这样，阿宝在同学会那天翻箱倒柜地挑选穿出去拉风的外套——在艾喜的衣橱里。可无论是巴宝莉还是宝姿，她穿起来都跟裹粽子一般，这时她特别后悔自作主张把那半打皮草给了陶立，里面有一件宽大的貂皮长衣，她能穿得下。

也不知是否老天突然开眼的缘故，就在阿宝打算穿上自己那件挫得一塌糊涂的宝蓝色羽绒服出门的时候，陶立出现了！

他把一堆皮草和那个金坠子交还到阿宝手中，红着脸说："皮草我不知道要卖给谁，放在店里也不合适；那金坠子也不知道是什么牌子，哪个金店都不收……"

阿宝于是如愿以偿地套上那个油光水滑的貂皮大衣，趾高气扬地走出小区，站在路口等待出租车。小区离市中心有点路，出租车挺少，运气差的时候得等半个钟头，但那天也许是阿宝的良辰吉日，她站在街上不到两分钟，就有辆打着绿灯的出租车远远驶来。阿宝兴冲冲地朝出租车伸出右臂，却发现在离车子更近的地方另一个女人也在拦那辆车。

不行，得抢！

只见阿宝深吸了一口气，以百米冲刺的速度向出租车跑去，此时她的平底鞋帮了大忙，和那个与她争出租车的高跟鞋女子高下立见，当那女人一扭一扭地走向出租车时，阿宝却是大步流星，轻松越过那双高跟鞋，率先摸到了车门！

干得漂亮，让那些穿高跟鞋的女人见鬼去吧！

"喂！是我先拦到的。"高跟鞋女人的声音很耳熟，阿宝回头一看，居然是艾喜。

"拜托，我已经开车门了。"一想到艾喜揭破了她的赖房租妙计，阿宝就决意不愿让出这辆车，也不管自己正欠着对方一笔钱。

"麻烦你注意一下素质！"艾喜皱着眉头，显然有些生气。

"麻烦你换双鞋再来跟我谈素质吧！"

阿宝不管三七二十一，一屁股坐进车里，重重关上了门，她就是不想输给艾喜，哪怕只是一辆出租车。

四

　　同学会一如既往地无聊，且一年比一年来的人少，班里唯一一位被保送清华的天才儿童没来。据说是在父母的严苛管教下取得博士学位之后结了婚，五年前带着美若星辰的妻子来亮过相，但有人说他在卫生间里偷偷服药，后来才知道天才罹患严重抑郁症，每天晚上他都对着后花园里的一轮明月傻笑。两年前，阿宝在报纸上读到了关于天才的新闻，不是他又搞出什么惊天动地的科研成果，而是某天半夜他妻子喉咙一阵剧痛，醒来后发现他正摁着她的头，用一把美工刀仔细地切割她的脖颈，天才由此上了报纸的社会版，至今还待在精神病院。校花林楚楚没来，她入了模特的行当，听说干了很久，可阿宝只在一个酸奶广告牌上看到过她的靓丽形象，后来她嫁给一个土豪，在人老珠黄之前捞到了长期饭票，从此消失在大家的视野中，行踪异常神秘。曾经玉树临风的班长也没来，他是同期大学毕业的一届里第一个进入大企业上班的，却不知为什么五年后却是一脸屌丝相出现在众人面前，虽然穿着干净的西装，头发里却散发着油味，在老同学们诧异而客气的目光注视下，他终于决定在后一个五年同学会上把自己隐藏起来。

　　来的都是些什么人呢？当然是混得非常好的那些人：企业精英阿松、豪门贵妇雪凤，还有风光的澳洲居民张萌等等。时间就是一把筛子，把那些生活处境尴尬的人都筛掉了，只余自我感觉良好的一批成功者，他们对同学会抱有极大的热情，那是展示成功的良机，尤其在熟悉的人跟前会更有成就感。

　　在这种刀光剑影的环境里，阿宝只能选择坐在角落里，看着他们每人执一杯霞多丽干白在那儿温和地吹着牛，或者拿起一片芝士嚼得无声无息。这次同学会是阿松负担了全部费用，对他来说那是九牛一毛。但阿宝不愿意跟阿松靠近，她就挤在沙发一角，远远看着，像在观望一个触不到的愿景。

"喂！你在这儿啊？"张萌的奶音在阿宝头顶响起，阿宝抬起下巴，看到张萌也穿着一件皮草，看起来毛很硬。

"啧啧……"张萌轻轻抚摸阿宝身上的貂皮，显得非常羡慕，"毛针真好，是进口貂吧？看来你发了。"

"没，是人家送的。"阿宝撒了个谎，想起在出租车旁看到的艾喜那张愤怒的脸，有些不好意思。

"喏，给你。"张萌掏出一个白色长条纸盒，"羊胎素。"

阿宝赶忙接过，笑道："谢谢了。"

羊胎素还来不及放进包里，张萌已经拖着阿宝向抽雪茄的阿松和整理爱马仕铂金包环上的爱马仕丝巾的雪凤走去，张萌握着阿宝的手腕，阿宝握着羊胎素，貂皮大衣的毛针每与张萌的金属手环摩擦一下，阿宝就担心它们会折断。

走到阿松和雪凤跟前，张萌利索地将阿宝的貂皮大衣扯了下来，将她那件寒碜的灰绿色棒针紧身毛衣和勒出的一堆赘肉暴露无遗。

"瞧，咱们的老大在此。"

就在阿宝打算找把斧头劈开一面墙把自己塞进去的时候，张萌还狠狠拍了一下她的屁股，清脆的肉响与锐痛让她险些跳起来。

"都多少年了，还叫我老大呀？忒丢人了！"阿宝忍着气，哆哆嗦嗦地将羊胎素塞进包里。

"一日为老大，终生为老大嘛！"雪凤现在的体型是年轻时候的两倍，财富却是年轻时候的两千倍，所以她跟张萌迅速地互相打量，然后咧着红嘴唇亲热地拥抱了一下。阿宝隐约觉得这两个女的眼睛跟超市扫码枪有一拼，扫过对方全身装备的时候就已经把标价都扫出来了，香奈儿外套八千、寇驰包包一万六、普拉达高筒皮靴两万三……

如今，老大在三位风头正劲的跟班包围下，像是自动化身为一个笑话，或者一只以贩卖自尊为生的动物，参观它的人还不用买门票。

"老大，结婚了没有？"阿松半眯着眼，每一片指甲都修得圆滑亮泽，"我们当时都说，谁都不敢跟你结婚，你那么凶。不过现在看看挺好啊，有女人味了。"

张萌发挥的时刻终于到了，她尖声惊笑了几声，道："人家还待字闺中呢，要求太高，你懂的。"

"你们的想法都是老一套了啦。"雪凤抬了抬涂成粉色的眼皮，笑嘻嘻道，"我知道阿宝的，从小就是个造反派，她才不要结什么婚呢，自己经济上能独立就成了。像我们这种没什么能耐的女人才会嫁老公，靠老公养着。哎？刚刚你拿在手里的是羊胎素吗？这种东西其实没什么用的，我告诉你呀，涂玫瑰精油效果是一样的。"

阿宝脸上保持强笑，身上每个毛孔都在叫救命，尽管他们四个人从小就是一个小团体，可她现在只想即刻逃走。

"也不是，我既没钱，也没有男人，现在是一无所有。"

与其被老同学从其他渠道打听到自己的窘境，勿如当场坦白，起码还能赢得诚实的美名，阿宝是这样想的。

兴许是三个老同学没想到阿宝会把不堪的处境全盘托出，一时不知要怎么反应才好，所以都没说话，阿松甚至还抽了一口雪茄，在香浓的烟雾中干笑了几声。

"对了，前几天我看见唐素梅了。"

雪凤终于吃力地找了一个话题，结果"唐素梅"三个字让另外三个人像腰部被人捅刀了一般僵硬起来，他们所有的动作都在空气中停滞数秒，才勉强活络起来。

"她……她现在怎么样了？"阿松干着嗓子问道。

"哎哟，根本就是变了个人呐，要不是她在美容院做脸的时候跟我打招呼，根本我就认不出来，她啊……"

"好了好了！别再提这个人了，心里瘆得慌。"张萌拍着胸口，皱眉偷看阿宝的表情，阿宝什么反应都没有，只是拿起勃朗宁酒杯将干白一饮而尽。

"是啊，这种人不提也罢。喝酒喝酒……"阿松摁灭了雪茄，双手握在一起，把指节捏得咯咯作响，大家都知道，他一紧张就会把骨头捏出声音来。

"可是……"雪凤突然满面愧疚地低下头，用轻如蚊子叫的声音嘀咕了一句，"我告诉她今天有同学会了，她可能会来……"

阿宝手里的酒杯落地，酒液洒满了她的大腿，但她似乎未觉得湿，只是机械地摇动头颅，嘴里喃喃自语道："她要来？她要来？"

"阿宝，事情都过去那么多年了，你就别再纠结啦。再说，我猜她也不会来……"

"对对对。"张萌适时扯了几张纸巾，仔细擦拭阿宝淋湿的大腿，仿佛这样的动作会给她安慰，"你说她来干什么？大家跟她都没什么交情。"

话毕，张萌和阿松都向俨然已成贵妇的雪凤投去责备的目光。

"嗯嗯！她没说要来，没说！真没说！"为了弥补犯下的错误，大抵雪凤已经在心里抽了自己几百个耳刮子了。

"没说什么？"

胡艾喜——哦不，应该说唐素梅，她身着霸气凌人的豹纹背心，绑着同纹头巾，脚上那双十五公分的高跟鞋头上镶着雪亮的银片，没错，她就是穿着这一身在一个半小时前与阿宝争抢过同一辆出租车，还输给了阿宝。

"三百三十七、三百三十八、三百三十九……"

一瞬间，阿宝耳边复又响起梦中的数数声，是她自己的声音，她小学四年级那年的声音，又嫩又响，尖利刺耳。

"哎呀，素梅啊，你来了可真好呀！"

雪凤的变脸术简直叹为观止，她站起身来，一把挽住艾喜的胳膊，将她拉到自己身边坐下，笑容像是用某个标准模子拓出来的。

"是呀，之前都没参加，也觉得挺可惜。"艾喜掏出一盒烟，抽了一支递给阿宝，阿宝摇了摇头，冷眼看艾喜和雪凤在那里表演喜相逢的戏码。

张萌和阿宝一样寒着脸，僵硬地直视雪凤，阿松低垂着头，仿佛有人在后头用力摁住了他的脖子。

"阿宝，萌萌，你们也看看素梅呀！啧啧啧！真是漂亮得不得了。女大十八变说的就是素梅这样的美人胚子，上学的时候可一点没看出来。"雪凤继续竭尽浮夸之能事。

阿宝掏出自己的烟，居然是最老牌子的女士烟MORE。

"怎么抽这个了？"艾喜指甲上的水钻在烟雾里闪烁不定，她对住阿宝挤挤眼道，"最近过得好吗？"

"老样子。"阿宝的回应很沉着，"你呢？最近过得好吗？"

阿宝蓦地睁大无辜的双眼，看着眼前的唐素梅，也就是艾喜，她像在看一个陌生人，楼上的三小姐啊，果然变幻莫测，包括名字。

艾喜竖起那根断指，在阿宝面前晃了晃，道："老样子。"

"不过，"艾喜一把搂住雪凤的肩膀，还捏了捏她的胖脸蛋，堆起一脸狐笑，"我听说这几位过得都挺好的，一个做了土豪，一个做了阔太，还有一个成了澳洲居民。"

张萌见艾喜将枪头指向她了，下意识地坐直身子，摸着腕上的金属手环，道："其实也没有大家想得那么好，在那儿也有许多不习惯的地方……"

"啊，会习惯的。"艾喜继续举着那枚断指，伤口处的老茧在水晶灯下曲折的皮纹都经纬毕露，"时间一久，就什么都习惯了。"

众人遂又陷入尴尬的沉默，没有谁想再开口说一个字，都在等着哪个不知情的人闯进这个圈子，打破僵局。接下去的几分钟里，除艾喜之外的那四个人，都在经受比死还难过的折磨。

五

十一岁那年夏天，阿宝来了月经。

作为班上最早来月经的孩子，阿宝一点都没有感到自豪，她把那当成一个暂时的秘密，必须等到其他女生陆续来过初潮以后才会公开。令阿宝自豪的是她的身高，她坐在最后一排，跟体育委员同桌，他每每野蛮地越过桌上划的"三八线"时，她都会用铅笔尖狠狠戳他的胳膊肘，让他痛得大叫。阿宝知道，其实并没有那么痛，但那个年纪的男生和女生都一样夸张，后来阿宝干脆改用拳头回敬，体育委员也只是缩回到

"三八线"后面那块自己的地盘，没有和她对打。那时，她就觉得自己无比强大。

身材健壮让阿宝有恃无恐，从欺负体育委员开始，她尝到了暴力的甜头。同学对阿宝的态度也变了，有些怕她，哪怕在走廊过道里遇到都假装没看见；有些却有意识地接近她，比如经常在课堂上悄悄拿小圆镜出来照照小脸蛋的雪凤，那时候她就已经不满意母亲梳的辫子，一到学校就把头发拆了又编，编了又拆，直到辫梢上系满艳粉色的蝴蝶结为止；再比如每天都有五十元零花钱的阿松，人中上总是结满鼻涕渣，拿出成把裹金色糖纸的酒心巧克力贿赂他看得上的同学，后来他得每天抽出五十块零花钱中的二十块来孝敬阿宝，直到小学毕业为止；张萌一直非常乖巧，成绩优秀，能歌善舞，经常在学校的艺术节上大秀才艺，是被老师捧在手心里的"大人物"，更是阿宝嫉妒的重点对象，但自从她连续一周都从书包里翻出一堆蟑螂之后，她终于明白在讨好老师之外，更应该讨好班上最隐秘的"统治者"，于是她把自己十一岁的生日礼物——一个泰迪熊图案的铅笔盒送给了阿宝，然后回家告诉母亲说铅笔盒弄丢了，用母亲的一顿暴打换来了阿宝的青睐。

小帮派就这样成立，每天放学后阿宝都带着他们守在校门口，候着她看不顺眼的同学，然后把他们一个个拖进学校旁边的窄巷子里抽耳光。张萌和雪凤起初只是勉强顺从阿宝，迫不得已才入的伙，所以她们出手很轻。但阿松似乎乐在其中，他会把毛毛虫塞进同学的衣领子里，命令他们站着不许动，然后拍着手在旁边哈哈大笑。阿宝显得比较酷，她从来不亲自动手，只是靠墙看着，摆足了高级统治者的造型，微微凸起的胸部和冷傲的眼神已经压倒一切。

有一次，阿宝问张萌说："班里你最讨厌谁？"

张萌斩钉截铁地说："唐素梅。"

对，唐素梅很讨厌，她成绩中等，长得也不太起眼，是个单眼皮、薄嘴唇的女生，但橡皮筋跳得很好，每次蹦跳的时候两根乌亮的麻花辫就高高扬起，在空中碰撞一下，像在干杯庆祝。张萌因为生过头虱，头发在三年级时铰短过一次，所以辫子留得没唐素梅那么长，所以她讨厌死她了。

阿宝也很讨厌唐素梅，她就是属于对这位大姐大敬而远之的人之一，搞得阿宝都找不到同学跟她玩橡皮筋。不过阿宝橡皮筋跳得很烂，最多玩到第三级就跳不上去了，所以她以前也不太介意。可张萌既然发了话，阿宝就觉得必须为自己的手下出头，以此巩固她的江湖地位，赢得张萌的尊重。

把唐素梅骗到秋千架上的那天，气温很高，大家都对即将到来的暑假满怀期待。阿宝让很会做人的雪凤将唐素梅从家里叫出来，说要去公园里探险，那时候的公园是孩子的乐园，女生喜欢去那儿采花，然后把它们埋进一个泥坛子里，天真地认为过些日子泥坛上就会开出更多的鲜花；男生爱去那儿练骑自行车，他们把自行车当战马，在空旷的地方努力踩着脚踏板转圈，互相碰撞，每撞倒一个对手就仰面狂笑。唐素梅就这样被雪凤带到了秋千旁边，阿宝说："唐素梅，你能荡几次？"

唐素梅想了一下，说："一百次吧。"

张萌说："那就上去荡，我们比赛！"

唐素梅摇了摇头，大抵是已经有了不祥的预感，于是怎么也不肯上秋千架。

"唐素梅，你吹大牛！"阿松斜着眼，嘴里吮着一颗水果糖。

"我要回家了。"唐素梅觉出来者不善，转身就走，走到香樟树那里却被阿宝微凸的胸脯挡住，她瞬间被阿宝的气势镇住了，竟不敢绕过她走掉。

"上去！我来推你，荡完一百次你就回家。"

唐素梅怔怔地看着阿宝，然后单眼皮又垂下来了，望了地面好一会儿，终于用力点了点头："说话算数哦！"

她上了秋千架，像一名赴刑场的烈士。

荡秋千，总比被他们抽耳光强。唐素梅当时心里应该是这样想的。

"一、二、三、四……"

阿宝在后面推着秋千，力道用得不轻不重，让唐素梅一瞬间放下了戒心。

张萌、雪凤和阿松站在旁边数着，声音听起来也很正常。

数到一百下的时候，唐素梅发现阿宝还没有一点放她下来的意思，于是她在秋千上继续晃荡，香樟树在眼前忽近忽远。

"好……好了，已经一百下了……"数到一百五十一下的时候，唐素梅终于发出弱弱的抗议。

"不是说好五百下吗？"张萌笑嘻嘻地回道。

恐惧从脚底心缓缓地往上蹿，唐素梅头皮发紧，她开始明白了这个游戏的意义，在上下摇荡中感受风的戏弄，裸露的皮肤与飞扬的裙子下摆每摩擦一下便让她浑身剧痛，她害怕极了！就在这个时候，阿宝摇动秋千的力道也愈来愈大，像是要借用绳索将唐素梅整个人甩出去，有几次，唐素梅都以为自己的脸要撞在香樟树的树干上。

"我不要玩了！让我下来！"唐素梅在身体高高仰起的刹那发出了尖叫。

"不行不行！"张萌拍手大笑，"要五百下！五百下才能下来！"

周边骑自行车的男孩都被唐素梅的尖叫吸引，他们停下车，一只脚架在地上，看着那秋千狂笑。

"我要下来！我要下来！我要下来！"唐素梅像是全身血液都停止了流动，脸孔变得煞白，每一根神经都绷成笔直的钢线，似乎快要在上下摇摆中一根根折断。

"三百一十五！三百一十六！三百一十七！三百一十八……"

唐素梅的尖叫在阿宝听来就是巨大的鼓励，她加快了摇晃的节奏，加速将唐素梅推向崩溃。

"不要啦！我要下来！求求你们！我要下来！"唐素梅说要下来，然而秋千荡得太高，她不敢直接往下跳，两只手反而更用力地抓住了吊绳。

"你敢下来就给你吃巴掌！"雪凤冷冷地威胁，她已经和阿宝配合得天衣无缝。

阿宝猛力推着，她推得很累，但也很畅快。推她！推倒她！吓死她！看她还敢不敢再跳橡皮筋跳得那么好？

"她尿了！她尿了欸！羞羞羞！羞羞羞！"

阿松发现唐素梅的裙子下流出了尿液，尿水顺着秋千板往下淌，滴到泥地上。

骑车的男孩们发出一阵巨大的哄笑，半个公园都能听得到。

"玩得真疯！"路过的大人不知道发生了什么事，他们皱着眉绕开秋千，把"欢乐"留给了那些没心没肺的孩子。

"我要下来！呜呜呜呜呜呜……"

"坚持住！快要五百下啦！"阿宝喘着气对唐素梅讲。

"四百七十八、四百七十九……"

唐素梅像是灵魂不翼而飞，她不再挣扎，两只眼睛直愣愣地盯着天空，像是已经放弃了哀求，她明白阿宝他们不会放她下来的，除非荡满五百下！

　　"四百九十七！"

　　"四百九十八！"

　　"四百九十九！"

　　骑车的男孩们也纷纷加入阿宝的阵营，他们兴奋得双眸发光，每数一下都像在欢呼胜利。

　　"五百！"阿宝大吼一声。

　　唐素梅只觉一股巨大的冲力直捣腰间，她整个人跟着那"五百"的呼声往前扑去，地面疾速向她的面孔贴来，然后紧紧贴住她的全身，没有痛楚，却是某种坠入地狱的绝望猛地抱住了她。看不见香樟树，看不见秋千，看不见雪凤和张萌通红的笑脸，甚至感觉不到尿液在腿间的湿度……

　　"让开！快让开！"一个男孩骑着自行车笔直地向唐素梅冲来，显然煞车坏掉了，连人带车都处于失控状态。

　　唐素梅的意识消失之前，耳边回荡的是自行车的咣当声，以及右手发出的骨骼断裂的声音。

　　"咔"的一声，比匕首更为锋利，切断了唐素梅的感知，她彻底陷入黑暗；原来地狱是这样的，手骨的剧痛、尿液的腥味，还有夏蝉鸣叫中依稀辨别出的魔鬼们正聚众狂欢……

六

现在唤作胡艾喜的唐素梅坐在当年的魔鬼们中间，气定神闲。

"素梅啊，当年的事对不起啊……"沉默半晌之后，阿松开了口，他觉得自己是个男人，男人就该承认错误。

"哎呀！"张萌的奶音复又变得夸张起来，"都过去那么久了，素梅不会跟我们再计较了啦，素梅，对吧？"

"是啊。"雪凤亦涎着脸附和道，"其实吧，咱们那也是小时候不懂事，你看看现在穿的用的，都那么好。这个包是普拉达的吧？啧啧！反倒是咱们老大啊，混得还不如你呢！十年河东，十年河西嘛。"

阿宝心里一紧，原来自己的落魄处境岂是一件貂皮大衣能掩得住的？

"你们就混得比她强了？"艾喜舌头上像放着一块冰，"雪凤啊，你以为你现在过得有多好？你那个老公早就破产了吧？而且逃得人影都不见了，为了维持你现在的贵妇形象，你死都不肯变卖首饰，天天住在租来的房子里啃泡面，就为了维持面上的光鲜，连美容卡都不肯退掉。你以为你穿了这身皮就能嘚瑟了？嘴里的防腐剂气味谁都闻得出来。对了，听说你从前还有个大学里就一直交往的男朋友，人挺老实的，怎么就把人家甩了呢？现在有没有一点点后悔啊？拗阔太造型挺辛苦的吧？"

"什……什么？雪凤你……"张萌瞠目结舌地看着雪凤僵硬的脸。

"张萌，你也甭装蒜了，这次回国，你就再去不了澳洲了吧？当初你老公是要在外头包小三方便，才把你送去那边游学，一年以前把婚都离了，你在澳洲的签证也到期了，再不回来就得被移民局遣送。我挺佩服你的，努力在人前把自己塑造成坚强美丽自信独立的华裔澳洲籍移民，累不累啊？"

"还有你，阿松。你可算是打肿脸充胖子的典型了。过不多久，你就得接受审查了吧？公司的假账都做得漏洞百出了，前两天外审都把你老底全给掀了起来。啧啧啧……怎么你还有钱支付这次同学会的花销？账户应该都被冻结了吧？哦，你家底厚，估计卖了把古董红木椅才能在这儿抽着雪茄，喝着干白，端着亿万富翁的架子继续喘吧？"艾喜拿起桌上摆着的木头盒子里的雪茄，含在嘴里点上，递给阿松，"赶紧抽起来吧，过了年你就没机会了，到时我相信这个温暖的小团体会坐着公交车去监狱看你的，打车太贵了，她们都付不起。"

阿松和张萌像死了一样坐在沙发上，似乎背后都被顶着一把手枪。

"都是白痴！"雪凤狠狠将一只水晶酒杯摔在地上，与阿宝刚才的碎片叠在一起，然后站起身来，一扭一扭地走出去了，头颅还是仰得高高的，她时刻不会忘记自己是贵妇。

因为音乐太吵，周边所有人都不知道那个圈子里已经摔掉两个杯子，剥了三个人的画皮了。

阿宝也站起来，把挽在手里的貂皮大衣仔细叠好，交还到艾喜手里，然后跟在雪凤后头走出去了。

站在夜总会门口的街道上，阿宝才发现已经下雪了，细碎的雪点零零落落地扫过她的皮肤，冰凉凉的，将她脸上的酒气都冻起来了。尽管没有外套，阿宝却一点没觉出冷来，她正在另一个空间里流着汗，那里蝉鸣如雷，香樟树伸展开铺天盖地的枝叶，阳光穿过盘根错节的树根，把地面烘得发了白……

现在，地面也依然是白的，水泥街道是一条巨大的、烤砸了的法式面包，上面洒满了糖霜；汽车把糖霜来回碾压，很快它们就融成脏水，结成薄冰，然后被更多车子碾过。城市里下雪，天空就会变成灰蓝色，无数杂乱的冰点向阿宝的鼻尖降下，阿宝揸了一下鼻子，发现五根手指都没了反应，它们青里带紫，像是长在别人的手掌上，或者……其中一根应该长到胡艾喜的手上？

想到胡艾喜，阿宝就不由深吸了一口气，内脏瞬时被抽走了温度，现在，她全身每个细胞都在地狱里打转了。白色地狱，漫天飞舞的罪孽，十一岁那年夏天的热浪裹挟着唐素梅的哭喊袭来，记忆之门轰地开启，像撬开一个封在血咒里的罐子里，之前她只敢在梦里撕去封条，开一条缝，窥视着罐子里的那截断指——属于胡艾喜的断指。

胡艾喜当年是怎么忍受断指之痛的？阿宝反复揣摩，因为没有切身体会，她只能回味当年的唐素梅被自行车胎碾过的那只手，没有马上流血，就只是扁了，变成触目的赤紫色，其中三根指头奇怪地往上翘，无名指上的皮肉根本看不清楚，仿佛浸在了打翻的调色板里。

"试一试，身体折断了一个部分的感觉，试一试吧。"有个声音对阿宝说。

阿宝走到路口，几辆车缓缓从她面前驶过，其中一辆亮着绿灯的出租车还打算停下来拉个生意，司机观察了一下阿宝的表情，认为她不想打车，便又开过去了。

"试一试……"那声音又来了。

阿宝蹲下身子，两只膝盖发出咯咯的声音，她都冻僵了。但是她坚持趴到地上，贴着马路伸出右胳膊，然后把无名指展平，紧贴路面，等待剧痛来临……

就在这个时候，阿宝的腋下被什么东西勒死了，那东西唤醒了她的痛觉，她不由得身子往上拱起，但那股引力还在向上提，她又跟随引力站起来，鞋后跟摩擦着地面往后移，移得很慢，但她知道自己在动，被那个东西拖着走。然后，肩膀也有了重量，有什么毛茸茸的玩意儿罩住了她，雪点落在毛上，又轻轻弹开……

"回家拿菜刀切掉不是更方便？"胡艾喜从后面紧紧抱着阿宝，没有一点松手的意思，一团白色水汽温暖了阿宝的耳垂。

阿宝和艾喜站在雪里，路边的矮冬青上已经盖了一层薄薄的霜，还有公交车的蓝顶棚上，对面咖啡店门口的遮阳顶上，都变白了。

两个女人各自夹着一支艾喜烟，阿宝身上还裹着艾喜的貂皮大衣，皮草就是暖和，别管它身上背了几条貂命。

"感觉怎么样？这二十年来，我天天都在想，断了手指的唐素梅感觉怎么样。"阿宝说。

"已经没有唐素梅这个人了，我是胡艾喜。"艾喜嘴里的烟湿了，"转了学校以后，那儿的同学都叫我'断指梅'，我觉得太倒霉了，想换个吉利的名字，就随了我妈的姓，变成胡艾喜，我以为这样就能改头换面了。可是啊，少了一截指头的女人，其实跟少了一个奶头是一样的，走到哪儿我都想把残缺的部分藏起来，怕被人家看不起。"

"如果你不讲，我根本认不出来你就是唐素梅，都二十年了。"

艾喜将那张化着浓妆的脸凑向阿宝，道："开了双眼皮了，还有下巴都动过了，腮帮子那里打了瘦脸针。"

"你是有多不想做你自己？"

"我还是我自己，只是我不想成为唐素梅。"艾喜抬了抬下巴，眼睛变红了，"这指头上结了个硬疤，但不会再长出来了。所以……我希望给你们四个人的生活里都留个伤疤，权当纪念吧。"

"所以……你决定摧毁我们的幸福。"阿宝耳边又回响起唐素梅的哭泣，"雪凤在大学里交了个很好的男朋友，就是陶立。你知道她跟着陶立会过得很幸福，所以就利用他的善良，把他还债的钱都借走了，他的店没开下去。雪凤那么虚荣的女人，肯定不愿意跟着陶立吃苦，这才嫁给一个有暴力倾向的有钱老公，受尽虐待，直到她老公破产以后抛弃了她。宋世锋是阿松的私人律师吧？你接近宋世锋，让他迷上你，把阿松公司做假账的事情都套出来了，然后你说服宋世锋去向政府机构举报，所以阿松才会惹上官司。还有张萌，张萌被骗去澳洲也是你的主意吧？你就是那个小三，勾引宋世锋，宋世锋才把张萌推到孤苦伶仃的地步。因为知道张萌要回国了，你怕宋世锋会跟她复合，所以就算你跟他结婚又离了，也还是继续与他保持肉体关系，你是有多狠呐？"

艾喜点头笑道："原来你早就知道了。"

"没。"阿宝也在点头，"陶立很老实，尤其喝了酒更加老实，他跟我说起过当年和雪凤谈恋爱的事，但我当时还没反应过来，只是觉得太巧。直到在宋世锋给我的名片上发现打印的头衔里出现阿松那个投资公司的名字，我才发现这些巧合里有猫腻。"

风把艾喜的卷发全吹乱了，她目光凛然，望着对面的咖啡馆，有个女孩穿着胖鼓鼓的羽绒服站在门口，不住地往里张望，面颊冻得绯红，但眼睛很亮，看得出来，她现在过得很好。

"真是漂亮的复仇啊！"阿宝长叹一声，"和我们当初简单直白的暴力行为不一样，你就是比我们任何人都牛，所以我们才讨厌你。"

"你觉得是我成功报复了这些人？"艾喜现在的样子，真的很像电影里的复仇女神。

"不尽然。"阿宝道，"我觉得都是这些人自找的，雪凤如果不是太看中物质享受，就不会和陶立分手嫁给一个有钱的混蛋。阿松如果没有做假账，你也不会有机可趁。还有张萌，如果她能坦诚一些，对宋世锋关心一点，至少会下个厨给他做顿饭，他也不会投入你的怀抱。没有人能毁灭另一个人的人生，只要你不是开枪毙了他们。"

"阿宝，你也比以前聪明了。"

"但是，有件事情我还没想明白。"

"什么事？"

"你打算怎么报复我呢？"

"是啊……报复你实在太难了。"艾喜皱了皱眉，"因为你已经混得很差了，没钱没工作没男朋友。怎么做才能给你人生重创呢？"

"于是你替我还了债，让我住进你的房子里，享受你的高级化妆品和貂皮大衣，你希望我能拥有一些高端的享受，再在适当的时机把这一切都收走，让我彻底变成废物。"阿宝慢慢摸索清了艾喜的想法。

"本来……"艾喜舔了一下嘴唇，舔掉了唇上的雪珠，"我是这么想的，甚至还打算忽悠你去借高利贷，从此万劫不复。但是，你在跟我抢出租车的时候，我突然明白了一件事。"

"什么事？"阿宝手上的烟已经燃到只剩烟蒂了。

"你是个不认输的人。"艾喜道，"只有逆境会让你越来越强大，如果你愿意，你能战胜所有人，尤其是像我这样穿着高跟鞋的女人。我捅破了你制造的凶宅谣言，甚至想用点巧法子让谭小磊站在我这一边。但是，后来谭小磊跟我说……"

"跟你说什么？"

"他把两千块又还给我了，然后拜托我好好照顾你。"

"你怎么不马上露出乳沟把他勾搭过来呢？他最爱你这样的大胸女了。"

"哈！你对这位前男友还真是了解！"艾喜笑了一下，脸色立马又回复了凝重，"我的确想过，可是没用，谭小磊已经没有时间再去发展另一段恋爱了，他得回医院做第十次化疗。"

"化疗？"阿宝身上刚刚复苏流动的血液又凝固了。

"你还不知道吧？谭小磊半年前被查出患了食道癌，只能接受化疗。这就是他跟你分手的原因，也是他剃光头的原因，那不是扮酷耍帅，他是不得已。跟你讨那两千块不是他小肚鸡肠，而是医疗费用太高，他不得不到处筹钱，当然，那也是想再看你一眼的借口。后来他不是又来敲你的门了吗？知道你过得也不好，他就从朋友那里借了一笔钱，想把那两千块再还给你的。对了，还记得陪谭小磊逛商场的那个女人吗？那是他的表姐，也是一名护士，不放心他一个人，才陪他出来散心的。"

阿宝的心脏一下子缩紧了，脑中掠过她和谭小磊吵架的情景，谭小磊把三天不换的臭袜子脱在她茶几上的情景，他光头的情景，他满面通红地跟阿宝追讨那两千块的情景……

于是，阿宝做了一个决定，她要成全三小姐的复仇。

"好吧！从明天开始，我会变成一个完全没有幸福的女人，保证让你复仇复到爽！"阿宝将脑袋高高仰起，深吸了一口气，冬天总是让人脑子倍觉清醒，"我会去找工作，回到谭小磊身边照顾他，直到他死掉为止。这样，我就成了一个吃力不讨好，赚钱养一个绝症男友的倒霉痴情女了，最终还是一无所有，没钱没事业没男人，生活到头来就是白忙一场。这样的安排，你满意吗？"

"嗯，比自己直接断掉一根手指头强多了。"

"就是有件事情，我觉得你做得太过分了。你嫁给宋世锋之后又把他甩了倒也罢了，反正这男人实在很讨厌。但是人家陶立又做错什么了？你居然把他害到一无所有！"

"谁说陶立一无所有？"艾喜指了指站在咖啡店门的女孩。

咖啡店的门开了，陶立从里边走出来，手里拿着装服务生工作服的塑胶袋。女孩急忙迎上来，为他戴上一副雪花图案的针织手套，她戴得很仔细，把他每根手指都捏了一遍，像是在确认有没有戴整齐了。然后，陶立抱着女孩的肩膀，两人在纷飞的白雪中缓缓走向公交车站。

"我会把星雅公寓的房子卖掉，把那二十万还给他，让他再开一个陶艺店。那个女孩，一定会给他幸福。"

艾喜说完，就转过身，在阿宝脸上狠狠扇了一个耳光，道："还有，不许说我前夫的坏话，因为我对他是真心的。"

"那么，就祝你好运，顺便也祝我霉运当头，永不超生吧，一定会过得比当年你把陶立店里摔烂的陶器还烂。"因为天太冷，阿宝甚至都没感觉到被抽过的脸有多疼。

艾喜突然流泪了，看了阿宝好一会儿，吐出两个字——"保重！"

"保重！"阿宝张开双臂，抱住艾喜，她们抱得很紧，雪花点敲打在这对老仇人身上，那么静，那么美。

与艾喜告别之后，阿宝大步流星走进对面的咖啡馆，然后对站柜台的服务生道："对不起，我没钱买咖啡。请问，你们这里招收年满三十岁的服务员吗？"

尾声

艾喜和阿宝的婚礼办得隆重而低调。

她们各自穿着镂空的白色婚纱，在迷人的雾里展示这新娘那种纯洁而惊艳的美。

"这个口红颜色只适合我。"艾喜跟化妆师说。

孰料阿宝一把夺过口红，不管不顾地往自己嘴上抹，说："你又不是绝世美女，装什么？"

化妆师站在旁边，露出一脸的尴尬。

"你啊，干什么都要争个老大的地位！"艾喜恨得咬牙切齿。

"是，史上最倒霉大佬，也是史上最倒霉新娘，嫁了个病人。不过你也别得意，嫁了个无良律师罢了，还是最犯贱的二嫁。"阿宝恶狠狠地刷着眼睫毛，她可请不起化妆师。

在新娘化妆室外，宋世锋和谭小磊坐在长椅上，燕尾服把他们都装饰成统一格局的绅士新郎，人手一根烟，宋世锋抽的还是荷兰的牌子，谭小磊抽的是艾喜。

"癌症病人能抽烟吗？"宋世锋看着谭小磊。

"阿宝没看见的时候，是可以的。"谭小磊贼头贼脑地抽了一口。

宋世锋望着长椅对面的两个婚宴指示牌，不由得感慨道："真是感谢老天，让艾喜重回我的身边。"

"别感谢老天了。"

谭小磊紧张地盯着化妆室紧闭的门，随时提防阿宝什么时候从里面冲出来，狠狠夺过他手里的香烟，然后教训半天。

"那要感谢谁？"

"楼上的三小姐啊！"

谭小磊笑着拿手指指上边，像指着一块幸福的祥云。

Part 5

强　迫　症　之　恋 > > >

一

　　神经病阿叨在七宝街住了三十年，这三十年里，他吃饭、睡觉、打工，过最平常的生活。和街坊唯一的区别在于，他从未跨出过七宝街。

　　从家里到超市的路要走过五百六十二块方格砖，到宝食面馆是一千零七十块，到猪头家是两千三百七十五块半，到丽姐的甜品店是两千四百零九块……这些数字是烙在阿叨脑子里的，错一块都不成，他每一步都必须跨过两格方块，脚底板不偏不倚地踏在光滑的方格面上，不能踩到接缝，否则就得退回去再走一次。

　　阿叨的人生就是固定地重复，每天六点半起床，叠五次被子，叠完后必须把被子摆放在离枕头一米远的正中间，与窗户呈九十度角，米色被套的两只角必须均匀地分列在床单中间的折缝上；刷完牙之后，牙刷清洗三次，涂洗面奶两次，用水冲洗脸部五次，洗手二十次；上一次厕所得用掉半卷卫生纸；鞋带系十二次；查看煤气是否关好六次；锁门十二次……

　　走到宝食面馆吃面，阿叨会把浇头排上好一会儿，大蒜归大蒜、香葱归香葱、牛肉归牛肉，整齐地排放在面条上，捞香葱得很长一段时间，但他很有耐心，同时顺便听听隔壁桌在KTV上班的孤鸟小姐黑着两

264

个眼圈吹牛说昨天又让谁谁谁给她买了双鞋。吃完面，阿叨从零钱包里数出一张十块纸币和两个一元硬币付给老板，然后再去猪头家。猪头是阿叨在七宝街上唯一的好友，也是唯一一个不把阿叨看成神经病的人，所以阿叨愿意去叫猪头起床。他会在猪头家门口停下，然后气运丹田，对着猪头家摆满铜钱草的阳台大吼。

"猪头，起床了！猪头，起床了！猪头，起床了！猪头猪头猪头猪头猪头，起床了起床了起床了起床了起床了起床了……"

一般情况下阿叨喊二十遍，猪头就会穿着汗衫和牛仔裤，顶着一头乱发，嘴里含着漱口水跑下楼，跟阿叨打个招呼。偶尔的，阿叨也会喊上二十五遍。最多二十五遍，阿叨数过。如果二十五遍过后猪头还没下来，那说明他正在经历宿醉的迷幻期，根本不可能有体力去上班。

阿叨和猪头一起去丽姐的甜品店——"奶屋"。此时，奶屋里摆放栗子蛋糕的柜台后头那只轮胎型大钟上的时针正对准数字"9"。

四十岁的丽姐穿着粉红色绘白兔图案的长围兜，戴着粉色方巾帽，冲她的两名员工点点头。然后，阿叨和猪头走进后面的糕点房，猪头负责把面粉和鸡蛋从仓库里搬出来，阿叨则要将一件淡蓝色工作服穿上身六次、浴帽似的塑料发罩再整理六次，以确保每一根头发都在发罩里。

这是神经病阿叨做得最舒服的一份工作——糕点师。

因为做蛋糕很讲究规律，起司放在最下边一层，中间是水果，上面再压一层起司，辅上厚厚的奶油，最后在奶油边缘画些规整的图案。唯有做蛋糕的时候，阿叨不需要一个做六次，这是完全受他自己控制的事情，他可以一次性完成它，且做得完美无缺，直到端到丽姐面前让她检查的时候，眼睁睁看着丽姐把他精心设计的、毫无缺陷的枫糖蛋糕、芒果巧克力蛋糕或者朗姆酒蛋糕上头胡乱洒上糖霜、阿月仁子之类的鬼东西，然后把它们切成八块或者十六块。

每到这时，阿叨都背过身去不敢看，他可以想象那些符合完美要求的艺术品被刀锋划过之后的惨样，水果层粘上了黏糊糊的起司，而面上的奶油多少都会融入起司层，天知道他已经用最新鲜完美的鸡蛋了，甚至每一只的重量偏差都不会超过两克。

然后，变成"垃圾"的"阿叨牌蛋糕"会被拿到玻璃柜里展示，丽姐甚至会选阿叨觉得切得最丑的那一种作为"店长推荐"，她说夏天抹茶蛋糕永远最受欢迎。但阿叨其实不喜欢抹茶那一丝微苦，他认为苦味与甜品的融合，会扰乱这个世界的磁场。

而阿叨眼中的世界以及磁场，都与数字有关。他无时无刻不沉浸在数字的天地里，并非在计算某些伟大的公式，而是一遍遍去做的时候，他觉得可以修正上一次的错误。他认为自己总是出错，那些在其他人眼里根本不可能发现的错误。

所以阿叨特别羡慕猪头，猪头长得很帅，不像阿叨的五官那么平淡，他的全是很不规则的起伏，眼眶深凹、鼻尖高凸、嘴巴又细又长，笑起来眼角的皱纹会打出漂亮的桃花结。猪头除了帅以外，做的任何一件事情都远称不上完美。搬动面粉的时候总会掉一点在地砖上，从冰箱里拿出鸡蛋后总会随随便便地转过身、用后脚跟把冰箱门关上；他也没有把汗衫穿对过，腰上永远有一个边角是塞在裤腰里的；还有他的发罩戴法，很让人崩溃，后脖颈上那一大把长发挤出塑料纸边缘。阿叨可以确定猪头根本就没有任何所谓的卫生习惯。

但猪头不在乎这些，阿叨猜想可能猪头对任何事情都不在乎，工作、生活，还有女人。他说这世上唯一能打动他的就是钱，所以他偶尔会从收银机里拿点零花钱，阿叨如果有看到，会偷偷帮他补上，这件事阿叨直觉不能让丽姐发现。

阿叨也希望有一天他能什么都不在乎，不在乎地把各种面额的纸钞装在钱包的同一格里，那样他会轻松许多。

可他不行。

其实，阿叨时时刻刻都梦想着有一天，他能把长久纠结的那些生活细节都抛开，往脑子里装一些别的东西——比如一个姑娘。

无奈的是，一个相貌平平、满脑子数字、把微乎其微的事情都放在心上的人，是不可能有姑娘的，何况七宝街上每个人都知道他是精神病患者。

阿叨也羡慕丽姐，丽姐离过三次婚，有一个半身瘫痪的儿子，她每天中午都回家去给儿子送饭，非常准时。事实上，丽姐也只有在这一点上准时，其余时间她都显得懒散而亲切。有时候，丽姐的心情很好，就成了阿叨的灾难，因为丽姐会在阿叨打蛋糊的时候走过来，把手指往里头一捞，再往嘴里一含、一吮，最后给阿叨一个满意的怪笑。

她这种不考虑他人心情的行为让阿叨抓狂，天知道她刚刚用那根手指碰过什么？他每次都得偷偷把一盆蛋糊都倒掉，再做一盆新的，这颇为费时费力。

而阿叨呢，也有心情不好的时候，他那完全没有起伏的、平稳如直线的生活里本不存在风浪，可他还是会莫名地狂躁、生气。

那一天，阿叨正在往一只火山巧克力蛋糕上用白奶油绘制蒲公英，这是他的最新创意，涂绘的时候他甚至已经想象到蛋糕一角被切挖下来后，蒲公英的小毛球被巧克力酱吸收的美妙声音。结果丽姐闯进厨房，兴冲冲地用裹着一次性手套的指尖捻起一朵奶油蒲公英，含进嘴里，不清不楚地说："阿叨，有个美女想见见奶屋的糕点师。"

阿叨的无名火突然就蹿上来了，他一拳砸进蛋糕，里头的浓黑酱汁稠稠地流了半张桌子。猪头看着阿叨，捂住耳朵苦笑道："他要发作了，老板娘小心。"

"快摘了头罩出去吧，坐在三号桌上的那个。"丽姐还在嚼那朵蒲公英，完全没把阿叨的失控放在心上。

阿叨发出一声骇人的尖叫，整个厨房都颤抖起来。猪头把耳朵捂得更紧，丽姐却异常淡定地在金属桌面上捞起一抹巧克力酱，含进嘴里，再拿无辜的眼神看阿叨，仿佛在等阿叨平静下来。

尖叫了八次以后，阿叨终于安静了。他认为外面的食客也应该都被那尖叫吓跑了，于是他摘下发罩，把它折成三角形，丢进垃圾桶。因为太生气，他只把发罩折了一次，就匆忙走出了厨房。

然后，阿叨看到了坐在三号桌上的田美。

田美穿着原色的棉麻长裙，腰间系一根同色蕾丝带，腕上拢着一条细细的白金手链，长发高高束起，看不清发带的颜色，但这反而让阿叨放心。田美转头看阿叨的那一刻，阿叨自觉心脏停跳了三秒，田美真的很美，象牙色皮肤，褐色眼珠，青蓝眼球，嘴唇上的白色糖霜可以让所有人得到一个货真价实的"甜蜜之吻"。

那一瞬间，阿叨脑子里的数字全被抽空了。只有田美，她搭配匀称的一切，她比他画在蛋糕上的蒲公英好看百倍。

阿叨走到田美的三号桌前，他都没顾上走路的时候得跨过每一条地砖的连接缝，那些该死的缝曾经是他的噩梦。

"蛋糕是你做的？"田美的声音像饱浸西瓜汁的碎冰。

阿叨努力压抑了一下激动的心情，说："你能跟我约会吗？"

"啊？"

"你能跟我约会吗？你能跟我约会吗？"不，还不够完美，向姑娘提出约会的语气不该是这样的，发音还不够标准。

"你能跟我约会吗？"阿叨下意识地要去修正他之前的错误。

"可以。"

"你能跟我约会吗？你能跟我约会吗？你能跟我约会吗？你能跟我约会吗……"

"可以，可以，可以，可以，可以可以可以可以可以可以可以。"

田美给了阿叨生命中最甜美的一个微笑，上面沾满了糖霜。

二

神经病阿叨交女朋友了。

这是震动整条七宝街的大新闻，尤其他女朋友还破天荒的是个大美女，于是大家就更吃惊了。

孤鸟小姐说："老天爷总算能可怜可怜真正可怜的人了。"

宝食面饭的老板说："阿叨以后可要好好做人了，别再犯病了。"

阿叨的邻居房奶奶说："那姑娘肯定脑筋也不正常，否则怎么会跟阿叨这样的人谈对象？她家里人知道吗？她的朋友知道吗？他们一定会劝她的。"

猪头的邻居古爷爷说："恐怕到最后啊，天长地久有时尽，此恨绵绵无绝期。"

丽姐说："哦。"

而大家最关心的肯定是田美，她不住在七宝街，而是在七宝街对面的那条福寿街。福寿街比七宝街要冷清一些，但田美住得很开心，她处在希冀出门左拐进超市都会遇到真命天子的梦幻年纪——二十二岁，所以田美选择做插画家，这意味着她喜欢蹲在家里，透过一扇窗子以及窗外攀爬而入的凌霄花想象这个世界。

田美过得很正常，每天早晚刷两次牙，七点半起床，去附近的公园晨跑半小时，再回来喝一杯自制营养果汁，然后开始工作。趴在一张白色绘画桌上，用彩笔涂涂抹抹：一枝在青蛙口中盛放的红莲、要把墙壁刷成一轮满月的胖女孩、一群头戴王冠围着公主跳舞的小仓鼠，或者从金色海洋里款款走来的一尾焦糖色美人鱼……

她一点也不神秘，说话的时候总是笑，两只温润的面颊上分泌出晶莹的汗液，从七宝街走到福寿街的路上会打一把红色洋伞。

那红色洋伞，阿叨透过厨房某一面墙壁的玻璃窗望出去就能看到，它是幸福的信号，也一度成为阿叨全部的生命。

和阿叨吃饭很累，田美试图跟他聊天，可阿叨总是忙着把炒饭里的青豆和火腿肉分开。青豆是绿色的，肉是红色的，它们不能混在一起。

"阿叨啊，我其实是和我妈一起住的，所以就像我妈，特别爱吃甜食，你看，脸上全是肉。"

"嗯？"阿叨手里的叉子不方便挑牛肉粒，让他不由得心浮气躁。

"你是怎么把蛋糕做得那么好吃的？上面的装饰设计都是你自己想的吗？"

"嗯？"

"你最拿手的甜品是什么？下次我去奶屋点。"

"嗯？"

其实，阿叨很想很想告诉田美许多事，比如他不是神经病，是另一种病，一种对任何事情都认真得不得了的病。他在给炒饭里的食物颜色分类的同时，最大的心病就是如何用一句完美的话作为与田美首次约会的开场白，想了很久很久，没有答案。

可田美呢，她滔滔不绝，几乎交代了自己的前世今生，如何从美院毕业，如何放弃条件优厚的工作选择做自由职业者，如何跟自己那格调高冷的母亲相处，如何祈求一成不变的生活里能多得到一些小幸福……

田美说的话一句都没有重复，可阿叨却已经在三十秒之内跟服务说了十遍"要纸巾"。

阿叨和田美的约会节奏很慢，晚上九点半，阿叨要送田美回家，从七宝街一直走走走，穿过街边的二十八家店铺和一个住宅区，去往福寿街与七宝街的交接处，在那儿告别。

一路上，他们每逢裂缝就得停住，然后绕一个弯，踏上干净无裂的水泥块，再往前，一直往前。

阿叨问田美是不是觉得他很讨厌？她心里有没有一点点急？田美低着头，不说话，然后递给他一张纸巾，纸巾上是一副铅笔速写——阿叨眉头紧皱地看着面前的炒饭，炒饭上开出了一朵没心没肺的小花。

阿叨的心里，此时开满了那种小花，他甚至都错过了数水泥格这件事，看了田美好一会儿，终于表情严肃地说："果然拜猫神是对的。"

"拜猫神"的秘密是猪头告诉阿叨的，那一天两个人无聊，猪头就提出谈谈各自的初恋。猪头先狂说一通，他初中二年级时收到了班花的情书，高中一年级有了初吻，因为女朋友要好好应付高考，所以高三时他跟她分了手，结果当然是她考上了重点大学，而他却一脚踏进社会的泥潭，开始了频繁换工作的人生。

阿叨默默听完，跟猪头说："我还没有初恋，我还没有初恋，我还没有初恋，我还没有初恋……"

猪头愣了十秒钟之后，脸上浮现神秘的微笑，跟阿叨说："那你只有去拜猫神了。"

"拜猫神是什么？是什么？是什么？是什么？是什么？是什么？"

于是，猪头带着阿叨去到甜品店后面的小巷子里，这是阿叨平常无论如何都不敢走的地方，因为后门边上的垃圾桶永远是敞开式的，里面堆满了鼓鼓囊囊的塑料袋，他会忍不住把塑料袋按颜色分类，一层层摆放进垃圾桶里。

如果这样忙起来，他回家就会很晚，所以丢垃圾的活都是猪头干。

"知道为什么我桃花运特别好吗？你看我平均每礼拜换一个女朋友。"猪头那张俊俏的面孔让阿叨倍感压力，连夕阳沁出的奶黄色光线都会和他的嘴唇缠绵，猪头明显就是大多数女人生命里的煞星。

"为什么？"

"因为我在这里拜过猫神。"猪头很得意，"每天半夜十二点，七宝街上的野猫就会在这里扎堆聚餐。你只要带上两尾新鲜草鱼，一大包猫粮，放在垃圾桶前，只要第一只来吃鱼的是黑猫，就基本上算拜神成功，从此后你就会桃运亨通，爱情美满，性福爆棚。"

"真有那么灵？"

"当然了，我是来拜过三次才碰上黑猫，你看我现在。"

"这有什么根据吗？"

"你是真不知道啊？听老人讲，老底子时候妓女的命最贱，所以她们往往不能转世投胎成人，要变成其他动物。九条妓女命，才能轮回成今生的一只黑猫。所以黑猫就是女人，而且还是女人中的女人，特别风流，受到她的青睐，爱情运当然会好。"

当晚，阿叨没有回家，他就跟猪头一起躲在奶屋后门的垃圾桶旁边等待猫神降临。与此同时，阿叨已经把两只大垃圾桶都清洗了一遍，用酒精仔细消了毒。消毒的过程他真当刻骨铭心，因为他几乎已经能看到邪恶的细菌在他手背上的每个毛孔里钻进爬出，但阿叨咬牙坚持到了最后。连猪头都觉得意外，尤其是发现两只垃圾桶如今居然比他家里的冰箱还干净。

十二点左右，野猫陆续出来，它们脚掌厚实、举步轻盈，尾巴或竖成直尺，或卷成一个问号，端端庄庄地向它们的午夜餐厅走来。虽然是野猫，但它们也要比野狗干净一百倍，而且像是都知道自己前世是女人，所以毛色油亮、端庄文静，一步一挪地挨近垃圾桶，轻轻叫唤几声，向天边的满月打个招呼，再跳上垃圾桶边缘，像耍杂技一般，然而又是惬意的。

没有黑猫……

阿叨急得浑身打颤，这些野猫里有漂亮的黄斑、雪毛碧眸的公主、机敏狡黠的小花，唯独不见那一抹黑。没有黑猫，他的草鱼和猫粮就算白费了。

"看来今天运气有点差。"猪头看着阿叨身边的那只铅桶，发出深深的叹息，铅桶里的两条草鱼已经停止了扑腾，仿佛早就认命了。

"那要不要把东西拿回去，明天再来？"

"不行！"猪头突然抓起铅桶，像烈士一般站起来，目光异常坚定，"你一定要虔诚，如果你今天放了鱼，明天也许黑猫就知道了，你知道，占便宜这种事，不管在人界还是猫界，都会传得很快。"

阿叨只得走近了猫群，身上每个毛孔里的细菌都像是膨胀了好几倍，让他感觉自己随时都会爆炸。他拎着铅桶，走到垃圾桶前，那些猫终于发现了他的存在，它们纷纷竖起耳朵，弓起腰背，以防御的姿态紧紧盯住了他。

"放下就走，放下就走，放下就走，放下就走……"

大概说了一百遍"放下就走"之后，阿叨终于把铅桶放在了垃圾桶边，猫群顿时骚动起来，它们嗅到了美食的气味，眼睛都亮了，在月光下闪烁着金色的光。

猫粮整齐地剪开了一个口子，撑开，靠在铅桶旁边。

一只花斑猫大着胆子挪近那猫粮。

"完了，果然今天运气不好。"阿叨这样想着，已经在盘算待会儿是把桶留在这里还是拿回去。

正当花斑猫湿着鼻尖，伸出软爪，往猫粮上抓的时候，只听得"喵呜"一声，一团乌云从天而降，不偏不倚落在铅桶上，"乌云"出了一掌，劈向花斑猫，花斑猫亦身手灵活，猛地一跳，弹开数尺，将背脊高高拱起，冲着乌云怒喵。

是黑猫，是一只黑猫，浑身油闪闪的，被月色映成青蓝色的皮毛美得让人想哭。

那黑猫向一众野猫示威般叫了两声，然后爪子轻轻伸入铅桶，水花的声音在桶内欢快地奏响，一尾草鱼被猫爪轻轻拍起，瞬间进了猫嘴。

这一系列动作快如闪电，居然超过了阿叨的语速。

待阿叨和猪头回神，黑猫已经恢复镇定的表情，定定地看着他们，缩成圆孔的嘴里还露着一截晃动的鱼尾。

三

成功拜到猫神的阿叨，果然如猪头预言的那样，在一周以后邂逅了田美，开始了和大家一样的恋爱经历。阿叨发现，谈恋爱的步骤全世界都一样，就是两个人在一起讲很多很多话，越讲越亲密，越讲越兴奋，越讲越甜美，肢体在交流中逐渐松软，互相贴紧，最后融为一体。

在约了十次会后，田美终于提出在阿叨家留宿，阿叨紧张得心脏都要从喉咙里蹦出来，他连说了五十二次"没问题"之后，就去超市买了一大堆消毒液和清洗剂，把卫生间刷到瓷砖的釉色快要融化为止。阿叨既兴奋又害怕，他从来没有做过那种事，所以白天在厨房里做芒果班戟的时候就重做了三十八次，因为每一块面上芒果的尺寸大小怎么都搞不成一样的，还有摆放位置也没有完全一致，这差点把他逼疯。

为了确保家里一切都很完美，阿叨更换了全新的床单，还是米色的，只是烫得没有一丝折印，铺在床上就像放下一块光滑的奶油；还有沙发上的靠垫也是精心挑选的——田美最喜欢的薰衣草图案，淡紫色花朵开满整张沙发，九十八枝薰衣草——阿叨认真数过，将它们按每只间隔五十厘米的距离进行摆放以后，整张沙发看起来就顺眼多了。阿叨坚信，田美踏进他的屋子那一刻，就会闻到满室的薰衣草芳香。

但是，田美进房的第一件事就是皱起眉头，嘀咕道："好重的消毒水味道……"

阿叨的第一次是在满鼻腔消毒水味道中发生的，这里指的是初吻。

关乎接吻这件事，一直是阿叨的心病，他曾对着电视机里的浪漫镜头反复练习，可总觉得哪里不对，鼻尖不能撞到对方的嘴唇，接触的时候要轻柔，但后面要怎么样？两条舌头相交的时候该如何缱绻才算吻技精湛？他要进入她的口腔吗？抑或应该让她进入他的？在这方面他没有任何经验。阿叨记起以前看《老友记》里，女主角瑞秋和一个高富帅分手了，只因对方接吻方式太糟糕。

那么田美呢？她对这方面是否挑剔？发现他是个处男的时候她会看不起他吗？

不，应该不会。

阿叨身上的每个细胞里都爬出了一种唤作焦虑的虫子。

田美那么纯洁，她穿任何颜色的裙子都像是刚刚从上帝的花园里走出来，她对于接吻和做爱应该同样没有经验，所以他们谁也不会欠谁。

"你是不是很紧张？"田美坐在那团薰衣草上面，薰衣草在压力下挤成了一团紫色糖浆。

阿叨摇了摇头，他恨不得把田美从沙发上拖起来，然后将薰衣草垫子弄回原来的平整饱满。这个念头在他脑中疾速盘旋，甚至超过了和田美接吻的想法。

就在这个时候，田美站起来，她的脚真好看，套在亚麻色木屐里，像是在树根上开出的一朵米黄睡莲。

田美转过身，捧起薰衣草垫子，将它轻轻拍松，几秒钟之后，垫子又圆润饱满起来，四个角都恢复了弹性，因为里边塞满了天鹅绒。

"这垫子特别好看，我舍不得坐，还是放在身边看着好。"

她果真把垫子放在距离阿叨身边的垫子五十公分的地方，然后选了坚硬的沙发扶手坐下，一条腿轻轻掂起，支撑着另一条腿的重量，像意欲飞翔的天使。

阿叨脑子里上万的偏执念头再次被抽空，他走上前，想也不想便贴住了田美的嘴唇……

也许是从前自己拿着两根手指练过太多次的关系，阿叨感觉自己的吻技也没有那么糟糕，可令他意外的是，田美的表现也远远出乎他的意料，她的舌尖拢成一条顽皮的小鱼，轻轻啜吮他的舌尖，那条鱼很快变成某种性感的咒语，把阿叨推向焦虑的顶峰。

不！不是这样的！田美你熟练得可怕！

阿叨惶惶地逃离了田美口中的小鱼，然后不由自主地往她额头上吻了一下，显然吻得不够完美，简直又匆忙又敷衍，于是他忍不住吻了第二下、第三下、第四下、第五下、第六下……

奈何百般努力都无法给田美一个满分的吻。

想到这一层，阿叨沮丧得像个孩子，他记得上一次那么失落还是十一岁那年夏天在猪头家里吃冰淇淋，猪头都已经吃完两碗奶油冰淇淋了，他还愣愣地盯住自己碗里那块冰淇淋，上面有许多被汤匙挖过的痕迹。是谁挖的？他们的汤匙干净吗？他纠结了很长时间，直到那碗冰全化了。走出猪头家的时候，阿叨一直懊悔没能来得及把它吃掉。

现在，阿叨吻着田美的每个瞬间，都能推开遥远的记忆之门，从里边嗅到冰淇淋甜凉的气味。

那天晚上，田美躺在阿叨身边，阿叨却显得很伤心，因为连接吻的任务都没完成，怎么可以睡在一起呢？但田美似乎完全不管这些，事实上阿叨知道她是个不怎么按规矩来的女孩，她不喜欢打车，也分不出车子的贵贱；每天的午饭都是奶屋甜品；她会把草编凉帽系在后腰部位，走路的时候帽檐儿总会敲她的屁股；她曾经和阿叨一起偷过小区公告栏里的一张电影海报，然后把它贴在阿叨家卫生间的天花板上，就因为阿叨拒绝进电影院看这部片子；她也经常放空，在阿叨细数水泥地上那些裂缝的时候，她会蹲下来陪他看，她的手被他牵住，可其实灵魂已经在另一个空间了……

阿叨一点也不奇怪田美在遭遇"史上最尴尬接吻"之后，还坚持留下过夜的决定。他只是心神不宁地去客厅锁了八次大门，把天然气闸关了六次，以确保他和田美一起躺在床上吹电扇也是在一个极为安全的环境里。

田美说："把灯关了吧。"

阿叨就支起身子去关灯，开开关关一共十二次，整个房间就在明明灭灭中变得鬼魅起来。

"对不起……"

在好不容易完成了关灯任务之后，阿叨很难过，他坐在床沿上，背对着枕头，不敢回头看田美。

他对自己充满了厌恶，他知道自己是个神经病，七宝街上的人都知道。

"阿美……"

"什么？"

"你讨厌我吗？"他连呼吸都变得很微弱。

"我觉得，刚刚像是亲眼见证了时间在枕边流逝的样子。开灯关灯、白天黑夜。"田美说完，把自己的手轻轻放在阿叨的背上，轻轻抚了几下。

阿叨终于意识到，他的确是受到了猫神的照顾。

那一夜，阿叨和田美什么都没干。阿叨睡得很香，尽管隔着一点距离，但他仍能感受到田美深沉的呼吸，睫毛锁住眼睛时微微地震颤，她玲珑的腕骨轻轻搭在床沿，眉心微蹙，像在做一个不太愉快却又可以接受的梦。阿叨努力回忆自己以前的梦，梦里全是方格形的房子，他住在其中一间方格里，猪头住在另一间，丽姐住在最上面的方格里，他们互不干扰，都在方格里做自己的事，阿叨向他们打招呼，他们也不搭理。

但有了田美之后，阿叨梦里的方格房莫名其妙地变成了垃圾桶形状了。他就住在垃圾桶里，外边蹲着那只亲自为他打点爱情的黑猫。田美呢，她变成只有五寸来高的小人，身穿金色纱裙坐在猫背上，手里拿着一支仙女棒。

"拿去吧。"田美把仙女棒交到阿叨手里，阿叨顿觉掌心被一样东西粘住了。

"这个能治好你的神经病。"

田美说完，黑猫发出了低哑的嚎叫。阿叨看到她背上生出一对蜻蜓的翅膀，轻薄、细长，在阳光下泛起七彩霞光。

翅膀挥舞的动力，令田美不停上升，阿叨整个人被卡在垃圾桶里动弹不得，只得抬头，努力向着阳光的方向大喊："阿美！回来啊！阿美！我的神经病已经好了！阿美……"

即将失去田美的阿叨急得心脏不停抽搐，他猛一睁眼，发现自己还躺在家里的床上，想爬起来，只觉掌心有一件东西滚落下来，滚过凉席、落地，声音哗啦哗啦的，像一汪清泉正流过阿叨的房间。

阿叨赤着脚跳下床，沿着声音找去，捡起一支淡绿色内芯的铅笔，顺着笔尖的方向抬头，发现床对面的整面墙画满了绿。

绿色的森林，绿色的大地，绿色的精灵在绿色的草丛里飞舞，它们都穿着绿色镶金边短袖背心，长着绿色的眼睛，一只长着三角耳朵的精灵将芦苇秆做成笛子在风里吹奏重复的乐章，连乐章都是绿色的，笛孔里钻出数道曲折蜿蜒的曲折绿线，往天空交错而去……

阿叨可以确定，这是他生命中看过最美的画面之二，排在第一位的画面当然是他初次与田美的邂逅。谁也比不上田美吃甜品的样子，她的亚麻裙子上有森林的青草气。

"阿美……"阿叨偏过头，将左耳轻轻贴在田美绘制的笛声里，然后一如既往的、像碟片卡机一般重复念叨："阿美，阿美，阿美……"

语调急促、惶恐，然而有力。

四

就在阿叨加入"恋人们"的队伍时，盛夏来临了，从家里去往奶屋的过程中变得汗流浃背，阿叨甚至连面条都吃不下，只好改成啃玉米棒。玉米是一种让阿叨相对放心的食物，因为每一颗玉米粒都排列整齐，总能在房奶奶的摊位上买到色泽均匀的玉米，咬一口甜汁四溢。

阿叨的人生似乎从此变成了糖果色，像丽姐颈上的那串彩虹碧玺。

可丽姐的表情既不像糖果也不像彩虹，她总是阴阴的、懒懒的，仿佛世间所有悲喜都无法将她击败。所以阿叨喜欢丽姐，他喜欢不为命运起伏所动的人，他们起码不会偏执。丽姐那瘫痪在床的十六岁儿子小跳，阿叨也去见过几次，那孩子意外地干净、机灵，除了脖子以下不能动之外，其他都很正常，因为小跳不能动，他压在身子底下的蓝色床单就一直很平整，这让阿叨倍感舒服。

店里比较忙的时候，丽姐会委托阿叨去给小跳送饭，阿叨特别乐意，因为小跳会给他讲一些稀奇古怪的事情。

"阿叨哥，你知道吗？从奶屋大门外往左数，第十棵香樟下面，埋着一位民国时代的老将军遗弃的宝藏。"

"阿叨哥，你知道吗？如果你在凌晨一点四十五分，对着七宝街公园正中央那个池塘倒数十下，你就能得道成仙。"

"阿叨哥，你知道吗？住在七宝街上的人都是皇族后代，我们的血统很纯正的，所以你还是娶这条街上出生的女人比较好。"

小跳就是喜欢为阿叨"普及"七宝街上的传奇。

阿叨听完以后，总是摇摇头，说："你又骗人了，小跳。"

"没有，我没有，都是真事儿。"

"小孩说谎不好的，舌头会变得越来越短。你浑身上下就只有舌头能乱动，如果变短了可怎么办？"为了报复小跳的糊弄，阿叨也说了一个谎。

小跳急了，那对跟丽姐如出一辙的细长眼睛瞪得又圆又大，说："不骗你。我告诉你，我妈就是皇族后代之一，不信你现在就爬到床底下，掀开有块黄斑的地板，里面就藏着当年我太奶奶从王宫里带出来的珠宝，很漂亮很漂亮。不信你翻，你翻啊！"

"小跳，好好休息吧，过几天我再来看你。"

据阿叨所知，床底下只有小跳的尿袋和便盆。

可让阿叨意外的是，丽姐居然不喜欢田美。

田美每天来奶屋等阿叨下班的时候，阿叨都会用厨房的边角料做一只布丁给她吃。有一次丽姐看见了，她一声不响地打开冰箱门，拿出布丁，然后吃掉。阿叨对这件事当然很抓狂，他找丽姐去理论。丽姐却对阿叨翻了个白眼，说："田美那么瘦，不像是喜欢吃甜品的样子，还是别为难她了。"

"你就是太坏了，才会离三次婚！现在没有男人肯要你了！"阿叨气急之下，就戳了丽姐的要害。

丽姐面颊上的肌肉有了愤怒的涟漪，但很快平复成了一面冰湖，她吞下那只布丁，说："你早晚要跟那绿茶婊分手。"

阿叨真的很生气，他甚至想到辞职，可这条街除了丽姐，没有人肯雇佣他，因为他总是搞砸做甜品以外的一切事。阿叨不知道的是，事实上七宝街上所有人都认定他"早晚要跟田美分手",因为他们觉得一个神经病不配得到真爱。

阿叨只能去找猪头吐槽丽姐,猪头靠在奶屋大门外往左的第十棵香樟树下面——也就是小跳凭空捏造的藏宝地点。他点了根烟,一边抽一边讲:"丽姐可能是心情不太好,不过最近好像你女朋友的心情也不太好。"

没错,真正让阿叨焦虑的不是丽姐的诅咒,而是田美的表现。

也许是因为气温过高的缘故,田美走路的速度似乎比以前要快了,她不再关心马路上有没有裂缝,阿叨是不是会花很长的时间绕开它们,倘若他正很费力地避过水泥块连接缝,她也没有再注意他,而是利索地一脚踏中缝隙,径直走过去了。

田美的插画也不再阳光明媚,她原来的作品里有股迷人的甜味,现在没有了,变成铅灰色天空里飞翔的蓝鸦、深沉海底泅游的金鱼,还有漫天风雪中一枝枯败的玫瑰……

起初,阿叨总以天热容易浮躁来安慰自己,但他们的爱巢里开着空调,田美依旧没有恢复过来。晚上临睡前阿叨反复开关灯的时候,她会侧过身用毯子蒙住头;清晨的道别之吻刚来了两下,她便急急推开他说自己"快迟到了",可阿叨记得田美根本不用上班,不存在迟不迟到的问题;最要命的是,她不笑了,眉宇间永远挂着一缕似有若无的阴霾。

毫无疑问,田美越来越像干花,爱情的水分正被什么无形的机器一点一滴地抽走。

阿叨恐慌了,他锁八次门的手开始颤抖,关十二次灯的手开始颤抖,整颗心脏都在不正常地抖动。

他预感到有什么不好的事情即将发生,然后脑中就浮现丽姐那张布满讥笑的脸，刀片似的轻轻刺碎了他的幸福。

"我早说，这样的女孩留不住的，趁早分手，长痛不如短痛。"丽姐用最平实、最残酷的忠告刺激阿叨。

阿叨快要疯了！

那是一个雷雨天，阿叨在奶屋准备下班，他心事重重，因为田美没有来陪他下班。但是，他跟自己说，一定是雨太大了，田美出门不方便，她一定在家里为他准备了晚饭，或者一张粉红色的小画。尽管如此，他还是隐约想念田美那把红洋伞，平常它总会出现在奶屋对面的电线杆下。

今天阿叨却要一个人走回家，他其实很讨厌下雨天，因为无论撑多大的伞，裤管都会被打湿，也看不清地上的裂缝。这样的天气唯有与田美同行才会让他安心。

阿叨走进家门的瞬间，仿佛从皮肤到内脏都被雨水浇透了——换鞋的时候居然没有在鞋柜里看到田美的两双木屐。

客厅空无一人，饭桌上用花瓶压着一张纸条，上面只写了一行字——"我搬回去陪妈妈住了，再见。"

窄小的卧室里，田美的衣服已经全部不见了，包括那套她很喜欢穿的粉樱图案的家居睡服，大多数关乎田美的痕迹都被抹去了，只留下满满的一墙绿色。

阿叨的头皮都快炸裂了！

他只好给猪头打电话，十五分钟后，猪头出现在了阿叨的客厅里，他大咧咧地坐在薰衣草靠垫上，将它们挤成一摊烂泥。

但阿叨已经管不了这些了，他只想找个人说说话，让对方告诉自己，田美的离开只是幻觉。抑或田美本身就只是阿叨的一个幻觉，他有神经病，可能近期病情越来越重了。

"我早说，田美最近不对头，都是你没好好关心她。"

猪头也用了"我早说"作为开场白，阿叨奇怪为什么所有人都是比他聪明百倍的预言家？大家都猜得到他与田美的结局，唯有他自己永远都被蒙在鼓里，变成最后一个知道真相的人。

"那我应该怎么办？"

阿叨是真的很想知道该怎么办，他有考虑再去拜一次猫神，带上十斤重的草鱼和一麻袋猫粮；他也琢磨过去找隔壁房奶奶问问，听说房奶奶会一种神秘的占卜术，把玉米粒洒在一只水缸里，从它的浮动情况能推测吉凶。

但是，猪头很快打消了他的念头。猪头说："猫神只能拜一次，再拜就失去意义了。房奶奶那个占卜根本就是装神弄鬼，还记得她大前年算出来说古爷爷活不过春节吗？人家现在还好好的，一天吃三大碗猪肝拌面呢。"

阿叨想想也对，然而却更迷茫，说："那怎么办？怎么办？怎么办？怎么办？"

他太急了，急得无论如何也无法完美地向猪头表达他的急切。

可猪头显然理解了阿叨的意思，他笑得像破皮的水蜜桃，让人产生"天下事都能扛过去"的错觉。他说："还是用最原始的办法——去福寿街找田美。"

"必须吗？"

"必须。"

于是阿叨去了，这是他生平最艰难的旅程。

你知道，阿叨从未离开过七宝街，所以与田美约会的活动范围就只限于一点七公里以内。去福寿街，可说是阿叨生平第一次严格意义上的出远门。他不确定要跨过几块方格才能抵达那里，中途又要遇见多少地面的裂缝，如果没有红绿灯，事情会好办一些，可万一与不干净的垃圾桶狭路相逢，他又要怎么办？

好吧，无论多少险阻，既然猪头已经想出了办法，那阿叨就一定照办。猪头就是阿叨的引路灯，否则拜猫神怎么会拜出如此灵验的效果？

阿叨花了整整一个半小时从家里走到了七宝街与福寿街的交接口，再跨一步，他就能打破曾经最坚定的原则抑或是"禁忌"——到另一个空间。

交接路口上有家银行，阿叨就站在银行旁边，顶着夏末的艳阳挣扎了很久，他直觉脚心发软，像踩在棉花糖上，走出去，也许就回不了头了。七宝街那么好，小跳说奶屋大门往左的第十棵香樟树下有埋着宝贝，可是这些宝贝加起来，都不抵田美木屐缝里露出的一点小脚趾……

在纠结了四十分钟以后，阿叨几乎踩平了石板缝里的每一根青草，然后他做了一次深呼吸，踏进了福寿街的地盘。

五

田美住的地方，超乎了阿叨的想象，那是一幢被老旧电线杆上的电线胡乱缠绕住的四层楼水泥房，比阿叨的爸妈留给阿叨的老屋子还简陋。穿着破洞汗背心的壮年男子在那里进进出出，每扇窗户外头都挂着内衣裤和衬衫，排列得极不规则，风一吹它们就碰到一起打架，几只没被热死的苍蝇在一旁振着翅膀看热闹，这一切都让阿叨毛骨悚然。

原来田美原来的世界是如此脏乱差！

阿叨有些气馁，恨不能直接转身走掉，就像从未遇见过一个叫田美的女孩。

但是，但是……

睡房里那一墙的绿色旋律又悄然擒住了阿叨的心，那是田美啊，能逼到阿叨越界的女孩。

在福寿街出现的田美，皮肤更白、面色更憔悴了，头发没有扎起来，它们柔顺地披在她的面颊两侧，晚风吹来，轻轻挑开一侧的碎发，阿叨看见那里有一块淡紫色的淤痕。

"你来干什么？"

"来谈谈我们的事。"

"我们可以在微信里谈。"

"你知道我讨厌发微信，老觉得有什么人在通过一个软件程序监视我们聊天，很恐怖。"

看着那块紫色，阿叨瞬间忘记了他的洁癖。田美就是有这种魔力，能让他暂时摆脱强迫症的困扰。事实上，对大多数年轻人来讲，爱情才是他们最大的困扰。

田美递给阿叨一幅画，画上是个卡通式的大头美男子。阿叨觉得这美男子有些眼熟，只是想不起来到底是谁，反正不是他。

"这是猪头。"田美点了点美男子硕大的脑袋，"因为他打小就是个大脑袋，所以七宝街的人才叫他猪头的吧？"

阿叨茫然地点了点头，他不明白田美为什么要给他看这个。

"猪头有很多女人喜欢，我也喜欢，所以我就给他画了一幅画。"夕阳中的田美，整张脸都呈现灰暗的橙光，"可是……猪头不喜欢。"

阿叨低下头，开始用脚尖排列地上的落叶，他要从大到小把这些叶子排出一个规则的菱形阵。

"猪头说，画画的人最虚伪，因为眼睛里只会盯着外表好看的东西，所以他讨厌我。我当时很不服气，告诉他自己也曾经画过很丑的流浪汉，还有瘸了一条腿的狗。但猪头却跟我讲，有种的话，去跟大家都嫌弃的人谈场恋爱，这样他才能信我，然后真的爱上我。"

阿叨脚下的落叶被扫成了一堆，他还是没有讲话，也不看田美。

"猪头跟我打了个赌，如果我做你的女朋友做满一个夏天，他就跟我好，我答应了，然后猪头就骗你去拜了猫神。可是，阿叨，你真有够讨人嫌的，每样事情都要做上几百遍，浪费大把的时间，你连接吻都不会，一直啃着我的嘴唇不放。你真是个病人啊……"

阿叨听见身后有自行车飞驰而过的声音，可他没有抬头。

"但我还是忍受你的一切……我努力表现得喜欢你，你居然信了。你没恋爱过，也不敢踏出七宝街，所以我很放心，因为即便跟你分了手，你也不会追来缠着我。我以为只要我不坦白，这个秘密永远不会有人发现。可是，丽姐主动找了我，命我跟你分手，因为她发现我每次来奶屋吃完你做的布丁，都会躲到后巷的垃圾桶旁边去抠喉咙，把它们全吐出来。我好怕发胖呀，猪头不喜欢胖女人。丽姐说我是个大骗子，她说的没错……"田美像是要哭的样子，浑身弥漫出一股潮湿的气息。

"可是……"阿叨不停地点头，"我还是来了，猪头叫我来的。"

"对，因为猪头要我拜托你一件事，如果你能办到，他就会真正跟我好，好一辈子的那种。"

"什么事？"

田美看着阿叨数秒，像是用枪指着她的后脑勺一般，艰难地开了口："下次丽姐让你去给她儿子送饭时，你把她家里的钥匙交给猪头，就这么简单。”

"为什么？"

"别问为什么，你只要知道这些就好了。"

阿叨果然没有再问下去，他逼自己停止挖掘真相，知道田美不喜欢他，知道田美真正喜欢的是猪头，对他来说就已经够了。

分别时，阿叨突然转头问田美说："为什么你会这么喜欢猪头？"

"不知道。"田美摇了摇头说，"我从六岁开始就知道自己会嫁给猪头，可惜他不爱跟我玩捉迷藏，总是去找你……你们就是传说中的基友啊。"

阿叨这才想起，他和猪头小的时候老爱玩寻宝游戏，把七宝街的每棵香樟树下都挖了坑，并且坚信总有一天会发现宝藏。那时有个摔了跤永远不哭的女孩就跟在他们后边，他们走路，她也走路，他们奔跑，她也奔跑，跑到跌倒，膝盖磕破，也不哭，而是迅速爬起来，继续跑。

原来那小女孩一直在追的是猪头，一刻都没有停过。

想到这里，阿叨听见了心脏碎成粉末的声音。

"如果猪头不跟你在一起，你会死吗？"阿叨问。

"对，会死。"田美说。

"那……万一他不能像我一样努力给你一个完美的吻呢？猪头说他给女人的告别吻就只吻一次。"

田美低下头，不说话了。

走回七宝街的路上，阿叨像是变了个人，他没有再执着于地面的裂缝，也没有非得踏在水泥格的交接线上，就只是走路。

阿叨不在乎了，不在乎是不是不小心踩在缝隙上会被地面吞没，不在乎头顶晾衣竿上的衣服是不是缠在一起。他回到家，就径自进入卫生间小便，出来的时候发现大门没有上锁，他也只是用迟钝的眼神瞟了一眼沙发，重重跌坐在薰衣草靠垫上。

阿叨开始反省自己的人生，他觉得自己很不幸，父母上班的厂车因为刹车失灵让他成了孤儿，从此他拒绝用双腿以外的一切交通工具，久而久之便成了他人眼中的神经病；他又觉得自己可能比猪头幸运一些，数目可观的抚恤金让他可以拥有自己的住房，而猪头至今还只能租住十几平的单间，厕所都得跟人家合用。阿叨多少能理解猪头对这个世界的不满，猪头比阿叨完美多了，可似乎过得并没有阿叨那么平静顺畅。

但是，阿叨依然决定在田美向他摊牌之后放弃全世界，他觉得不需要锁门了，也没必要在睡前关灯，煤气有没有关掉似乎也不是什么大事，这些小节完全可以不理。尤其是阿叨盯着墙上田美留下的画好一会儿之后，他终于看懂了一件事——精灵那对三角形的怪耳朵，分明就是猪的耳朵，在田美心里，猪头才是能吹奏出幸福乐章的精灵。

分手之夜的噩梦里，一群强盗闯进阿叨没锁门的房子，他们野蛮地用匕首刺碎了薰衣草靠垫，用鲜红如血的油漆泼毁了墙上的画，然后打开煤气灶，往上头丢了一根火柴……

火光舔过阿叨发烫的面孔，烟灰让他几近窒息，爆炸声炸聋了他的耳洞，刺目的烈焰中，他看清了强盗头子的脸——竟是和他从小玩到大的猪头。

六

阿叨失恋的消息很快就传遍了七宝街，这些预言家们果然对定位阿叨的未来颇为擅长，在面馆吃早餐的时候，孤鸟小姐都不再炫耀昨天受了哪个白痴的恩惠，她只是用小拇指抹了抹口红，对着阿叨的背影深深叹了口气；就连房奶奶也不再骂阿叨是神经病，反而安慰他说："无缘，你们只是无缘。"

当大家都以同情的姿态对阿叨施予一些无聊的恩惠时，丽姐依旧波澜不惊地经营她的奶屋，她甚至建议阿叨做色调最伤感的蓝莓芝士蛋糕，结果阿叨却把蛋糕涂成了绿色。

猪头呢，就跟没事儿人一般，懒得像是固定骨架的螺丝钉全都松动了。阿叨和猪头这对基友心照不宣地开始割裂了，可阿叨仍然会在每天早晨去猪头住的公寓楼下把他叫醒。他们只是不再像平常那样找机会聊天，回家的时候一前一后地走。

丽姐看在眼里，却没有说话，她是心如明镜的女人，为此阿叨和猪头都有一点怕她，因为谁也不愿意和过于聪明的人打交道。但是，他们又像是达成了某种默契，都在等待一个时机，一个关乎田美生死存亡的时机。

就在初秋第一缕清风滑过七宝街的时候，机会来了。

因为要应付卫生局的专项卫生检查，那天一早大家就忙着打扫，丽姐自然不能回家给小跳送饭。所幸有阿叨在，他不仅能把抽水马桶擦拭出古董瓷器的质感，还能让厨房的每个死角看起来都光亮如新。

中午十一点半，丽姐把一只装着便当盒的塑料袋和一把钥匙交给阿叨，说："老样子，快去快回。"

接过钥匙的瞬间，阿叨紧张得快要呕吐，他甚至忘了重复说"好的"，只是重重点了一下头。

猪头看见了，忙道："老板娘，女朋友到车站了，我请假去接一下成不？"

丽姐脸上马上浮现出厌恶的表情，她就是特别讨厌猪头趁机添乱，已经够忙的了。但她没有回绝猪头的请求，而是说了同样的早去早回四个字。

阿叨和猪头双双出发了，区别在于他走路，猪头则踩着一辆自行车。由此可见，丽姐信任的是阿叨，所以宁愿送饭送得慢一点，也不会让猪头进她的家。

在路上，阿叨破天荒地给田美发了一条微信——你很快就能和猪头在一起了。

到了丽姐家门口，阿叨就看见坐靠在门边的猪头，猪头伸出一只平摊的手掌，向阿叨要了钥匙。

阿叨犹豫了一下，把钥匙给他了，然后说："能不能让小跳先吃饭……"

"你别进来，怕你吃不消。"猪头蛮横地打断了阿叨的请求，然后开门进去了。

阿叨果然不敢进去，他抱着头靠坐在猪头原来坐的那个位置，口中念念有词："我没错，我没错，我没错，我没错……"

三十秒后，阿叨听到屋内传来低沉的呜咽，他认出那是小跳的声音。这令阿叨体内的恐惧感被友情取代了，他想也不想便冲进了屋内。

浑身无法动弹的小跳，这一次果然舌头要短半截了，因为猪头正捏住他的一截舌尖，用小刀抵住，表情既凶狠又陌生地说："快说，你妈把钱藏哪儿啦？不说的话，就割你舌头！我知道你这废物除了舌头以外，全身其他地方都不知道疼！"

小跳吓得眼泪一直流到耳根，他看见阿叨走进来，以为有了希望，眼神重又燃起了求生之光。

"猪头，你疯啦？为什么要偷丽姐家的钱？"

"因为我要走，离开七宝街！我受够了！"

猪头像是变成了另外一个人，他的五官因恐慌与愤怒而移位，变得极丑陋，完全不像田美画上的那个美男子，却是阿叨梦魇里的那张脸，贪欲的火光里越烧越旺。

"你受够什么了？为什么要离开七宝街？这儿不是挺好……"

"好个屁！"猪头的手指在用力，小跳痛得喉结疾速滚动，"我要到外面的世界去，这年头他妈的有钱才会赢！可就我老爸老妈那熊样儿，我他妈赢得了什么？"

"可……可是万一你拿钱跑了，又被抓回来怎么办？猪头，你是在跟我开玩笑吧？就像让阿美做我女朋友一样，告诉我你只是开玩笑的。你快说！"

阿叨的眼泪也快流出来了，但他提醒自己不能哭，哭泣能洁净眼球，但田美都没哭过，他又有什么资格哭？

"少他妈废话！你也不过是个废物，跟小跳没多大的区别。如果你这辈子要做点贡献，那就是让我发笔小财，等我猪头在外面混好了，再回来谢你。"

"猪头，你一定是在开玩笑，你没那么蠢。"阿叨的体温在下降，那个能编出拜猫神的绝妙创意、让他轻易陷入情网的猪头，终于在欲望的驱使下变得愚蠢，"你现在拿了钱逃掉，警察很快就会发现的，追捕你不是难事。"

"放心吧，只要你不说，没人会发现这里真正发生过什么。"

"什么意思？"

"等一下，这里就会因煤气泄漏而发生大爆炸，钱和人，一个都不会留，谁也查不到这儿少了什么。"

现在的猪头真的很可怕，阿叨想倘若田美看到猪头这个样子，还会不会喜欢他到死呢？应该会吧，田美是为了爱情连神经病都可以接受的痴情女。

"这小子嘴巴忒硬，看来得割掉他点肉才肯讲。"猪头准备对小跳的舌头下刀了，好似并没有考虑断舌之后小跳会不会因大出血而死亡，欲望总叫人疯狂。

"我知道！我知道！你不要动他，我来找，我来找……"

阿叨歇斯底里地大叫，然后猛然扑倒在地，把猪头吓了一大跳。

"阿叨，你是真犯神经病了呀？"

阿叨没有理会猪头，他只想救下小跳，所以他往小跳的床底爬去，挪开装着明黄液体的尿袋，也没有在意那只发出腥臭味的便盆。阿叨的右侧脸颊贴近地面四处移动，终于找那块带黄斑的柚木地板！他用力按了一下黄斑，地板一侧翘起，露出金条和存折。

"这老女人果然有钱！"猪头一脸的欣喜，他不再折磨小跳，而是蹲下身，想爬到床底下拿金条。

谁知道阿叨的一条腿狠狠弹出了床底，直踹在猪头的脑门上，猪头"啊"地一声倒地，痛得捂住面孔，然而他不敢叫，怕被邻居听见。

就这样，阿叨抱着那堆金条在七宝街上飞奔。

没人知道阿叨要去哪儿，从家里到超市的路要走五百六十二块人行道水泥方格砖，到宝食面馆是一千零七十块，到猪头家两千三百七十五块半，到丽姐的甜品店是两千四百零九块，但从丽姐家奔向另一个目的地却是第一次，他还来不及数清楚格子的数量。

阿叨跑得很快，怀里的金条似乎失去了本该有的重量。

猪头也跑得很快，为了追上阿叨夺回金条，意外状况让他暂时放弃了搞大爆炸销毁犯罪证据这件事。

"阿叨！回来！回来呀！你不要田美啦？你要她就回来。"

猪头在后头狂吼，但阿叨没有停下，他的心痛得像被放在绞肉机里翻绞一般，手臂渐渐发麻，但仍然坚持不停奔跑，无视往来车辆，无视红绿灯，无视地上的裂缝，无视齐整的水泥格子，奔跑、奔跑、奔跑……仿佛命运之神正逼迫他去另一个星球逃亡。

当年六岁的田美就是抱着如此坚定的决心追随猪头的。

金条的重量正在消耗阿叨的体力，他终于跑不动了，脚步愈来愈沉重。而猪头正向他靠近，阿叨已经能听见猪头狂妄的脚步声。

"完了！"阿叨内心敲响了绝望的点鼓。

可是，阿叨耳膜突然被一声轰鸣贯穿，一股强大的气流正在向他推近。他下意识地转头，看见卡车巨大的银色车灯正向他袭来。

阿叨愣在那里，一时间失去了应有的。这时阿叨脑中闪过一百万个忏悔，他后悔没有按照本来的步骤，看清马路上每条裂缝，注意红绿灯，尽量靠着街边走，这样才能百分百避免车祸，不蹈双亲的覆辙。

卡车以失控的速度迎面碾来，阿叨闭上了眼睛，他希望临死之前能通过回忆再看一看田美。

但是，他似乎已经来不及办到了，因为有一双手将阿叨用力推了出去。阿叨昏天黑地地打了几个滚，睁开眼睛的时候，耳膜内蹿入锯齿般的刹车声，以及两记沉闷地撞击声。

为什么会有两声？阿叨瞪大眼睛看着卡车前面倒下的猪头，在猪头的身边，还有一团白色的雪雾，那雪雾如此轻盈，也如此破碎……

尾声

关乎七宝街那宗抢劫案内幕，街民们的解说版本是五花八门的，但事件的结果却有目共睹——丽姐家被自家员工猪头给打劫了，但这次犯罪行动显然因为奶屋另一位员工阿叨的阻止而未得逞，猪头在丧心病狂地追赶保护丽姐家财产的阿叨时不幸撞车身亡，与他同时遭遇车祸的是阿叨的前女友田美。

田美为什么会突然出现在七宝街？街民们说法不一，但警察在受伤的田美手机上发现了阿叨的微信，出事之前，阿叨有跟她说"你很快就能和猪头在一起了"。

结果却是田美和猪头一起——撞了车。连阿叨自己都很诧异，为什么当初田美救的是他，而非心上人猪头。

但阿叨的行为让警察也觉得很奇怪，警察问他："你当时抱着那些金条是想去哪儿呀？其实只要你人逃出来，报个警，就没事了。"

"去奶屋大门外往左的第十棵香樟树下。"

"去哪儿干什么？"

"把金条埋了。"

"……"

因为阿叨是七宝街出了名的神经病，又是保护市民财产的英雄，加上小跳的证言，警察总算没有再追究下去。

可直到许多许多年以后，阿叨还是在不停地问已经变成自己老婆的田美说："当时你为什么救我不救猪头呢？"

田美摇了摇头，一脸茫然道："你说什么呀？"

"我说，当时你为什么救我不救猪头呢？"

"你说什么呀？谁是猪头？我救你什么了？"

"猪头是我的好朋友，你说你喜欢他的。所以当时为什么你会救我而不去救猪头呢？"

"你说什么呀？为什么好端端地问这样的问题？"

每一次阿叨这样问她，她都会瞪大好奇的双眸，那对眸子还是清澈如水，不像是长在一位少妇脸上。

正是车祸留下的失忆症，让田美变得与众不同，伤愈之后，她完好如初，甚至比从前更完美。

因为手术后醒来的田美就只认识阿叨，对于其他事物她则只能保持三秒钟的记忆，比鱼的记忆力还要弱。家里的每件东西、每个地方都贴满了彩色便条，走进来就像走进了一个用彩纸堆砌的宫殿。

而阿叨也不用再担心田美会嫌弃他浪费时间，他可以每隔三秒就给她一个早安之吻，她永远都会回报他惊喜的表情；锁门八次，对田美来说就跟没锁过一样；关灯十二次，也不会让她觉得时间在眼前飞快地流逝，她的概念里早就没有了时间。

所以田美也成了七宝街与福寿街街民眼中的神经病，和她的老公阿叨一样。

而阿叨除了娶妻之外，生活还是如旧，他再没走出过七宝街，每天早上九点准时到达奶屋，从家里到超市走五百六十二块方格砖，到宝食面馆走一千零七十块，到猪头家走两千三百七十五块半，到丽姐的甜品店是两千四百零九块……只是再不用去叫猪头起床。

傍晚时分，夫妇俩会在街上散步，阿叨走到哪儿，田美就跟到哪儿。阿叨说："呀，这里有裂缝！"田美就会愣愣地站在旁边，等着阿叨找一条没有裂缝的路。

神经病的世界，有时候就是这么简单，一条路不够完美，那就换一条咯。

曾几何时，一只黑猫三天两头就爬上阿叨家的阳台，阿叨想把它赶走。可田美喜欢，不知道为什么，她的记忆里就是有这只猫，所以不顾阿叨的反对养了它。从此后，阿叨每天都要清理猫毛清理到大半夜。

田美似乎再也没有脾气，她的生命里也彻底清空了"猪头"这个人，只是偶尔跟别人吵个小架。

比如房奶奶跟她发牢骚说："你们家阿叨啊真是太唠叨了，跟我买玉米的时候不停说'便宜一点'，说了几百次，真是有病啊。"

"胡说！我老公说话最简单了，每句话都只说一次。还有，你是谁呀？我想不起来……阿叨有认识你吗？不认识就不要乱讲！"田美怀抱黑猫，气鼓鼓地为阿叨辩解。